SHERLOCK HOLMES

Catalogage avant publication de Bibliothèque et Archives nationales du Québec
et Bibliothèque et Archives Canada

Vedette principale au titre :
Sherlock Holmes
Sommaire: t. 1. Et l'aventure commence.
ISBN 978-2-89585-104-2 (v. 1)
1. Holmes, Sherlock (Personnage fictif) - Romans, nouvelles, etc.
I. Doyle, Arthur Conan, Sir, 1859-1930. II. Titre: Et l'aventure commence.
PS8600.S53 2010   C843'.6   C2010-941141-2
PS9600.S53 2010

Publié à l'origine sous les titres *A Study in Scarlet* (1887) et *The Sign of Four* (1890).

Image de couverture : © Brasil2, iStockphoto

Les Éditeurs réunis bénéficient du soutien financier de la SODEC
et du Programme de crédit d'impôt du gouvernement du Québec.

Nous remercions le Conseil des Arts du Canada
de l'aide accordée à notre programme de publication.

Nous reconnaissons l'aide financière du gouvernement du Canada
par l'entremise du Fonds du livre du Canada pour nos activités d'édition.

Édition :
LES ÉDITEURS RÉUNIS
www.lesediteursreunis.com

Distribution au Canada : *Distribution en Europe :*
PROLOGUE   DNM
www.prologue.ca   www.librairieduquebec.fr

 Suivez Les Éditeurs réunis sur Facebook.

Imprimé au Québec (Canada)

Dépôt légal : 2010
Bibliothèque et Archives nationales du Québec
Bibliothèque nationale du Canada
Bibliothèque nationale de France

SHERLOCK HOLMES

... ET L'AVENTURE COMMENCE

D'APRÈS L'ŒUVRE DE SIR ARTHUR CONAN DOYLE

LER

LES ÉDITEURS RÉUNIS

PREMIÈRE PARTIE

Une Étude en rouge

Chapitre I
M. Sherlock Holmes

En 1878, reçu médecin à l'Université de Londres, je me rendis à Netley pour suivre les cours prescrits aux chirurgiens de l'armée ; et là, je complétai mes études. On me désigna ensuite, comme aide-major, pour le 5e régiment de fusiliers de Northumberland en garnison aux Indes.

Avant que j'eusse pu le rejoindre, la seconde guerre d'Afghanistan avait éclaté. En débarquant à Bombay, j'appris que mon corps d'armée s'était engagé dans les défilés ; il avait même poussé très avant en territoire ennemi. À l'exemple de plusieurs autres officiers dans mon cas, je partis à sa poursuite aussitôt ; et je parvins sans encombre à Kandahar, où il stationnait. J'entrai immédiatement en fonction.

Si la campagne procura des décorations et de l'avancement à certains, à moi elle n'apporta que déboires et malheurs. On me détacha de ma brigade pour m'adjoindre au régiment de Berkshire ; ainsi je participai à la fatale bataille de Maiwand. Une balle m'atteignit à l'épaule ; elle me fracassa l'os et frôla l'artère sous-clavière. Je n'échappai aux sanguinaires ghazis que par le dévouement et le courage de mon ordonnance Murray : il me jeta en travers d'un cheval de bât et put me ramener dans nos lignes.

Épuisé par les souffrances et les privations, je fus dirigé, avec un convoi de nombreux blessés, sur l'hôpital de Peshawar. Bientôt, j'entrai en convalescence ; je me promenais déjà dans les salles, et même j'allais me chauffer au soleil sous la véranda, quand la fièvre entérique me terrassa : c'est le fléau de nos colonies indiennes. Des mois durant, on désespéra de moi. Enfin je revins à la vie. Mais j'étais si faible, tellement amaigri, qu'une commission médicale décida mon rapatriement immédiat. Je m'embarquai sur le transport *Oronte* et, un mois plus tard, je posai le pied sur la jetée de Portsmouth. Ma santé était irrémédiablement perdue. Toutefois, un gouvernement paternel m'octroya neuf mois pour l'améliorer.

Je n'avais en Angleterre ni parents ni amis : j'étais aussi libre que l'air – autant, du moins, qu'on peut l'être avec un revenu quotidien de neuf shillings et six pence ! Naturellement, je me dirigeai vers Londres, ce grand cloaque où se déversent irrésistiblement tous les flâneurs et tous les paresseux de l'Empire. Pendant quelque temps, je menai dans un hôtel privé du Strand une existence sans but et sans confort ; je dépensais très libéralement. À la fin, ma situation pécuniaire m'alarma. Je me vis en face de l'alternative suivante : ou me retirer quelque part à la campagne, ou changer du tout au tout mon train de vie. C'est à ce dernier parti que je m'arrêtai ; et, pour commencer, je résolus de quitter l'hôtel pour m'établir dans un endroit moins *fashionable* et moins coûteux.

Le jour où j'avais mûri cette grande décision, j'étais allé prendre un verre au *Criterion Bar* ; quelqu'un me toucha l'épaule. Je reconnus l'ex-infirmier Stamford, que j'avais eu sous mes ordres à Barts. Pour un homme réduit à la solitude, c'était vraiment une chose agréable que l'apparition d'un visage familier. Auparavant Stamford n'avait jamais été un réel ami, mais, ce jour-là, je l'accueillis avec chaleur, et lui,

parallèlement, parut enchanté de la rencontre. Dans l'exubé-
rance de ma joie, je l'invitai à déjeuner au *Holborn* ; nous
partîmes ensemble en fiacre.

« À quoi avez-vous donc passé le temps, Watson ? me
demanda-t-il sans dissimuler son étonnement, tandis que
nous roulions avec une bruit de ferraille dans les rues encom-
brées de Londres. Vous êtes aussi mince qu'une latte et aussi
brun qu'une noix ! »

Je lui racontai brièvement mes aventures.

« Pauvre diable ! dit-il avec compassion, après avoir écouté
mon récit. Qu'est-ce que vous vous proposez de faire
maintenant ?

— Chercher un appartement, répondis-je. Peut-on se loger
confortablement à bon marché ?

— Voilà qui est étrange, dit mon compagnon. Vous êtes le
second aujourd'hui à me poser cette question.

— Qui était le premier ?

— Un type qui travaille à l'hôpital, au laboratoire de chimie.
Ce matin, il se plaignait de ne pas pouvoir trouver avec qui
partager un bel appartement qu'il a déniché : il est trop cher
pour lui seul.

— Par Jupiter ! m'écriai-je. S'il cherche un colocataire, je
suis son homme. La solitude me pèse, à la fin ! »

Le jeune Stamford me regarda d'un air assez bizarre par-
dessus son verre de vin.

« Si vous connaissiez Sherlock Holmes, dit-il, vous n'aime-
riez peut-être pas l'avoir pour compagnon.

— Pourquoi ? Vous avez quelque chose à dire contre lui ?

— Oh ! non. Seulement, il a des idées spéciales... Il s'est entiché de certaines sciences... Autant que j'en puisse juger, c'est un assez bon type.

— Il étudie la médecine, je suppose.

— Non. Je n'ai aucune idée de ce qu'il fabrique. Je le crois ferré à glace sur le chapitre de l'anatomie, et c'est un chimiste de premier ordre ; mais je ne pense pas qu'il ait jamais réellement suivi des cours de médecine. Il a fait des études décousues et excentriques ; en revanche, il a amassé un tas de connaissances rares qui étonneraient les professeurs !

— Qu'est-ce qui l'amène au laboratoire ? Vous ne lui avez jamais posé la question ?

— Non, il n'est pas facile de lui arracher une confidence... Quoique, à ses heures, il soit assez expansif.

— J'aimerais faire sa connaissance, dis-je. Tant mieux s'il a des habitudes studieuses et tranquilles : je pourrai partager avec lui l'appartement. Dans mon cas, le bruit et la surexcitation sont contre-indiqués : j'en ai eu ma bonne part en Afghanistan ! Où pourrais-je trouver votre ami ?

— Il est sûrement au laboratoire, répondit mon compagnon, tantôt il fuit ce lieu pendant des semaines, tantôt il y travaille du matin au soir. Si vous voulez, nous irons le voir après déjeuner.

— Volontiers », répondis-je.

La conversation roula ensuite sur d'autres sujets.

Du *Holborn*, nous nous rendîmes à l'hôpital. Chemin faisant. Stamford me fournit encore quelques renseignements.

« Si vous ne vous accordez pas avec lui, il ne faudra pas m'en vouloir, dit-il. Tout ce que je sais à son sujet, c'est ce que des rencontres fortuites au laboratoire ont pu m'apprendre. Mais puisque vous m'avez proposé l'arrangement, vous n'aurez pas à m'en tenir responsable.

— Si nous ne nous convenons pas, nous nous séparerons, voilà tout ! Pour vouloir dégager comme ça votre responsabilité, Stamford, ajoutai-je en le regardant fixement, vous devez avoir une raison. Laquelle ? L'humeur du type ? Est-elle si terrible ? Parlez franchement.

— Il n'est pas facile d'exprimer l'inexprimable ! répondit-il en riant. Holmes est un peu trop scientifique pour moi, cela frise l'insensibilité ! Il administrerait à un ami une petite pincée de l'alcaloïde le plus récent, non pas, bien entendu, par malveillance, mais simplement par esprit scientifique, pour connaître exactement les effets du poison ! Soyons juste ; il en absorberait lui-même, toujours dans l'intérêt de la science ! Voilà sa marotte : une science exacte, précise.

— Il y en a de pires, non ?

— Oui, mais la sienne lui fait parfois pousser les choses un peu loin… quand, par exemple, il bat dans les salles de dissection les cadavres à coups de canne, vous avouerez qu'elle se manifeste d'une manière pour le moins bizarre !

— Il bat les cadavres ?

— Oui, pour vérifier si on peut leur faire des bleus ! Je l'ai vu, de mes yeux vu.

13

— Et vous dites après cela qu'il n'étudie pas la médecine ?

— Dieu sait quel est l'objet de ses recherches ! Nous voici arrivés, jugez l'homme par vous-même. »

Comme il parlait, nous enfilâmes un passage étroit et nous pénétrâmes par une petite porte latérale dans une aile du grand hôpital. Là, j'étais sur mon terrain : pas besoin de guide pour monter le morne escalier de pierre et franchir le long corridor offrant sa perspective de murs blanchis à la chaux et de portes peintes en marron foncé. À l'extrémité du corridor, un couloir bas et voûté conduisait au laboratoire de chimie.

C'était une pièce haute de plafond, encombrée d'innombrables bouteilles. Çà et là se dressaient des tables larges et peu élevées, toutes hérissées de cornues, d'éprouvettes et de petites lampes Bunsen à flamme bleue vacillante. La seule personne qui s'y trouvait, courbée sur une table éloignée, paraissait absorbée par son travail. En entendant le bruit de nos pas, l'homme jeta un regard autour de lui. Il se releva d'un bond en poussant une exclamation de joie :

« Je l'ai trouvé ! Je l'ai trouvé ! cria-t-il à mon compagnon en accourant, une éprouvette à la main. J'ai trouvé un réactif qui ne peut être précipité que par l'hémoglobine ! »

Sa physionomie n'aurait pas exprimé plus de ravissement s'il avait découvert une mine d'or.

« Docteur Watson, M. Sherlock Holmes, dit Stamford en nous présentant l'un à l'autre.

— Comment allez-vous ? » dit-il cordialement.

Il me serra la main avec une vigueur dont je ne l'aurais pas cru capable.

« Vous avez été en Afghanistan, à ce que je vois !

— Comment diable le savez-vous ? demandai-je avec étonnement.

— Ah çà !… »

Il rit en lui-même.

« La question du jour, reprit-il, c'est l'hémoglobine ! Vous comprenez sans doute l'importance de ma découverte ?

— Au point de vue chimique, oui, répondis-je, mais au point de vue pratique…

— Mais, cher monsieur, c'est la découverte médicolégale la plus utile qu'on ait faite depuis des années ! Ne voyez-vous pas qu'elle nous permettra de déceler infailliblement les taches de sang ? Venez par ici ! »

Dans son ardeur, il me prit par la manche et m'entraîna vers sa table de travail.

« Prenons un peu de sang frais, dit-il. (Il planta dans son doigt un long poinçon et recueillit au moyen d'une pipette le sang de la piqûre.) Maintenant j'ajoute cette petite quantité de sang à un litre d'eau. Le mélange qui en résulte a, comme vous voyez, l'apparence de l'eau pure. La proportion du sang ne doit pas être de plus de un millionième. Je ne doute pas cependant d'obtenir la réaction caractéristique. »

Tout en parlant, il jeta quelques cristaux blancs ; puis il versa quelques gouttes d'un liquide incolore. Aussitôt le composé prit une teinte d'acajou sombre ; en même temps, une poussière brunâtre se déposa.

« Ah ! ah ! s'exclama-t-il en battant des mains, heureux comme un enfant avec un nouveau jouet. Que pensez-vous de cela ?

— Cela me semble une expérience délicate, répondis-je.

— Magnifique ! Magnifique ! L'ancienne expérience par le gaïacol était grossière et peu sûre. De même, l'examen au microscope des globules du sang : il ne sert à rien si les taches de sang sont vieilles de quelques heures. Or, que le sang soit vieux ou non, mon procédé s'applique. Si on l'avait inventé plus tôt, des centaines d'hommes actuellement en liberté de par le monde auraient depuis longtemps subi le châtiment de leurs crimes.

— En effet ! murmurai-je.

— Toutes les causes criminelles roulent là-dessus. Supposons que l'on soupçonne un homme d'un crime commis il y a plusieurs mois ; on examine son linge et ses vêtements et on y décèle des taches brunâtres. Mais voilà : est-ce qu'il s'agit de sang, de boue, de rouille ou de fruits ? Cette question a embarrassé plus d'un expert, et pour cause. Avec le procédé de Sherlock Holmes, plus de problème ! »

Au cours de cette tirade, ses yeux avaient jeté des étincelles ; il termina, la main sur le cœur, et s'inclina comme pour répondre aux applaudissements d'une foule imaginaire.

« Mes félicitations ! dis-je étonné de son enthousiasme.

— Prenez le procès de von Bischoff à Francfort, l'année dernière, reprit-il. À coup sûr, il aurait été pendu si l'on avait connu ce réactif. Il y a eu aussi Mason de Bradford, et le fameux Muller, et Lefèvre de Montpellier et Samson de

La Nouvelle-Orléans. Je pourrais citer vingt cas où mon test aurait été probant.

— Vous êtes les annales ambulantes du crime ! lança Stamford en éclatant de rire. Vous devriez fonder un journal : *Les Nouvelles policières du passé* !

— Cela serait d'une lecture très profitable », dit Sherlock Holmes en collant un petit morceau de taffetas gommé sur la piqûre de son doigt.

Se tournant vers moi, avec un sourire, il ajouta :

« Il faut que je prenne des précautions, car je tripote pas mal de poisons ! »

Il exhiba sa main ; elle était mouchetée de petits morceaux de taffetas et brûlée un peu partout par des acides puissants.

« Nous sommes venus pour affaires », dit Stamford.

Il s'assit sur un tabouret et il en poussa un autre vers moi.

« Mon ami, ici présent, cherche un logis. Comme vous n'avez pas encore trouvé de personne avec qui partager l'appartement, j'ai cru bon de vous mettre en rapport. »

Sherlock Holmes parut enchanté.

« J'ai l'œil sur un appartement dans Baker Street, dit-il. Cela ferait très bien notre affaire. L'odeur du tabac fort ne vous incommode pas, j'espère ?

— Je fume moi-même le "ship", répondis-je.

— Un bon point pour vous. Je suis toujours entouré de produits chimiques ; et, à l'occasion, je fais des expériences. Cela non plus ne vous gêne pas ?

— Pas du tout.

— Voyons : quels sont mes autres défauts ? Ah ! oui, de temps à autre, j'ai le cafard ; je reste plusieurs jours de suite sans ouvrir la bouche. Il ne faudra pas croire alors que je vous boude. Cela passera si vous me laissez tranquille. À votre tour, maintenant. Qu'est-ce que vous avez à avouer ? Il vaut mieux que deux types qui envisagent de vivre en commun connaissent d'avance le pire l'un de l'autre ! »

L'idée d'être à mon tour sur la sellette m'amusa.

« J'ai un petit bouledogue, dis-je. Je suis anti-bruit parce que mes nerfs sont ébranlés. Je me lève à des heures impossibles et je suis très paresseux. En bonne santé, j'ai bien d'autres vices ; mais, pour le moment, ceux que je viens d'énumérer sont les principaux.

— Faites-vous entrer le violon dans la catégorie des bruits fâcheux ? demanda-t-il avec anxiété.

— Cela dépend de l'exécutant, répondis-je. Un morceau bien exécuté est un régal divin, mais, s'il l'est mal… !

— Allons, ça ira ! s'écria-t-il en riant de bon cœur. C'est une affaire faite – si, bien entendu, l'appartement vous plaît.

— Quand le visiterons-nous ?

— Venez me prendre demain midi. Nous irons tout régler ensemble.

— C'est entendu, dis-je, en lui serrant la main. À midi précis. »

Stamford et moi, nous le laissâmes au milieu de ses produits chimiques et nous marchâmes vers mon hôtel. Je m'arrêtai soudain, et, tourné vers lui :

« À propos, demandai-je, à quoi diable a-t-il vu que je revenais de l'Afghanistan ? »

Mon compagnon eut un sourire énigmatique.

« Voilà justement sa petite originalité, dit-il. Il a un don de divination extraordinaire. Plusieurs ont cherché sans succès à se l'expliquer.

— Oh ! un mystère ? À la bonne heure ! dis-je en me frottant les mains. C'est très piquant. Je vous sais gré de nous avoir mis en rapport. L'étude de l'homme est, comme vous le savez, le propre de l'homme.

— Alors, étudiez-le ! dit Stamford en prenant congé de moi. Mais vous trouverez le problème épineux !... Je parie qu'il en apprendra plus sur vous que vous n'en apprendrez sur lui. Au plaisir, Watson !

— Au plaisir ! » répondis-je.

Je déambulai vers mon hôtel, fort intrigué par ma nouvelle relation.

Chapitre II
La science de la déduction

Nous nous sommes retrouvés le lendemain comme il avait été convenu et nous avons inspecté l'appartement au 221, Baker Street, dont il avait parlé lors de notre rencontre. Le logis se composait de deux confortables chambres à coucher et d'un seul studio, grand, bien aéré, gaiement meublé et éclairé par deux larges fenêtres. L'appartement nous parut si agréable et le prix, à deux, nous sembla si modéré que le marché fut conclu sur-le-champ et que nous en prîmes possession immédiatement. Le soir même je déménageais de l'hôtel tout ce que je possédais et le lendemain matin Sherlock Holmes me suivait avec plusieurs malles et valises. Un jour ou deux, nous nous sommes occupés à déballer et à arranger nos affaires du mieux possible. Cela fait, nous nous sommes installés tout doucement et nous nous sommes accoutumés à notre nouveau milieu.

Holmes n'était certes pas un homme avec qui il était difficile de vivre. Il avait des manières paisibles et des habitudes régulières. Il était rare qu'il fût encore debout après dix heures du soir et, invariablement, il avait déjeuné et était déjà sorti avant que je ne me lève, le matin. Parfois il passait toute la journée au laboratoire de chimie, d'autres fois, c'était dans les salles de dissection, et de temps à autre en de longues promenades qui semblaient le mener dans les quartiers les plus sordides de la ville. Rien ne pouvait dépasser son énergie quand une crise de travail le prenait ; mais à l'occasion une forme de léthargie s'emparait de lui et, pendant plusieurs jours de suite, il restait couché sur le canapé du studio, prononçant à peine un mot, bougeant à peine un muscle du matin jusqu'au soir. En ces circonstances j'ai remarqué dans ses yeux une expression si vide, si rêveuse que j'aurais pu le soupçonner de s'adonner à l'usage de quelque narcotique, si la sobriété et la rectitude de toute sa vie n'eussent interdit une telle supposition.

À mesure que les semaines s'écoulaient, l'intérêt et la curiosité avec lesquels je me demandais quel but il poursuivait devinrent peu à peu plus grands et plus profonds. Sa personne même et son aspect étaient tels qu'ils ne pouvaient pas ne pas attirer l'attention de l'observateur le plus fortuit. Il mesurait un peu plus d'un mètre quatre-vingts, mais il était si maigre qu'il paraissait bien plus grand. Ses yeux étaient aigus et perçants, excepté pendant ces intervalles de torpeur auxquels j'ai fait allusion, et son mince nez aquilin donnait à toute son expression un air de vivacité et de décision. Son menton proéminent et carré indiquait l'homme résolu. Ses mains étaient constamment tachées d'encre et de produits chimiques et pourtant il avait une délicatesse extraordinaire du toucher, ainsi que j'avais eu fréquemment l'occasion de le constater en le regardant manipuler ses fragiles instruments.

Il se peut que le lecteur me considère comme incorrigiblement indiscret quand j'avoue à quel point cet homme excitait ma curiosité et combien de fois j'ai tenté de percer le silence qu'il observait à l'égard de tout ce qui le concernait. Avant de me juger, pourtant, qu'on se rappelle à quel point ma vie était alors sans objet et combien peu de choses étaient capables de retenir mon attention. Ma santé m'empêchait de m'aventurer au-dehors à moins que le temps ne fût exceptionnellement beau ; je n'avais aucun ami qui vînt me rendre visite et rompre la monotonie de mon existence quotidienne. Dans ces conditions j'accueillais avec empressement le petit mystère qui entourait mon compagnon et je passais une grande partie de mon temps à m'efforcer de le résoudre.

Il n'étudiait pas la médecine. Lui-même, en réponse à une question, m'avait confirmé l'opinion de Stamford à ce sujet. Il semblait n'avoir suivi aucune série de cours qui fussent de nature à lui valoir un diplôme dans une science quelconque ou à lui ouvrir l'accès des milieux scientifiques. Et pourtant son zèle pour certaines études était remarquable, et, dans certaines limites, ses connaissances étaient si extraordinairement vastes et minutieuses que ses observations m'ont bel et bien étonné. À coup sûr, nul homme ne voudrait travailler avec tant d'acharnement pour acquérir des informations si précises, s'il n'avait en vue un but bien défini. Les gens qui s'instruisent à bâtons rompus se font rarement remarquer par l'exactitude de leur savoir. Personne ne s'encombre l'esprit de petites choses sans avoir à cela de bonnes raisons.

Son ignorance était aussi remarquable que sa science. De la littérature contemporaine, de la philosophie, de la politique, il paraissait ne savoir presque rien. Un jour que je citais Carlyle, il me demanda de la façon la plus candide qui ça pouvait être et ce qu'il avait fait. Ma surprise fut à son comble, pourtant, quand je découvris qu'il ignorait la théorie de Copernic et la composition du système solaire. Qu'un être humain civilisé, au dix-neuvième siècle, ne sût pas que la terre tournait autour du soleil me parut être une chose si extraordinaire que je pouvais à peine le croire.

« Vous paraissez étonné, me dit-il, en soupirant de ma stupéfaction. Mais, maintenant que je le sais, je ferai de mon mieux pour l'oublier.

— Pour l'oublier !

— Voyez-vous, je considère que le cerveau de l'homme est, à l'origine, comme une petite mansarde vide et que vous devez y entasser tels meubles qu'il vous plaît. Un sot y entasse tous les fatras de toutes sortes qu'il rencontre, de sorte que le savoir qui pourrait lui être utile se trouve écrasé ou, en mettant les choses au mieux, mêlé à un tas d'autres choses, si bien qu'il est difficile de mettre la main dessus. L'ouvrier adroit, au contraire, prend grand soin de ce qu'il met dans la mansarde, dans son cerveau. Il n'y veut voir que les outils qui peuvent l'aider dans son travail, mais il en possède un grand assortiment et tous sont rangés dans un ordre parfait. C'est une erreur de croire que cette petite chambre a des murs élastiques et qu'elle peut s'étendre indéfiniment. Soyez-en sûr, il vient un moment où, pour chaque nouvelle connaissance que nous acquérons, nous oublions quelque chose que nous savons. Il est donc de la plus haute importance de ne pas acquérir des notions inutiles qui chassent les faits utiles.

— Mais le système solaire ! protestai-je.

— En quoi diable m'importe-t-il ? et sa voix était impatiente. Vous dites que nous tournons autour du soleil ; si nous tournions autour de la lune ça ne ferait pas deux liards de différence pour moi ou pour mon travail ! »

J'étais sur le point de lui demander ce que ce travail pouvait être, mais quelque chose dans sa manière me montra que la question ne serait pas bien accueillie. Je réfléchis toutefois à notre courte conversation, et m'efforçai d'en tirer mes déductions. Il m'avait dit qu'il ne voulait pas acquérir des connaissances qui soient sans rapport avec son travail. Par conséquent, toute la science qu'il possédait était susceptible de lui servir. J'énumérai, en pensée, les domaines divers dans lesquels il m'avait laissé voir qu'il était bien informé. Je pris même un crayon et les notai sur le papier. Quand j'eus terminé mon bilan, je ne pus m'empêcher d'en sourire. Le voici :

Sherlock Holmes :

1. *Connaissances en littérature : Néant.*

2. *Connaissances en philosophie : Néant.*

3. *Connaissances en astronomie : Néant.*

4. *Connaissances en politique : Faibles.*

5. *Connaissances en botanique : Médiocres, connaît bien la belladone, l'opium et les poisons en général. Ignore tout du jardinage.*

6. *Connaissances en géologie : Pratiques, mais limitées. Dit au premier coup d'œil les différentes espèces de sol ; après certaines promenades a montré des taches sur son pantalon et m'a dit, en raison de leur couleur et de leur consistance, de quelle partie de Londres elles provenaient.*

7. *Connaissances en chimie : Très fort.*

8. *Connaissances en anatomie : Précis, mais sans système.*

9. *Connaissances en littérature passionnelle : Immenses. Il semble connaître tous les détails de toutes les horreurs commises pendant ce siècle.*

10. *Joue bien du violon.*

11. Est un maître à la canne, à la boxe et à l'épée.

12. Bonne connaissance pratique de la loi anglaise.

Quand j'en fus arrivé là de ma liste, de désespoir je la jetai au feu.

« Si je ne puis trouver ce que cet homme a en vue en faisant aller de front toutes ces qualités et si je suis incapable de découvrir une profession qui les requiert toutes, me dis-je, autant y renoncer tout de suite. »

Je vois que j'ai fait allusion plus haut à ses talents de violoniste. Son don sous ce rapport était très grand, mais aussi excentrique que tous les autres. Qu'il pût s'attaquer à des partitions difficiles, je le savais, parce que à ma prière il m'avait joué quelque *Lieder* de Mendelssohn et de mes autres compositeurs favoris ; cependant il ne consentait que rarement à jouer des morceaux connus.

Le soir, renversé dans son fauteuil, il fermait les yeux et, comme en pensant à autre chose, grattait son violon qu'il avait posé sur ses genoux. Parfois les cordes étaient sonores et mélancoliques, parfois fantasques et joyeuses. De toute évidence, elles reflétaient les pensées qui l'occupaient, mais quant à savoir si la musique l'aidait à penser ou si le jeu était simplement le résultat d'un caprice ou d'une fantaisie, c'est plus que je ne saurais dire. J'aurais pu protester contre ces solos exaspérants, si cela ne s'était ordinairement terminé par une succession rapide de mes airs favoris qui constituait en quelque sorte une légère compensation pour l'épreuve à laquelle ma patience était soumise.

Pendant la première semaine nous n'eûmes pas de visiteurs et je commençais à croire que mon compagnon avait aussi peu d'amis que moi-même. Bientôt, toutefois, je m'aperçus qu'il avait beaucoup de connaissances, et cela, dans les classes les plus diverses de la société. Ce fut d'abord un petit bonhomme blême, à la figure de rat et aux yeux sombres, qui me fut présenté comme M. Lestrade et qui vint trois ou quatre fois dans la même semaine. Un matin, ce fut une jeune fille qui vint. Habillée à la dernière mode, elle s'attarda une heure, si ce n'est plus. L'après-midi du même jour amena un visiteur assez pauvrement vêtu ; il était grisonnant et ressemblait à un colporteur juif ; il me parut fort excité et il fut suivi de très près par une femme déjà avancée en âge et tout à fait négligée. En une autre occasion, un monsieur à cheveux blancs eut avec lui une entrevue ; un autre jour vint un porteur de gare, dans son uniforme de velours. Quand l'un de ces indéfinissables visiteurs se présentait, Holmes me priait de le laisser disposer du studio et je me retirais dans ma chambre. Il ne manquait jamais de s'excuser de me déranger ainsi :

« Il faut, disait-il, que cette pièce me serve de cabinet d'affaires ! Ces gens sont mes clients. »

C'était une nouvelle occasion de lui demander de but en blanc de quelles affaires il s'agissait, mais mes scrupules m'empêchaient de forcer un homme à se confier à moi.

Je m'imaginais alors qu'il avait de graves raisons de ne pas y faire allusion. Toutefois il dissipa bientôt cette idée en abordant lui-même ce sujet. C'était, j'ai de bonnes raisons de m'en souvenir, le 4 mars. Ce jour-là je m'étais levé un peu plus tôt que d'habitude et j'avais constaté que Sherlock Holmes n'avait pas encore achevé son petit-déjeuner. Notre hôtesse était tellement habituée à mes heures tardives qu'elle n'avait pas mis mon couvert ou préparé mon café. Avec une vivacité irréfléchie, j'agitai la sonnette et, assez sèchement, lui déclarai que j'étais prêt. Là-dessus, je pris sur la table une revue et essayai de lire pour passer le temps pendant que mon compagnon mangeait en silence ses rôties. Le titre d'un des articles de la revue avait été marqué d'un coup de crayon ; naturellement je me mis à le parcourir.

Sous le titre plutôt prétentieux « Le Livre de la vie », il essayait de montrer tout ce qu'un observateur pouvait apprendre d'un examen minutieux et systématique de tout ce qui se présentait à lui. Le tout me parut un remarquable mélange de finesse et d'absurdité. Le raisonnement était serré, mais les déductions me paraissaient tirées par les cheveux et exagérées. L'auteur prétendait pénétrer les pensées les plus intimes d'un homme par une expression momentanée de sa figure, par le mouvement d'un muscle, par un regard fugitif. Pour une personne rompue à observer et à analyser, l'erreur devenait chose impossible. Ses conclusions étaient aussi infaillibles qu'autant de propositions d'Euclide. Ses résultats apparaissaient si étourdissants aux non-initiés que, tant qu'ils ne connaissaient pas la méthode pour les obtenir, ils pouvaient soupçonner leur auteur d'être sorcier.

« En partant d'une goutte d'eau, disait l'auteur, un logicien pourrait déduire la possibilité d'un océan Atlantique ou d'un Niagara, sans avoir vu l'un ou l'autre, sans même en avoir jamais entendu parler. Ainsi toute la vie est une vaste chaîne dont la nature nous devient connue chaque fois qu'on nous en montre un seul anneau. Comme tous les autres arts, la science de la déduction et de l'analyse est un art que l'on ne peut acquérir que par une longue et patiente étude, et la vie n'est pas assez longue pour permettre à un homme, quel qu'il soit, d'atteindre à la plus haute perfection possible en cet art. Avant de s'appliquer aux aspects moraux et mentaux de ce sujet qui sont ceux qui présentent les plus grandes difficultés, le chercheur fera bien de commencer par résoudre des problèmes plus élémentaires. Quand il rencontre un homme, qu'il apprenne, rien qu'en le regardant, à connaître l'histoire de cet homme, la profession, son métier. Tout puéril que cet exercice puisse paraître, il aiguise les facultés d'observation et il vous apprend où l'on doit regarder et ce que l'on doit chercher. Les ongles d'un homme, les manches de son vêtement, les genoux de son pantalon, les callosités de son index et de son pouce, ses manchettes, son attitude, toutes ces choses révèlent nettement le métier d'un individu. Il est presque inconcevable que, si tous ces éléments sont réunis, ils ne suffisent pas pour éclairer le chercheur expérimenté. »

« Quel impossible fatras ! criai-je, en rejetant la revue sur la table. Je n'ai de ma vie lu de telles sornettes.

— Qu'est-ce que c'est ? dit Sherlock Holmes.

— Eh bien ! cet article ! Je vois que vous l'avez lu, puisque vous l'avez marqué. Je ne nie point qu'il soit bien écrit. Mais il m'irrite tout de même. Il est évident que c'est là une théorie bâtie par un oisif qui, dans son fauteuil, de son cabinet de travail, déroule gentiment tous ces petits paradoxes. J'aimerais le coincer dans un wagon de seconde classe du métro pour lui demander de me dire les métiers de tous les voyageurs. J'engagerais avec lui un pari à mille contre un.

— Vous perdriez votre argent. Quant à l'article, j'en suis l'auteur.

— Vous ?

— Oui. L'observation et la déduction, j'ai un faible pour ces deux choses-là. Les théories que j'ai formulées là et qui vous semblent si chimériques sont, en réalité, extrêmement pratiques, si pratiques que j'en dépends pour mon pain et mon sel.

— En quoi ? dis-je, involontairement.

— Eh bien ! j'ai un métier qui m'est propre. Je suppose que je suis son seul adepte au monde. Je suis détective consultant, si vous pouvez comprendre ce que c'est. Ici, à Londres, nous avons des quantités de détectives officiels, des quantités de détectives privés. Quand ces gens-là se trouvent en défaut, ils viennent à moi et je m'arrange pour les remettre sur la bonne piste. Ils m'exposent les faits, les témoignages et je peux, en général, grâce à ma connaissance de l'histoire criminelle, leur indiquer la bonne voie. Il y a une forte ressemblance de famille entre tous les méfaits, et si on possède sur le bout des doigts les détails d'un millier de crimes, il est bien extraordinaire que l'on ne puisse débrouiller le mille et unième. Lestrade est un détective bien connu. Dernièrement il s'est fourvoyé à propos d'une histoire de faux, et c'est ce qui l'a amené ici.

— Et les autres ?

— Ils me viennent pour la plupart d'agences de recherches privées. Ce sont des gens qui se trouvent dans l'embarras pour une chose ou une autre et qui ont besoin d'être renseignés, d'y voir plus clair. J'écoute leur histoire, ils écoutent mes conseils et j'empoche mes honoraires.

— Mais vous ne prétendez pas que, sans quitter votre chambre, vous pouvez résoudre ces difficultés à quoi d'autres n'ont pu rien comprendre, alors qu'eux ont tout vu ?

— Exactement. J'ai sous ce rapport une sorte d'intuition. De temps en temps il se présente un cas plus compliqué. Alors il faut que je me démène un peu et que je voie les choses de mes propres yeux. Vous comprenez, j'ai énormément de connaissances spéciales que j'applique au problème et qui me facilitent étonnamment les choses. Les règles de déduction exposées dans l'article qui vient de provoquer votre mépris me sont d'une valeur inestimable dans la pratique. L'observation, chez moi, est une seconde nature. Vous avez paru surpris quand, à notre première rencontre, je vous ai dit que vous reveniez de l'Afghanistan.

— On vous l'avait dit, sans doute.

— Pas du tout. Je savais que vous reveniez de l'Afghanistan. Par suite d'une longue habitude, toute une série de pensées m'a si rapidement traversé l'esprit que je suis arrivé à cette conclusion sans avoir eu conscience des étapes intermédiaires. Ces étapes existent pourtant. Mon raisonnement coordonné, le voici. Ce gentleman est du type médecin, mais il a l'air d'un militaire. Sûrement c'est un major. Il revient des tropiques, car son visage est très brun, mais ce n'est pas la couleur naturelle de sa peau, puisque ses poignets sont blancs. Il a enduré des privations, il a été malade : son visage l'indique clairement. Il a été blessé au bras, à en juger par la raideur peu naturelle de celui-ci. Dans quelle partie des tropiques un major de l'armée anglaise peut-il avoir subi tant de privations et avoir été blessé au bras ? Évidemment en Afghanistan. Tout cet enchaînement de pensées n'a pas pris une seconde et je vous ai fait cette remarque que vous veniez de l'Afghanistan, dont vous avez été étonné.

— Expliqué ainsi, c'est assez simple, dis-je en souriant. Vous me rappelez le Dupin de Poe. Je ne supposais pas qu'un type de ce genre existait en dehors des romans. »

Sherlock Holmes se leva et alluma sa pipe.

« Sans doute croyez-vous me faire un compliment en me comparant à Dupin. Or, à mon avis, Dupin était un être très inférieur. Cette façon qu'il avait de deviner les pensées de ses amis après un quart d'heure de silence était très prétentieuse et superficielle. Il avait, sans doute, un certain génie de l'analyse, mais il n'était nullement un phénomène comme Poe semblait l'imaginer.

— Avez-vous lu les ouvrages de Gaboriau ? Lecoq approche-t-il de votre idée d'un détective ? »

Sherlock Holmes eut un mouvement ironique.

« Lecoq, dit-il d'un ton irrité, était un gaffeur. Il n'avait qu'une chose en sa faveur : son énergie. Ce livre m'a positivement rendu malade. Il s'agissait d'identifier un prisonnier inconnu. Je l'aurais fait, moi, en vingt-quatre heures. Lecoq y a mis un mois ou presque. Cet ouvrage pourrait constituer à l'usage des détectives un livre élémentaire destiné à leur apprendre ce qu'il faut éviter. »

Je ressentais quelque indignation de voir ainsi maltraiter deux personnages que j'avais admirés. Je m'avançai jusqu'à la fenêtre et restai là à regarder la rue affairée, en pensant : « Ce garçon-là est peut-être très fort, mais il est certainement très fat. »

« Il n'y a pas de crimes et il n'y a pas de criminels de nos jours, dit-il d'un ton de regret. À quoi cela sert-il d'avoir un cerveau dans notre profession ? Je sais bien que j'ai en moi ce qu'il faut pour que mon nom devienne célèbre. Il n'y a aucun homme, il n'y en a jamais eu qui ait apporté une telle somme d'étude et de talent naturel à la déduction du crime. Et quel en est le résultat ? Il n'y a pas de crimes à découvrir ; tout au plus quelque maladroite crapulerie ayant des motifs si transparents que même un agent de Scotland Yard y voit clair tout de suite. »

Sa manière prétentieuse continuait de m'ennuyer ; je crus qu'il valait mieux changer le sujet de la conversation.

« Je me demande ce que cherche ce type là-bas, dis-je, désignant un grand individu habillé simplement qui suivait l'autre côté de la rue, en examinant anxieusement les numéros. »

Il tenait à la main une grande enveloppe bleue et, de toute évidence, portait un message.

« Vous parlez de ce sergent d'infanterie de marine ? » dit Sherlock Holmes.

« Prétention et vantardise ! pensai-je à part moi. Il sait bien que je ne peux vérifier ce qu'il prétend deviner. »

Cette pensée m'avait à peine passé par la tête que l'homme que nous regardions, apercevant le numéro de notre maison, traversa la rue en courant. Nous entendîmes frapper bruyamment à la porte d'entrée, puis une grosse voix et enfin des pas lourds qui montaient l'escalier.

« Pour M. Sherlock Holmes » dit-il en entrant dans notre studio et en tendant la lettre à mon ami.

Une occasion se présentait de rabattre un peu la vanité de Holmes qui ne la prévoyait guère tout à l'heure, quand il se livrait à ses conjectures hasardeuses.

« Puis-je vous demander, mon brave, dis-je doucement, quel est votre métier ?

— Commissionnaire, monsieur, dit-il d'une voix brusque. Mon uniforme est en réparation.

— Et qu'est-ce que vous faisiez avant ? »

Ce disant, je regardais malicieusement mon compagnon.

« Sergent, monsieur, dans l'infanterie de marine. Pas de réponse, monsieur ? Parfait. »

Il fit claquer ses talons l'un contre l'autre, leva la main pour nous saluer et disparut.

Chapitre III
Le mystère de Lauriston Gardens

Cette preuve toute fraîche que les théories de mon compagnon étaient applicables m'ébranla. Du même coup crût mon respect pour sa puissance d'analyse. Toutefois, je me demandais encore si tout cela n'avait pas été préparé pour m'éblouir ; mais quel intérêt aurait eu Sherlock Holmes à m'en imposer de la sorte ? Je le regardai ; il avait fini de lire la lettre et ses yeux avaient pris une expression vague, terne, qui marquait chez lui la préoccupation.

« Comment diable avez-vous pu deviner cela ? demandai-je.

— Deviner quoi ? dit-il sans aménité.

— Eh bien, qu'il était un sergent de marine en retraite ?

— Je n'ai pas de temps à perdre en bagatelles ! répondit-il avec brusquerie avant d'ajouter dans un sourire : excusez ma rudesse ! Vous avez rompu le fil de mes pensées. Mais c'est peut-être aussi bien. Ainsi donc vous ne voyiez pas que cet homme était un sergent de marine ?

— Non, certainement pas !

— Décidément, l'explication de ma méthode me coûte plus que son application ! Si l'on vous demandait de prouver que deux et deux font quatre, vous seriez peut-être embarrassé ; et cependant, vous êtes sûr qu'il en est ainsi. Malgré la largeur de la rue, j'avais pu voir une grosse ancre bleue tatouée sur le dos de la main du gaillard. Cela sentait la mer. Il avait la démarche militaire et les favoris réglementaires ; c'était, à n'en pas douter, un marin. Il avait un certain air de commandement et d'importance. Rappelez-vous son port de tête et le balancement de sa canne ! En outre, son visage annonçait un homme d'âge moyen, sérieux, respectable. Tous ces détails m'ont amené à penser qu'il était sergent.

— C'est merveilleux ! m'écriai-je.

— Peuh ! L'enfance de l'art ! dit Holmes, mais d'un air qui me parut trahir sa satisfaction devant ma surprise et mon admiration manifestes. Tout à l'heure, j'ai dit qu'il n'y avait plus de criminels. J'avais tort, à ce qu'il paraît. Voyez plutôt. »

Il me lança la lettre apportée par le commissionnaire.

« C'est épouvantable ! m'écriai-je après avoir parcouru quelques lignes.

— Voilà qui semble, en effet, sortir de l'ordinaire, dit-il avec sang-froid. Auriez-vous l'obligeance de me la relire à haute voix ? »

Voici la lettre :

« Cher Monsieur Sherlock Holmes,

« Il y a eu une triste affaire au numéro trois de Lauriston Gardens, qui aboutit à Brixton Road. Vers deux heures du matin, notre agent de service vit une lumière dans la maison ; ce fait éveilla ses soupçons, car il s'agit d'une maison inhabitée. Il trouva la porte ouverte et, dans la pièce de devant, qui est sans meubles, il découvrit la dépouille mortelle d'un individu bien mis, ayant dans sa poche des cartes au nom d'Enoch J. Drebber, Cleveland, Ohio, U.S.A. Il n'y a pas eu de vol et il n'y a pas non plus d'indice qui nous révèle la façon dont cet homme a trouvé la mort. On a relevé des traces de sang dans la pièce, mais le cadavre ne porte aucune blessure. Nous ne nous expliquons pas sa présence dans cette maison vide ; en fait, cette affaire est un casse-tête ! Si vous pouvez venir sur les lieux avant midi, vous m'y trouverez. En attendant votre réponse, j'ai laissé tout comme c'était. Si vous ne pouvez pas venir, je vous communiquerai de plus amples détails. Vous m'obligeriez beaucoup en me réservant la faveur de me dire votre opinion.

« Agréez, cher Monsieur, etc. Tobias Gregson. »

« Gregson est le meilleur limier de Scotland Yard, dit mon ami. Lui et Lestrade sont le dessus du panier, ce qui ne veut pas dire qu'ils valent grand-chose ! Rapides et énergiques, ils sont en revanche routiniers de façon scandaleuse. Par-dessus le marché, ils travaillent à couteaux tirés : jaloux l'un de l'autre comme des vedettes ! L'affaire ne manquera pas de piquant si on les lance tous deux sur la piste ! »

Sa tranquillité me renversait. Je m'écriai :

« Vous n'avez pas un moment à perdre ! Faut-il aller vous chercher un fiacre ?

— Je ne sais pas encore si j'irai là-bas. Il n'y a pas plus paresseux que moi, du moins quand la flemme me prend ; d'autres fois, je suis assez allant…

— Mais c'est la chance de votre vie, Holmes !

— Bah ! En supposant que je tire la chose au clair, vous pouvez être sûr que Gregson, Lestrade et consorts s'en attribueront tout le mérite. C'est l'inconvénient de ne pas être un personnage officiel.

— Gregson mendie votre aide...

— En effet, il reconnaît que je lui suis supérieur ; il me l'avoue bien dans le tête-à-tête, mais il s'arracherait la langue plutôt que d'en convenir en présence d'un tiers ! Allons quand même voir. Je ferai ma petite enquête personnelle. Si je n'y trouve pas mon compte, du moins je m'amuserai aux dépens de mes collègues... En route ! »

Chez lui succéda soudain à sa flemme un accès d'activité ; il sauta sur son pardessus, puis :

« Prenez votre chapeau, dit-il.

— Vous voulez bien de moi ?

— Oui, si vous n'avez rien de mieux à faire ! »

L'instant d'après, nous roulions ensemble à une allure vertigineuse vers Brixton Road.

La matinée était brumeuse, nuageuse. Le voile brun foncé qui enveloppait le toit des maisons semblait le reflet des rues pleines de boue. Mon compagnon était en verve. Il discourait sur les violons de Crémone, sur les mérites relatifs du Stradivarius et de l'Amati. Quant à moi, je restais silencieux, déprimé par le temps maussade comme par la lugubre affaire où nous nous engagions.

À la fin, j'interrompis Holmes au beau milieu de sa dissertation.

« Vous ne semblez pas penser beaucoup à l'affaire.

— Faute de données, répondit-il. Chercher une explication avant de connaître tous les faits est une erreur capitale. Le jugement s'en trouve faussé.

— Vous aurez bientôt vos données, dis-je. Car nous arrivons à Brixton Road. Voici la maison, si je ne me trompe.

— En effet… Conducteur, arrêtez-nous ! »

Nous en avions encore pour une centaine de mètres, mais il insista pour descendre tout de suite. Nous fîmes à pied le reste du chemin.

Le numéro 3 de Lauriston Gardens offrait un aspect sinistre et menaçant. C'était une des quatre maisons qui se dressaient en retrait à quelque distance de la rue ; deux d'entre elles étaient habitées, les deux autres étaient vides. La dernière avait trois rangées de fenêtres sans rideaux, mélancoliques, nues, désolées ; ici et là, sur les vitres sales, s'étalait un écriteau : « À louer ». Un petit jardin parsemé de touffes de plantes malingres séparait chaque maison de la rue ; il était traversé par une allée étroite de couleur jaunâtre, mélange d'argile et de gravier. La pluie tombée pendant la nuit avait tout détrempé. Le jardin était bordé par un mur de briques, haut d'un mètre et muni d'une balustrade en bois. À ce mur était adossé un robuste agent de police entouré d'un petit groupe de badauds qui allongeaient le cou et écarquillaient les yeux dans le vain espoir de surprendre quelque chose de l'enquête menée à l'intérieur.

Je m'étais imaginé que Sherlock Holmes s'engouffrerait dans la maison pour se plonger aussitôt en plein mystère.

Au contraire, il prit un air insouciant qui, en la circonstance, frisait l'affectation ; nonchalamment, il arpenta le trottoir, effleurant du regard le sol, le ciel, les maisons d'en face, la balustrade. Puis il descendit l'allée ou plutôt la bordure d'herbe qui longeait l'allée, les yeux rivés au gazon. Il s'arrêta à deux reprises. Une fois, je l'entendis pousser un cri de joie. Le sol humide et argileux avait conservé les empreintes de plusieurs pas. Mais, comme les policiers, dans leurs allées et venues, l'avaient foulé tant et plus, je ne pouvais m'expliquer que mon compagnon pût encore en espérer quelque révélation. Toutefois, je savais que là où, moi, je n'apercevais rien, lui distinguait une foule de choses : il m'avait déjà donné une preuve extraordinaire de l'acuité de son regard.

À la porte d'entrée, un homme de haute taille nous accueillit ; il avait un visage blafard et des cheveux couleur de lin ; il tenait à la main un calepin. Il se précipita et serra avec reconnaissance la main de mon compagnon.

« C'est vraiment chic à vous d'être venu ! dit-il. J'ai laissé tout intact.

— À part le jardin, répondit mon ami en désignant l'allée. Un troupeau de bisons n'aurait pas fait plus de dégâts ! J'espère que vous avez pris la précaution d'examiner le terrain avant d'autoriser vos hommes à le piétiner…

— C'est que j'ai eu beaucoup de choses à faire là-dedans, répondit évasivement le détective. Mon collègue M. Lestrade est sur les lieux. J'avais pensé qu'il s'en chargerait. »

Holmes me jeta un coup d'œil, puis relevant les sourcils :

« Quand deux hommes tels que vous et Lestrade sont sur le même terrain, dit-il ironiquement, que reste-t-il à faire à un troisième ? »

Gregson se frotta les mains content de lui-même.

« J'estime que nous avons fait tout ce qui était en notre pouvoir, répondit-il. Mais c'est un cas étrange et je connais votre goût pour ce genre d'affaires.

— Vous n'êtes pas venu en fiacre ? demanda Sherlock Holmes.

— Non.

— Et Lestrade ?

— Non plus…

— Alors, allons voir la chambre. »

Sur cette conclusion inattendue, il pénétra à grands pas dans la maison, suivi de Gregson étonné.

Un petit corridor au plancher nu et poussiéreux conduisait à la cuisine et à l'office. À gauche et à droite, il y avait deux portes : l'une était apparemment fermée depuis plusieurs semaines ; l'autre donnait sur la salle à manger, la pièce même où s'était accompli le crime. Holmes y pénétra et je le suivis, non sans appréhension.

C'était une grande chambre carrée que l'absence de tout meuble agrandissait encore. Un papier vulgaire tendait les murs, souillé de taches d'humidité : par place il pendait en longues déchirures qui laissaient à découvert le plâtre jaune. En face de la porte était une cheminée prétentieuse. À un bout de la tablette en faux marbre blanc, on avait planté une bougie rouge. L'unique fenêtre, très sale, filtrait une lueur trouble et incertaine qui faisait apparaître gris foncé toutes les choses, du reste ensevelies sous une épaisse couche de poussière.

Ces détails, je les observai un peu plus tard. Mon attention fut d'abord captée par la forme humaine sinistrement immobile qui gisait sur le parquet ; grands ouverts, les yeux vides regardaient avec fixité le plafond déteint. C'était le cadavre d'un homme d'environ quarante-trois, quarante-quatre ans, de taille moyenne, large d'épaules, avec des cheveux noirs et crépus et une barbe de trois jours. Il portait un habit et un gilet de drap épais et un pantalon clair. Son col et ses manchettes étaient d'une blancheur immaculée. Un chapeau haut de forme, bien brossé et lustré, était posé sur le parquet, à côté de lui. Ses mains étaient crispées et ses bras étendus, tandis que ses membres inférieurs étaient entrecroisés. L'agonie avait dû être douloureuse ! Son visage rigide conservait une expression d'horreur ; je crus y lire de la haine aussi. Une grimace méchante, un front bas, un nez épaté, une mâchoire avancée donnaient à la victime une apparence simiesque. Sa posture insolite, recroquevillée, accusait encore davantage cette ressemblance. Il m'a été donné de voir la mort sous bien des aspects, mais elle ne m'est jamais apparue plus effroyable que dans cette maison macabre qui donnait sur l'une des artères principales de la banlieue de Londres.

Lestrade, mince de taille, la mine chafouine, se tenait près de la porte. Il nous salua.

« Cette affaire fera sensation ! dit-il. Elle dépasse tout ce que j'ai vu, et pourtant je ne suis plus un nouveau-né !

— Toujours pas d'indice ? s'enquit Gregson.

— Toujours pas ! » répondit Lestrade en écho.

Sherlock Holmes s'approcha du corps. Il s'agenouilla et l'examina attentivement.

« Vous êtes sûrs qu'il n'a pas été blessé ? demanda-t-il en montrant du doigt alentour des caillots et des éclaboussures de sang.

— Absolument ! s'exclamèrent ensemble les deux détectives.

— Il faut donc que ce sang appartienne à un autre individu, au meurtrier, si meurtre il y a. Cela me rappelle les circonstances qui ont accompagné la mort de van Jansen, à Utrecht, en 1834. Vous souvenez-vous de cette affaire, Gregson ?

— Non, je ne m'en souviens pas.

— Eh bien, informez-vous, vous ne perdrez pas votre temps. Il n'y a rien de nouveau sous le soleil. Tout ce qui est a déjà été. »

Tandis que Sherlock Holmes parlait, ses doigts agiles voltigeaient ici, là, partout ; ils palpaient, pressaient, déboutonnaient, fouillaient. Entre-temps, ses yeux avaient l'air lointain que j'avais déjà remarqué. L'examen fut fait avec une minutie qu'on n'aurait pas soupçonnée, tant il avait été rapide. Pour finir, il flaira les lèvres du mort, puis jeta un coup d'œil sur les semelles de ses chaussures vernies.

« On ne l'a pas changé de place ? demanda-t-il.

— On l'a remué seulement pour l'examiner.

— Vous pouvez le porter à la morgue, dit Sherlock Holmes. Il ne peut plus rien m'apprendre. »

Gregson avait à sa disposition une civière et quatre hommes. Ceux-ci arrivèrent à son appel ; ils soulevèrent le cadavre et l'emportèrent. Au moment où on enlevait le corps, une bague tomba avec un son clair et roula sur le parquet. Lestrade s'en saisit et l'examina, l'air perplexe.

« Il y a une femme ici ! s'exclama-t-il. C'est l'alliance d'une femme ! »

Pour nous faire voir l'objet, tout en parlant, il l'avait posé sur la paume de sa main. Nous fîmes cercle autour de lui, tout yeux. Ce petit anneau en or avait, à n'en pas douter, orné jadis le doigt d'une mariée.

« Cela complique les choses, dit Gregson. Elles étaient pourtant assez compliquées comme ça !

— N'en sont-elles pas plutôt simplifiées ? dit Holmes. Rien ne sert de rester les yeux fixés sur la bague. Qu'est-ce que vous avez trouvé dans les poches de la victime ?

— Tout est là, répondit Gregson, pointant du doigt des objets en tas sur la dernière marche de l'escalier. Une montre en or, numéro 97163, par Barraud, de Londres. Une chaîne giletière en or très lourde et très solide. Une bague en or avec une devise maçonnique. Une épingle en or à tête de bouledogue, avec des yeux en rubis. Un porte-cartes en cuir de Russie, contenant des cartes d'Enoch J. Drebber, de Cleveland, auxquelles correspondent les initiales E. J. D. du linge. Pas de bourse, mais de l'argent : sept livres treize shillings. Il y a encore une édition de poche du *Décaméron* portant sur la feuille de garde le nom de Joseph Stangerson ; et enfin deux lettres : l'une est adressée à E. J. Drebber et l'autre, à ce Joseph Stangerson.

— À quelle adresse ?

— American Exchange, Strand, poste restante. Les deux lettres proviennent de la Compagnie de navigation à vapeur Guion et il est question du départ de leurs bateaux de Liverpool. Il est clair que ce malheureux se disposait à repartir pour New York.

— Avez-vous fait des recherches au sujet de ce Stangerson ?

— Immédiatement, dit Gregson. J'ai envoyé des avis à tous les journaux, et un de mes hommes est allé à l'American Exchange. Il n'est pas encore revenu.

— Avez-vous câblé à Cleveland ?

— Ce matin même.

— Comment avez-vous rédigé votre demande ?

— Nous avons tout simplement exposé les circonstances et dit que nous accueillerions avec reconnaissance tout renseignement pouvant nous être utile.

— Vous n'avez pas insisté sur un renseignement capital ?

— Stangerson ? J'ai demandé qui il est.

— C'est tout ? N'y a-t-il pas un fait sur lequel repose toute l'affaire ? Ne câblerez-vous pas de nouveau ?

— J'ai dit tout ce que j'avais à dire », répondit Gregson, prenant un air offensé.

Sherlock Holmes rit sous cape. Il s'apprêtait à faire une observation quand Lestrade – il était rentré dans la chambre tandis que nous en causions dans le vestibule – réapparut sur la scène en se frottant les mains avec suffisance.

« Monsieur Gregson, dit-il, je viens de découvrir une chose de la plus grande importance. Elle serait passée inaperçue si je n'avais pas examiné soigneusement les murs. »

Les yeux du petit homme jetaient des étincelles. Il contenait à peine sa joie de damer le pion à un collègue.

« Venez ! dit-il en retournant avec empressement dans la chambre dont l'atmosphère semblait purifiée depuis l'enlève-ment du cadavre. Bon. Maintenant, restez là… »

Il frotta une allumette contre sa semelle et l'éleva vers le mur.

« Regardez ! » s'écria-t-il triomphalement.

J'avais remarqué que le papier s'était décollé par endroits. Dans ce coin de la chambre, un grand morceau pendait laissant à découvert un carré de plâtre jaune. Sur cet espace nu, on avait griffonné en lettres de sang ce seul mot : RACHE.

« Qu'est-ce que vous pensez de ça ? s'écria le détective. Nous ne l'avions pas vu parce que c'était dans le coin le plus sombre. Personne n'a pensé à regarder par là. L'assassin a écrit avec son propre sang. Voyez cette traînée qui a dégouliné le long du mur ! En tout cas, toute hypothèse de suicide se trouve écartée désormais. Et pourquoi avoir choisi ce coin ? Je vais vous le dire. Vous voyez cette bougie, sur la cheminée ? Elle était allumée : ce coin qui est maintenant dans la partie la plus obscure se trouvait alors dans la plus éclairée.

— Et quel sens prêtez-vous à votre trouvaille ? demanda Gregson d'un ton dédaigneux.

— Quel sens ? Eh bien, on allait écrire « Rachel », mais on a été dérangé. Retenez ce que je vous dis : quand on aura éclairci cette affaire, on saura qu'une femme prénommée Rachel était dans le coup… Riez, riez, monsieur Sherlock Holmes ! Vous pouvez être brillant et astucieux ; mais, à la fin, on s'apercevra que le vieux limier est encore le meilleur !

— Je vous demande bien pardon ! dit mon compagnon qui avait irrité le petit homme en pouffant de rire. Sans conteste, le mérite de cette découverte vous revient comme vous le dites. Tout prouve que l'inscription a été faite par l'autre acteur du crime. Je n'ai pas encore eu le temps d'examiner cette chambre ; mais, si vous m'y autorisez, je vais le faire à présent. »

Tout en parlant, il sortit brusquement de sa poche un mètre en ruban et une grosse loupe ronde. Muni de ces deux instruments, il trotta sans bruit dans la pièce ; il s'arrêtait, il repartait ; de temps à autre, il s'agenouillait et, même une fois, il se coucha à plat ventre. Il semblait avoir oublié notre présence ; il monologuait sans cesse à mi-voix ; c'était un feu roulant d'exclamations, de murmures, de sifflements, de petits cris d'encouragement et d'espoir. Il me rappelait invinciblement un chien courant de bonne race et bien dressé, qui s'élance à droite puis à gauche à travers le hallier, et qui, dans son énervement, ne s'arrête de geindre que lorsqu'il retrouve la trace. Pendant plus de vingt minutes, Holmes poursuivit ses recherches ; il mesurait avec le plus grand soin l'espace qui séparait deux marques invisibles pour moi, et, de temps à autre, tout aussi mystérieusement, il appliquait son mètre contre le mur. À un endroit du parquet, il mit, avec précaution, un peu de poussière en tas, puis la recueillit dans une enveloppe. Finalement, avec la plus grande minutie, il étudia à la loupe chaque lettre du mot inscrit sur le mur. Cela fait, il parut satisfait ; il remit dans sa poche le mètre et la loupe.

« On a dit que le génie n'est qu'une longue patience, dit-il en souriant. Ce n'est pas très exact, mais cela s'applique assez bien au métier de détective. »

Gregson et Lestrade avaient observé les manœuvres de l'amateur avec beaucoup de curiosité et un peu de mépris. Ils ne se rendaient évidemment pas compte d'un fait qui m'apparaissait enfin : les plus petites actions de Sherlock Holmes tendaient toutes vers un but défini et pratique.

« Quel est votre avis ? demandèrent ensemble les deux hommes.

— Si j'étais censé vous venir en aide, messieurs, je vous volerais le crédit que vous devez tirer de cette affaire. N'importe qui serait mal venu d'intervenir dans une enquête que vous avez si bien menée jusqu'à présent... »

Ses paroles sentaient le sarcasme d'une lieue.

« Si vous voulez me tenir au courant de vos recherches, ajouta-t-il, je serai heureux de vous apporter toute l'aide possible. Entre-temps, j'aimerais parler à l'agent qui a trouvé le corps. Pouvez-vous me donner son nom et son adresse ? »

Lestrade consulta son calepin.

« John Rance, dit-il. Il n'est pas de service en ce moment. Vous le trouverez au 46, Audley Court, Kensington Park Gate. »

Holmes nota l'adresse.

« Venez, docteur ! dit-il. Nous allons voir John Rance. »

Puis, se tournant vers les deux détectives :

« Je vais vous dire quelque chose qui pourra vous être utile. Il y a eu assassinat. Le meurtrier est un homme. Il fait plus d'un mètre quatre-vingts ; il est dans la force de l'âge ; pour sa taille, il a de petits pieds ; il porte des brodequins à talons carrés ; et il fume des cigares de Trichinopoly. Il est venu ici, avec sa victime, dans un fiacre, tiré par un cheval qui avait trois vieux fers et un neuf à la patte antérieure droite. Selon toute probabilité, le meurtrier a un visage haut en couleur ; et les ongles de sa main droite sont remarquablement longs. Je ne vous donne que ces quelques indications, mais elles pourront vous être utiles. »

Lestrade et Gregson s'entre-regardèrent avec un sourire incrédule.

« Si cet homme a été assassiné, comment l'a-t-il été ? demanda le premier.

— Empoisonné », dit Sherlock Holmes d'un ton péremptoire, avant de s'éloigner.

Arrivé à la porte, il se retourna :

« Autre chose. Sachez, Lestrade, que *"Rache"* est un mot allemand qui signifie "vengeance". Ne perdez donc pas votre temps à chercher une Mlle Rachel. »

Après cette flèche du Parthe, il sortit, laissant ses deux rivaux bouche bée.

Chapitre IV
Ce que John Rance avait à dire

Il était une heure quand nous quittâmes Lauriston Gardens. Je suivis Sherlock Holmes au bureau de poste le plus près. Il expédia une longue dépêche. Puis il héla un fiacre et donna au conducteur l'adresse de John Rance.

« Rien de tel que les renseignements de première main, dit-il. Mon opinion est déjà faite, mais il est prudent de chercher à tout connaître.

— Vous m'ahurissez, Holmes ! dis-je. Certainement, vous n'êtes pas aussi sûr que vous le prétendez de tous les détails que vous leur avez fournis.

— Pas d'erreur possible ! répondit-il. La première chose que j'aie remarquée en arrivant là-bas, c'est que les roues d'une voiture avaient creusé deux ornières près de la bordure du trottoir ; or, jusqu'à la nuit dernière, nous n'avions pas eu de pluie depuis une semaine ; par conséquent, les roues qui ont laissé une empreinte si profonde ont dû y passer la nuit dernière. Il y avait aussi la marque des sabots : le dessin de l'un d'eux était net ; le fer était donc neuf. Puisque le fiacre était là quand il pleuvait, et que, d'après Gregson, on ne l'a pas revu dans la matinée, il faut donc qu'il ait amené de nuit ces deux individus.

— Cela est simple, dis-je, mais la taille du meurtrier ?

— La taille d'un homme, neuf fois sur dix, se déduit à partir de la longueur de ses enjambées. C'est un calcul assez facile, mais je ne veux pas vous ennuyer avec des chiffres. Les pas du meurtrier se voyaient dehors dans la boue, et, à l'intérieur, sur la poussière. Et j'ai eu un moyen de vérifier mon calcul. Quand un homme écrit sur un mur, il le fait d'instinct au niveau de ses yeux. Or, l'inscription était à un peu plus d'un mètre quatre-vingts du sol. Peuh ! un jeu d'enfant !

— Et son âge ? demandai-je.

— Eh bien, un homme ne peut pas être tout à fait vieux s'il enjambe facilement un mètre trente. C'était la largeur d'une flaque d'eau dans le jardin. Les chaussures vernies l'avaient contournée et les talons carrés l'avaient sautée. Il n'y a rien de mystérieux là-dedans. J'applique tout simplement aux choses de la vie quelques-unes des règles d'observation et de déduction que j'ai préconisées dans mon article. Quelque chose vous intrigue encore ?

— Oui, les ongles, le Trichinopoly, amorçai-je.

— L'inscription sur le mur a été tracée par un index trempé dans du sang. J'ai pu observer à l'aide de ma loupe que le plâtre avait été légèrement égratigné autour des lettres, ce que n'aurait pas fait un ongle court. J'ai ramassé un peu de cendre éparpillée sur le plancher. Elle était sombre et feuilletée, comme ne peut en faire qu'un Trichinopoly. Je me suis livré à une étude spéciale sur la cendre des cigares ; j'ai même écrit une monographie sur le sujet ! Je me flatte de pouvoir reconnaître, d'un coup d'œil, la cendre de n'importe quelle marque connue de cigares ou de tabac. C'est justement dans ces détails qu'un détective compétent se distingue d'un Gregson ou d'un Lestrade.

— Et la figure haute en couleur ? demandai-je.

— Oh ! ça, c'est beaucoup plus hardi ! Mais je suis quand même sûr d'avoir raison. Ne me demandez pas d'explication pour le moment. »

Je passai la main sur mon front.

« J'ai le vertige. Plus on pense à cette affaire, plus elle devient mystérieuse. Pourquoi ces deux hommes, s'ils étaient deux, sont-ils venus dans une maison vide ? Qu'est devenu le cocher qui les a amenés ? Comment l'un a-t-il pu forcer l'autre à prendre du poison ? D'où provenait le poison ? Quel était le mobile du crime, puisque ce n'est pas le vol ? Comment une bague de femme est-elle arrivée là ? Et pourquoi avoir écrit le mot *"Rache"*, avant de décamper ? J'avoue que je n'arrive pas à concilier ces faits. »

Mon compagnon eut un sourire approbateur.

« Vous avez résumé avec clarté et concision toutes les difficultés, dit-il. Il y a encore bien des points obscurs. Cependant, sur les principaux faits, j'ai mon idée. Quant à la découverte du pauvre Lestrade, c'était tout simplement une feinte ; en suggérant par là les sociétés secrètes, on a voulu lancer la police sur une fausse piste. L'inscription n'a pas été tracée par un Allemand. La lettre A, si vous avez remarqué, était écrite en gothique. Or, un Allemand écrit toujours ses A en caractère latin. Nous pouvons donc affirmer à coup sûr que l'inscription a été faite, non par un Allemand, mais par un imitateur trop appliqué. C'était simplement une ruse pour engager l'enquête sur une mauvaise voie… Je ne m'étendrai pas davantage sur cette affaire, docteur ! Vous savez qu'un magicien perd son prestige en expliquant ses tours. Si je vous révélais toute ma méthode, vous penseriez qu'après tout je suis un type très ordinaire.

— Je ne penserai jamais une chose semblable, répondis-je. Jamais personne ne saurait mieux que vous ériger en science exacte la recherche des criminels. »

Mon compagnon rougit de plaisir. Autant de mes paroles que de l'enthousiasme avec lequel je les avais prononcées. J'avais déjà remarqué qu'il était aussi sensible à un compliment sur son art qu'une jeune fille peut l'être à une flatterie touchant sa beauté.

« Je vous dirai encore une chose, dit-il. L'homme aux chaussures vernies et l'homme aux talons carrés sont arrivés dans le même fiacre. Ils ont franchi ensemble l'allée, sans doute bras dessus, bras dessous. Une fois dans la chambre de devant, ils l'ont arpentée ; plus précisément, les talons carrés allaient et venaient, tandis que les chaussures vernies se tenaient tranquilles. J'ai lu tout cela dans la poussière. La longueur de plus en plus grande des enjambées indiquait aussi une surexcitation croissante. Je suppose que l'homme aux talons carrés parlait tout le temps, et qu'il s'est monté jusqu'à une rage folle. C'est alors que le drame a eu lieu. Je vous ai dit tout ce que je sais de science certaine. Le reste est hypothèses et conjectures. Nous avons un bon point de départ. Il faudra faire vite. Je veux aller au concert de Hallé, cet après-midi, pour entendre Norman-Neruda. »

Notre fiacre avait filé dans une longue suite de rues enfumées et de ruelles misérables. Dans la plus enfumée et la plus misérable, soudain il s'arrêta.

« Voilà Audley Court ! annonça le cocher en indiquant une étroite faille dans l'alignement des maisons de briques terne. Je vous attendrai ici. »

Audley Court n'était pas un lieu attrayant. Un passage exigu nous conduisit à un quadrilatère bordé de maisons sordides. Nous avançâmes avec précaution parmi des groupes d'enfants sales et sous des rangées de linge déteint, jusqu'au numéro 46. La porte était ornée d'une petite plaque de cuivre sur laquelle était gravé le nom de Rance. On nous dit que l'agent était au lit et on nous fit entrer, pour l'attendre, dans un petit salon sur le devant.

Il apparut bientôt, l'air un peu fâché d'avoir été dérangé dans son sommeil.

« J'ai fait mon rapport au poste », grommela-t-il.

Holmes tira de sa poche un demi-souverain et, d'un air pensif, il le fit sauter dans sa main.

« Nous aimerions que vous nous en parliez.

— À votre disposition, monsieur, répondit l'agent, les yeux fixés sur le petit disque en or.

— Racontez-nous donc à votre manière ce qui s'est passé. »

Rance s'installa sur le canapé de crin et joignit les sourcils ; il paraissait bien résolu à ne rien passer sous silence.

« Je vais tout vous conter à partir du commencement. Je suis de service de dix heures du soir à six heures du matin. À onze heures, il y a eu de la bagarre au *Cerf blanc* ; mais, à part ça, tout était tranquille dans mon secteur. À une heure, il se mit à pleuvoir. J'ai rencontré Harry Murcher, celui qui a la ronde de Holland Grove. On a causé un peu ensemble, au coin de la rue Henrietta. Puis, à deux heures, peut-être un petit peu plus tard, je suis allé voir si tout était dans l'ordre du côté de Brixton Road. Il faisait joliment mauvais, je ne voyais pas un chat. J'ai vu passer un fiacre ou deux, je dois dire. Chemin faisant, je pensais, entre nous soit dit, qu'un gin chaud ferait bien mon affaire, quand tout à coup j'ai vu briller une lumière à la fenêtre de la maison. Pourtant c'était une des deux maisons inhabitées de Lauriston Gardens. Le tout dernier qu'a vécu là-dedans est mort de la fièvre typhoïde, rapport que le propriétaire n'a pas voulu faire assainir les fosses. Alors vous pensez si ça m'épatait de voir la fenêtre éclairée ! Tout de suite, j'ai pensé qu'il se passait quelque chose là. Arrivé à la porte…

— Vous vous êtes arrêté, puis vous avez regagné la grille du jardin, interrompit mon compagnon. Pourquoi ? »

Rance fit un sursaut violent et ouvrit de grands yeux.

« Eh bien, c'est la vérité, monsieur, dit-il. Mais comment vous savez ça ? Dieu seul le sait. Voyez-vous, quand je suis arrivé devant la porte, tout était si tranquille et si désert que je me suis dit que ce serait tout aussi bien si j'avais quelqu'un avec moi… Je ne crains rien de ce côté-ci de la tombe, mais j'ai pensé que c'était peut-être le type qu'est mort de la typhoïde qui revenait examiner les fosses ! Cette idée-là m'a collé la trouille. Alors j'ai rebroussé chemin pour voir si je ne verrais pas la lanterne de Murcher. Mais, de lui ni de personne, pas de trace…

— Il n'y avait personne dans la rue ?

— Pas âme qui vive, monsieur ! Pas même un chien. J'ai pris sur moi et je suis retourné à la maison. J'ai poussé la porte. Tout était silencieux là-dedans. Alors je suis entré dans la chambre où il y avait de la lumière. Une bougie brûlait sur la cheminée, une bougie de cire rouge. Et à la lueur de cette bougie, qu'est-ce que j'aperçois !…

— Cela, je le sais. Vous avez fait plusieurs fois le tour de la chambre et vous vous êtes agenouillé près du corps ; puis vous êtes allé au fond du corridor et vous avez essayé d'ouvrir la porte de la cuisine ; ensuite… »

Rance se releva d'un bond, tout ensemble effrayé et soupçonneux.

« Où étiez-vous caché pour voir tout ça ? s'écria-t-il. Vous m'avez tout l'air d'en savoir trop, vous. »

Holmes se mit à rire. Il lui jeta sa carte par-dessus la table.

« Ne me faites pas arrêter sous inculpation de meurtre, dit-il. Je suis un chien de chasse, je ne suis pas le loup ! M. Gregson et M. Lestrade répondent de moi. Mais continuez. Qu'est-ce que vous avez fait ensuite ? »

Rance se rassit. Il ne paraissait pas trop rassuré.

« J'ai regagné la grille et j'ai sifflé. Murcher est arrivé avec deux autres.

— La rue était toujours déserte ?

— Pour ainsi dire.

— Comment cela ? »

Un large sourire épanouit le visage de l'agent.

« J'ai déjà vu bien des types soûls, dit-il, mais des pafs comme ce gaillard-là, ma foi, non, jamais ! Quand je suis sorti, il était à la grille ; appuyé contre les barreaux, il chantait à s'époumoner. Il ne pouvait pas se tenir debout ; nous aider, encore moins !

— Quelle sorte d'homme était-ce ? »

John Rance parut ennuyé de revenir sur ce sujet à côté de la question.

« Un homme soûl comme il n'est pas permis d'être, répondit-il. Il se serait retrouvé en taule si nous n'avions pas été si occupés !

— Mais son visage, ses vêtements, ne les avez-vous pas remarqués ? interrompit Holmes avec impatience.

— Pour sûr que je les ai remarqués, parce que j'ai soutenu le type avec Murcher ! C'était un grand gaillard qu'avait la face toute rouge. Un cache-nez lui enveloppait la moitié de la figure…

— Suffit ! s'écria Holmes. Qu'avez-vous fait de lui ?

— On avait assez à faire sans nous en charger, dit l'agent en se cabrant sous le reproche. Je parierais qu'il a fini par rentrer chez lui.

— Comment était-il vêtu ?

— Il avait un pardessus brun.

— Et un fouet à la main ?

— Un fouet ?… Non.

— Il l'avait sans doute laissé, murmura mon compagnon. Ensuite, vous n'avez pas par hasard vu et entendu un fiacre ?

— Non.

— Prenez ce demi-souverain, dit Holmes en se levant. Je crains fort, John Rance, que vous n'ayez jamais d'avancement dans la police. Votre tête ne devrait pas vous servir seulement d'ornement. Vous auriez pu gagner les galons de sergent, la nuit dernière. L'homme que vous avez tenu entre vos mains est celui que nous recherchons ; c'est lui qui tient la clef du mystère. Inutile de discuter ; c'est ainsi. Partons, docteur ! »

Nous laissâmes notre informateur incrédule, mais évidemment mal à l'aise.

« L'imbécile ! dit Holmes avec amertume, pendant que le fiacre nous ramenait chez nous. Dire qu'il a eu une pareille chance et qu'il n'en a pas profité !

— Je ne vois pas encore clair, dis-je. Le signalement de l'ivrogne concorde bien avec l'idée que vous vous faisiez du meurtrier. Mais pourquoi serait-il retourné sur les lieux de son crime ? Ce n'est pas l'habitude des criminels.

— La bague, mon ami, la bague ! Voilà ce qu'il revenait chercher. S'il n'y a pas d'autre moyen de l'attraper, nous pourrons toujours appâter notre hameçon avec la bague. Je tiens mon homme, docteur ! Je parierais deux contre un que je le tiens ! Il faut que je vous remercie. Sans vous, je ne me serais peut-être pas dérangé et j'aurais manqué la plus belle étude de ma vie. Une étude en rouge, n'est-ce pas ? Pourquoi n'utiliserions-nous pas un peu l'argot d'atelier ? Le fil rouge du meurtre se mêle à l'écheveau incolore de la vie. Notre affaire est de le débrouiller, de l'isoler et de l'exposer dans toutes ses parties. Et maintenant, à table ! Et ensuite, Norman-Neruda ! Ses attaques et son coup d'archet sont magnifiques. Quelle est donc la petite chose de Chopin qu'elle joue si admirablement ? Tra la la lira lira la. »

Le limier amateur s'affala sur la banquette et se mit à chanter comme une alouette, tandis que je méditais sur la complexité de l'esprit humain.

Chapitre V
Notre annonce nous amène
une visiteuse

Cet après-midi là, j'étais à plat : les fatigues de la matinée avaient été excessives pour ma santé débile. Quand Holmes fut parti, je m'allongeai sur le canapé. J'essayai de dormir quelques heures, mais je n'y parvins pas. Tous ces événements m'avaient surexcité. Les fantaisies et les conjectures les plus folles l'emplissaient. Chaque fois que je fermais les yeux, je revoyais le visage simiesque et tourmenté du cadavre. Il m'avait fait une impression des plus sinistres. J'éprouvais presque de la reconnaissance envers celui qui l'avait expédié ! Si jamais face humaine exprima le vice dans toute sa malice, ce fut bien celle d'Enoch J. Drebber de Cleveland !... Ce qui ne m'empêchait pas d'admettre qu'il fallait bien que justice se fît. La dépravation de la victime ne constitue pas une excuse aux yeux de la loi.

L'homme, suivant l'hypothèse de mon compagnon, avait été empoisonné ; mais plus j'y réfléchissais, plus elle m'apparaissait invraisemblable. Pourtant, je le savais, elle reposait sur une observation : Holmes avait flairé les lèvres du cadavre... Et puis, quelle pouvait être la cause de la mort, sinon le poison ? Il n'y avait pas trace de blessure ni de strangulation. Mais d'autre part, ce sang qui avait éclaboussé le parquet de qui provenait-il ? Il n'y avait pas d'indice de lutte ; et, la victime, pour blesser son agresseur, ne disposait d'aucune arme. Tant que ces questions demeureraient sans réponses, nous aurions peine à nous endormir, Holmes et moi ! Son air tranquille m'avait donné à penser qu'il avait trouvé une explication cadrant avec tout. Mais laquelle ? Je n'arrivais pas à la deviner.

Son absence se prolongea. Le concert n'avait sûrement pas pu le retenir si longtemps. Quand il rentra, le dîner était servi.

« C'était magnifique ! dit-il en prenant place à table. Vous vous rappelez ce que Darwin dit de la musique ? Il prétend que, chez les hommes, la faculté de la produire et de l'apprécier a précédé de beaucoup la parole. C'est peut-être pour cela que l'influence qu'elle exerce sur nous est si profonde. Les premiers siècles de la préhistoire ont laissé dans nos âmes de vagues souvenirs.

— Voilà une idée bien vaste ! dis-je.

— Nos idées doivent être aussi vastes que la nature pour pouvoir en rendre compte, répondit-il. Mais qu'est-ce que vous avez ? Vous ne semblez pas être dans votre assiette. Cette histoire de Lauriston Gardens vous a bouleversé ?

— Oui, je l'avoue ! dis-je. Mes expériences en Afghanistan auraient dû m'endurcir davantage. J'ai vu mes propres camarades taillés en pièces sans perdre mon sang-froid.

— Je comprends cela. Il y a dans cette affaire un mystère qui met l'imagination en branle. L'horreur ne va pas sans l'imagination. Avez-vous lu les journaux du soir ?

— Non.

— Ils rendent assez bien compte de l'affaire. Mais tous omettent de parler de la bague. C'est tant mieux.

— Comment cela ?

— Jetez un coup d'œil sur cet avis, répondit-il. Je l'ai envoyé à tous les journaux, ce matin. »

Il me passa le journal par-dessus la table et je regardai à la place indiquée. C'était la première annonce dans la colonne « Objets trouvés ». Elle était conçue en ces termes : « Ce matin, à Brixton Road, on a trouvé une alliance en or uni, sur la chaussée entre la taverne du *Cerf blanc* et Holland Grove. S'adresser au docteur Watson, 221 b, Baker Street, entre huit et neuf heures du soir. »

« Je m'excuse de m'être servi de votre nom, dit-il. Si j'avais donné le mien, quelques-uns de ces lourdauds l'auraient reconnu et ils auraient voulu se mêler de mes affaires.

— Vous avez bien fait ! répondis-je. Mais je n'ai pas d'alliance : pour peu que quelqu'un vienne…

— Pardon ! vous en avez une, dit-il en me remettant une bague. Celle-ci fera très bien l'affaire. C'est presque une copie conforme.

— Et qui cet avis nous amènera-t-il ?

— Parbleu, l'homme au vêtement brun, notre ami aux joues rubicondes et aux talons carrés ! S'il ne se présente pas en personne, il enverra un complice.

— Cette démarche ne lui semblera-t-elle pas un peu trop compromettante ?

— À mon avis, pas. Si mes suppositions sont justes, et j'ai tout lieu de le croire, cet homme risquera tout pour récupérer la bague. Pour moi, il l'a perdue en se penchant sur le cadavre de Drebber. Sur le coup, il ne s'en est pas aperçu. C'est après avoir quitté la maison qu'il a constaté sa disparition. Alors, il est revenu sur ses pas, en toute hâte ! Mais, par sa propre faute, parce qu'il avait laissé la bougie allumée, la police était déjà sur les lieux. Il simula l'ivresse pour écarter les soupçons qu'aurait pu faire naître son apparition à la grille. Maintenant, mettez-vous à la place de cet homme. Après réflexion, il doit s'être dit qu'il a peut-être perdu la bague dehors, sur la route. Alors que faire ? Parcourir avec empressement les journaux du soir pour voir si la bague se trouve au nombre des objets trouvés. Naturellement, mon avis lui saute aux yeux. Il exulte. Pourquoi soupçonnerait-il un piège ? Il ne peut imaginer que le docteur Watson établisse un rapport entre la bague et le meurtre. Il viendra. Il vient. Vous le verrez dans une heure.

— Et alors ? demandai-je.

— Je peux me charger de lui tout seul. Avez-vous des armes ?

— Mon vieux revolver d'ordonnance avec quelques cartouches.

— Vous feriez bien de le nettoyer et de le charger. Il se débattra avec l'énergie du désespoir. Je compte le prendre par surprise, mais il vaut mieux nous prémunir contre tout. »

J'allai dans ma chambre et je fis ce qu'il m'avait conseillé. Quand je revins avec mon pistolet, on avait enlevé le couvert. Holmes grattait son violon.

« Cela se corse ! dit-il, tout en continuant à se livrer à son occupation favorite. Je reçois à l'instant une réponse d'Amérique. Je ne me suis pas trompé.

— C'est-à-dire ? demandai-je avec curiosité.

— Si mon violon avait des cordes neuves, il n'en vaudrait que mieux, dit-il. Mettez votre pistolet dans votre poche. Quand le type sera là, parlez-lui d'un ton naturel. Je me charge du reste. Ne l'effrayez pas en le regardant avec trop d'insistance.

— Il est maintenant vingt heures, dis-je en consultant ma montre.

— Oui, quelques minutes encore. Entrouvrez la porte. C'est bien comme ça. Maintenant mettez la clef à l'intérieur. Merci. Voilà un curieux vieil ouvrage que j'ai trouvé hier chez un bouquiniste, *De Jure inter Gentes*, publié en latin à Liège, dans les Pays-Bas, en 1642. La tête de Charles Ier était encore solide sur ses épaules quand le papier de ce petit volume à dos brun fut tranché !…

— Quel est le nom de l'imprimeur ?

— Un Philippe de Croy quelconque. Sur la page de garde se trouvent ces mots d'une encre jaunie : « Ex libris Gulielmi Whyte. » Je me demande qui était ce William Whyte. Quelque imposant homme de loi du XVIIe siècle, je suppose. Son écriture a la tournure du droit !… Je crois que voici notre homme. »

Au même instant retentit un bref coup de sonnette. Doucement Sherlock Holmes se leva et rapprocha sa chaise de la porte. Les pas de la servante résonnèrent dans le vestibule. D'un bruit sec, elle fit sauter le loquet.

« C'est ici qu'habite le docteur Watson ? » demanda une voix distincte, mais un peu éraillée.

La réponse ne parvint pas à nos oreilles. La servante referma la porte. Quelqu'un se mit à monter l'escalier, d'un pas incertain et traînant qui surprit mon compagnon, puis avança avec lenteur dans le corridor et frappa doucement.

« Entrez ! » criai-je.

Au lieu de l'homme robuste et violent que nous attendions, nous vîmes entrer, traînant la jambe, une très vieille femme au visage tout ridé. Elle fit une révérence, puis se mit à fouiller dans sa poche ; elle avait des doigts nerveux, fébriles ; éblouis par l'éclat soudain de la lumière, ses yeux larmoyants, tournés vers nous, clignotaient.

Je regardai mon compagnon et manquai d'éclater de rire : il avait l'air si désappointé !

La vieille finit par trouver un journal du soir et, montrant du doigt notre annonce :

« C'est ça qui m'a amenée ici, mes bons messieurs ! dit-elle avec une seconde révérence. La bague en or… Brixton Road… elle appartient à ma fille Sarah, qu'était mariée seulement depuis un an à son mari qu'est garçon de cabine à bord d'un bateau de l'Union ; et qu'est-ce qui dira s'il vient et la trouve sans sa bague, je n'ose pas y penser, lui qu'est déjà brutal dans ses meilleurs moments, mais quand il a bu !… Si vous voulez savoir, Sarah est allée au cirque, la nuit dernière, en compagnie de…

— Cette bague est-elle la sienne ? demandai-je.

— Dieu soit loué ! s'écria la vieille. C'est Sarah qui va être contente, cette nuit ! C'est bien là sa bague.

— Et quelle est votre adresse ? demandai-je en prenant un crayon.

— 13, rue Duncan, Houndsditch. Un fichu bout d'ici !

— Il n'y a pas de cirque entre Brixton Road et Houndsditch », dit sèchement Sherlock Holmes.

La vieille femme tourna vers lui ses petits yeux bordés de rouge.

« C'est mon adresse que le monsieur m'a demandée, dit-elle. Sarah, elle, vit en garni au n° 3, Mayfield Place, Peckham.

— Et votre nom est... ?

— Mon nom est Sawyer et le nom de ma fille est Dennis, et Tom Dennis est son mari – un bon gars, au fond, et intelligent avec ça. Tant qu'y est en mer, pas de garçon de cabine plus considéré ; mais, dame, à terre, ce qu'avec les femmes et ce qu'avec les débits de boisson...

— Emportez la bague, Mme Sawyer, interrompis-je sur un signe de mon compagnon. Il est clair qu'elle appartient à votre fille ; et je suis heureux de pouvoir la restituer à sa légitime propriétaire. »

Tout en marmottant des bénédictions et des protestations de reconnaissance, la vieille taupe empocha la bague et elle descendit l'escalier en traînant le pied. Sitôt qu'elle fut partie, Sherlock Holmes se précipita dans sa chambre.

L'instant d'après, il en sortait emmitouflé dans un ulster et un cache-nez.

« Je vais la filer, dit-il vivement. Ce doit être une complice. Elle me conduira chez l'assassin. Attendez-moi. »

La porte d'entrée venait à peine de se refermer sur la visiteuse que Holmes dégringola l'escalier. De la fenêtre, je le vis suivre de près la vieille femme clopinant de l'autre côté de la rue. Ou toute sa théorie est fausse, pensai-je, ou il va être conduit au cœur du mystère. Il m'avait prié bien inutilement de l'attendre : je sentais qu'il me serait impossible de dormir avant de connaître le résultat de sa démarche.

Il était environ neuf heures quand il sortit. J'ignorais à quelle heure il rentrerait. Je m'installai stoïquement, avec ma pipe et la *Vie de Bohème* de Murger. Je tirais des bouffées et je sautais des pages. Dix heures sonnèrent. J'entendis le trotti-nement de la bonne qui allait se coucher. Onze heures. Le pas plus majestueux de la logeuse la conduisit à la même desti-nation. Vers minuit, le bruit sec d'une clef m'avertit du retour de mon ami. Dès qu'il franchit la porte, je vis à son air qu'il revenait bredouille. L'amusement et le dépit semblaient se disputer sa figure. Mais finalement Sherlock Holmes partit d'un franc éclat de rire.

« Je ne voudrais pas pour tout l'or du monde que Scotland Yard apprît mon histoire ! s'écria-t-il en tombant sur une chaise. Ses hommes m'en rebattraient à jamais les oreilles pour se venger de tous mes sarcasmes ! Je peux me permettre de rire, parce que je sais que, tôt ou tard, je prendrai ma revanche.

— Qu'est-ce qui s'est passé ? demandai-je.

— Je vais vous faire rire à mes dépens, mais peu importe ! La vieille a traîné la jambe un bout de chemin, puis elle a fait semblant d'avoir mal à un pied. Elle s'est arrêtée et elle a hélé un fiacre qui se trouvait à passer. Je me suis arrangé pour être à portée de sa voix. Mais c'était une précaution tout à fait inutile : elle a crié son adresse de manière à être entendu de l'autre côté de la rue. « Conduisez-moi au numéro 13 de la rue Duncan, Houndsditch ! » Cela prenait tournure de vérité. Quand je l'ai eu vue bien installée à l'intérieur, je me suis perché à l'arrière. C'est un art dans lequel tout détective devrait exceller. Puis nous avons roulé sans arrêt jusqu'à la maison en question. Avant d'arriver devant la porte, j'ai sauté et j'ai fait à pied le reste du chemin, nonchalamment. Le fiacre s'est arrêté. Le cocher est descendu. Il a ouvert la portière et il a attendu. Quand je me rapprochai de lui, il fouillait avec furie sa voiture vide en dévidant tout un chapelet de blasphèmes. De la voyageuse, plus signe ni trace ! Je crains qu'il ne touche pas de sitôt le prix de sa course. Au numéro 13, nous avons appris que la maison appartient à un honnête colleur de papiers peints, qui s'appelle Keswick et qui n'a jamais entendu parler ni de Sawyer ni de Dennis.

— Vous ne voulez pas dire, m'écriai-je au comble de l'étonnement, que cette faible vieillarde soit sortie à votre insu du fiacre en marche ?

— Le diable soit de la vieille femme ! dit Sherlock Holmes. C'est nous qui nous sommes laissé berner comme des vieilles femmes ! C'était sûrement un homme jeune et actif, et, de plus, un excellent comédien. Le déguisement était impayable. Il s'en est servi pour me semer. Cela prouve que l'homme que nous recherchons n'est pas si isolé que je me l'imaginais. Il a des amis prêts à s'exposer pour lui… Docteur, vous avez l'air vanné ! Allez vous coucher, si vous m'en croyez. »

J'obéis de bonne grâce à cette injonction : je me sentais à bout de forces. Holmes resta assis devant le feu qui couvait sous la cendre. Il médita longuement sur le problème qu'il avait à cœur de résoudre.

Fort avant dans la nuit, j'entendis en effet les gémissements mélancoliques de son violon.

Chapitre VI
Tobias Gregson montre son savoir-faire

Les journaux du lendemain ne parlaient que du « mystère de Brixton ». Tous en donnaient un compte rendu détaillé ; certains y consacraient même leur article de tête. Ils contenaient quelques renseignements nouveaux. J'ai gardé dans mes archives plusieurs coupures se rapportant à cette affaire. En voici un résumé.

D'après le *Daily Telegraph*, les annales du crime fournissaient peu d'exemples de tragédies accomplies dans des circonstances plus mystérieuses. Le nom allemand de la victime, l'absence de tout mobile, la sinistre inscription sur le mur, tout dénonçait la main de réfugiés politiques et de révolutionnaires. Les socialistes comptaient aux États-Unis de nombreux adeptes. C'était ceux-ci qui, de toute évidence, avaient expédié Drebber pour une infraction quelconque à leurs lois non écrites. Après une brève allusion à la Wehmgericht, aux Carbonari, à la marquise de Brinvilliers, aux assassinats de la Grande Route de Ratcliff, l'article s'achevait sur une remontrance au gouvernement : il préconisait une surveillance plus étroite des étrangers en Angleterre.

Les commentaires du *Standard* roulaient sur le fait que de tels outrages à la morale publique avaient généralement lieu

sous un gouvernement libéral. Ils étaient un effet de l'ébran-
lement des convictions dans les masses populaires et de
l'affaiblissement subséquent de toute autorité. La victime était
un Américain qui séjournait à Londres depuis quelques
semaines. Il avait pris pension chez Mme Charpentier sur
Torquay Terrace, à Camberwell. Il avait pour compagnon de
voyage son secrétaire particulier, M. Joseph Stangerson. Tous
deux avaient pris congé de leur hôtesse le mardi 4 courant et
ils étaient partis pour la gare d'Euston avec l'intention décla-
rée de prendre l'express de Liverpool. On les avait vus ensuite
sur le quai. De ce moment jusqu'à la découverte du cadavre de
M. Drebber, dans une maison inhabitée sur la route de
Brixton, à plusieurs kilomètres d'Euston, on ne savait pas ce
qu'ils avaient fait. Qui avait amené Drebber dans cette
maison ? De quelle manière y avait-il trouvé la mort ?
Mystère ! On ignorait encore tout des allées et venues de
Stangerson. On était heureux d'apprendre que MM. Lestrade
et Gregson, tous deux de Scotland Yard, instruisaient conjoin-
tement cette affaire. Le crédit dont jouissaient ces deux
officiers de police en faisait augurer l'éclaircissement à brève
échéance.

Pour le *Daily News*, le caractère politique du crime ne faisait
point de doute. Le despotisme, la haine du libéralisme qui
inspiraient les gouvernements du continent avaient eu pour
effet d'attirer chez nous un grand nombre d'hommes qui
auraient été d'excellents citoyens sans le souvenir amer des
persécutions qu'ils avaient subies. Toute infraction au code
d'honneur qui régissait ces hommes était punie de mort. Il ne
fallait rien négliger pour trouver le secrétaire, Stangerson, et
pour connaître certaines particularités des habitudes de
Drebber. On avait fait un grand pas en découvrant l'adresse
de la maison où il avait pris pension. Le résultat en était

entièrement attribuable à la finesse et à la ténacité de M. Gregson de Scotland Yard.

Sherlock Holmes et moi, nous lûmes ces articles en prenant notre petit-déjeuner. Sherlock Holmes s'en amusa beaucoup.

« Qu'est-ce que je vous avais dit ? De toute façon, Lestrade et Gregson triompheront !

— Cela dépendra de la tournure des événements.

— Mais non, pas du tout ! Si l'homme est pincé, ce sera *grâce* à leurs efforts ; s'il leur échappe, ce sera en *dépit* de leurs efforts : c'est face, je gagne, et pile, tu perds. Quoi qu'ils fassent, ils auront des admirateurs. Un sot trouve toujours un plus sot qui l'admire.

— Que se passe-t-il ? » m'écriai-je.

Tout à coup le trépignement de pas nombreux dans le vestibule puis dans l'escalier s'était fait entendre, mêlé à de très sonores expressions de dégoût de notre logeuse.

« C'est la section de la police secrète de Baker Street », dit gravement mon compagnon.

Au même instant firent irruption dans notre pièce une demi-douzaine de gamins des rues ; les plus sales et les plus déguenillés que j'eusse jamais vus.

« Garde à vous ! » cria Holmes d'une voix de stentor.

Aussitôt les six petits drôles se mirent en rang comme autant de statuettes minables.

« À l'avenir, dit mon compagnon, Wiggins seul me présentera votre rapport. Vous l'attendrez dans la rue. Vous l'avez découvert, Wiggins ?

— Non, monsieur, pas encore, dit un des enfants.

— Je ne m'attendais pas à ce que vous réussissiez du premier coup. Poursuivez vos recherches. Voici votre salaire... »

Il remit à chacun d'eux un shilling.

« Maintenant, filez ! Faites-moi un meilleur rapport, la prochaine fois ! »

Il fit un signe. Ils dévalèrent l'escalier, comme des souris. L'instant d'après, dans la rue, ils perçaient l'air de leurs cris.

« Il y a davantage à obtenir d'un de ces petits mendiants que d'une douzaine de détectives, dit Holmes. La seule vue d'une personne à l'air officiel scelle les lèvres des gens. Ces gosses vont partout, ils entendent tout. Et puis ils sont finauds. Tout ce qui leur manque, c'est l'organisation.

— Est-ce que vous vous servez d'eux pour le crime de Brixton ? demandai-je.

— Oui. Je veux m'assurer de quelque chose. C'est simplement une affaire de temps. Holà ! nous allons entendre parler de vengeance ! Voici Gregson qui descend la rue, le visage radieux. Il vient sûrement nous voir. Oui, il s'arrête... Il sonne ! »

La sonnette fut tirée violemment et, en quelques secondes, le détective blond avait monté quatre à quatre l'escalier et fait irruption dans notre salon.

« Mon cher, s'écria-t-il en tordant la main molle de Holmes, félicitez-moi ! J'ai rendu l'affaire aussi claire que le jour ! »

Je crus voir passer une ombre d'anxiété sur le visage expressif de mon compagnon.

« Seriez-vous sur la bonne piste ? demanda-t-il.

— La bonne piste ! Nous avons arrêté le meurtrier.

— Et quel est son nom ?

— Arthur Charpentier, sous-lieutenant dans la marine de l'État », articula pompeusement Gregson.

Il gonflait sa poitrine et frottait ses mains grassouillettes.

Sherlock Holmes poussa un soupir de soulagement. Le sourire reparut sur ses lèvres.

« Asseyez-vous et prenez un cigare, dit-il. Nous sommes impatients de savoir comment vous vous y êtes pris. Du whisky avec de l'eau ?

— Volontiers, reprit le détective. Les terribles efforts que j'ai fournis ces deux derniers jours m'ont complètement épuisé. Pas tant l'effort physique cependant que l'effort d'imagination. Vous savez ce que c'est, monsieur Sherlock Holmes ? Vous aussi, vous travaillez avec votre tête !

— Vous me faites beaucoup d'honneur, dit gravement Sherlock Holmes. Expliquez-nous comment vous êtes parvenu à cet heureux résultat. »

Le détective s'installa dans le fauteuil et tira quelques bouffées de son cigare ; puis soudain, au paroxysme de la gaieté, il se frappa la cuisse.

« Le plus drôle, s'écria-t-il, c'est que cet imbécile de Lestrade, qui se croit si malin, s'est complètement fourvoyé. Il recherche partout le secrétaire Stangerson qui n'a pas plus trempé dans le crime qu'un bébé qui va naître. Je suis sûr qu'il l'a trouvé, à l'heure qu'il est ! »

Cette idée fit tant rire Gregson qu'il s'étouffa.

« Comment avez-vous trouvé la clef du mystère ?

— Je vais tout vous dire. Bien entendu, docteur Watson, cela doit rester entre nous. D'abord, il s'agissait de connaître les antécédents de l'Américain. D'autres auraient attendu qu'on réponde à leurs annonces dans les journaux ou bien encore que des complices apportent d'eux-mêmes des renseignements ! Ce n'est pas comme ça que travaille Tobias Gregson. Vous souvenez-vous du chapeau placé près de la victime ?

— Oui, dit Holmes. Il portait le nom et l'adresse du chapelier : John Underwood et fils, 129, Camberwell Road. »

Gregson perdit contenance.

« Vous l'aviez remarqué ? dit-il, le visage allongé. Vous êtes allé à Camberwell Road ?

— Non.

— Ah ! fit Gregson en se redressant. Il ne faut jamais négliger une chance, si petite qu'elle soit !

— Rien n'est petit pour un grand esprit, dit sentencieusement Holmes.

— Eh bien, moi, je suis allé voir Underwood ! Je lui ai demandé s'il avait vendu un chapeau de tel tour de tête et de telle forme… Il a ouvert son livre et il a trouvé tout de suite, il avait envoyé le chapeau à un M. Drebber, demeurant à la pension Charpentier, Torquay Terrace. Voilà comment je me suis procuré l'adresse.

— Malin, très malin ! murmura Sherlock Holmes.

— Ensuite, j'ai interrogé Mme Charpentier, continua le détective. Je l'ai trouvée très pâle, angoissée. Sa fille était présente (une fort jolie fille !), ses yeux étaient rouges et ses lèvres tremblaient quand je lui parlais. Cela n'a pas échappé à mon attention : il y avait quelque anguille sous roche. Vous connaissez cette impression, monsieur Sherlock Holmes : quand on tombe sur la bonne piste, on éprouve un petit pincement, là…

— Avez-vous entendu parler de la mort mystérieuse de votre ex-pensionnaire, Enoch Drebber, de Cleveland ? ai-je demandé.

« La mère fit signe que oui. Elle semblait avoir peine à parler. Et la fille a fondu en larmes. Alors, là, je les ai vraiment soupçonnées de savoir quelque chose.

« — À quelle heure M. Drebber a-t-il quitté votre maison pour se rendre à la gare ?

« — À huit heures, a-t-elle répondu avec effort. Son secrétaire, M. Stangerson, avait indiqué deux trains, l'un à neuf heures quinze et l'autre à onze heures. M. Drebber avait choisi le premier.

« — C'est la dernière fois que vous l'avez vu ?

« Le visage de la femme a changé terriblement. Elle est devenue livide. Elle a été quelques secondes avant de pouvoir dire seulement oui, et encore l'a-t-elle fait d'un ton voilé, pas naturel.

« Alors, il y a eu un moment de silence. Puis la jeune fille s'est jetée à l'eau :

« — Il ne peut rien sortir de bon d'un mensonge, maman, dit-elle d'une voix claire et assurée. Soyons franches avec ce monsieur. Nous avons revu M. Drebber.

« — Que Dieu te pardonne ! s'est écriée Mme Charpentier en levant les bras au ciel et en se renversant sur sa chaise. Tu as tué ton frère.

« — Arthur m'approuverait, répondit la jeune fille, d'un ton ferme.

« — Vous feriez mieux de me dire tout maintenant, leur ai-je conseillé. Un demi-aveu est pire qu'une dénégation. D'ailleurs, vous ne savez pas à quel point nous sommes renseignés.

« — C'est toi qui l'auras voulu, Alice ! s'écria la mère.

« Puis, se tournant vers moi :

« — Je vais tout vous dire, monsieur. Vous voyez, je suis troublée. N'allez pas vous imaginer, cependant, que j'ai peur de voir mon fils impliqué dans cette horrible affaire. Non, il est parfaitement innocent ! Si je crains quelque chose, c'est qu'il ne soit compromis à vos yeux et à ceux des autres. Mais c'est impossible, certainement ! Son caractère élevé, sa profession, ses antécédents, tout empêcherait cela.

« — Avouez-moi tout, c'est ce que vous avez de mieux à faire, lui ai-je répondu. Cela ne nuira pas à votre fils s'il est innocent, je vous le garantis.

« Alors, sur la prière de sa mère, la jeune fille s'est retirée.

« — Mon intention, monsieur, a-t-elle continué, était de ne rien vous dire. Mais, puisque ma fille a commencé à parler, je n'ai plus le choix. Maintenant que je suis décidée, je n'omettrai aucun fait.

« — C'est ce qu'il y a de plus sage, ai-je dit.

« — M. Drebber est resté chez nous à peu près trois semaines. Il avait voyagé auparavant sur le continent avec M. Stangerson, son secrétaire. Le dernier endroit où ils avaient séjourné, c'était Copenhague ; j'avais remarqué que chacune de leurs malles en portait l'étiquette. Stangerson était un homme calme, réservé ; mais son patron, je regrette de le dire, était tout le contraire. Des habitudes grossières, des manières brutales. La nuit même de son arrivée, il s'est enivré. En fait, chaque jour, à partir de midi, il était ivre. Il se permettait avec les bonnes des libertés et des familiarités dégoûtantes. Le pire de tout, c'est qu'il n'a pas respecté non plus ma fille Alice. Il lui a tenu des propos qu'elle est heureusement trop innocente pour comprendre. Une fois, il l'a prise dans ses bras et il l'a embrassée. Alors son propre secrétaire lui a reproché sa conduite malhonnête.

« — Mais pourquoi avez-vous supporté tout cela ? ai-je demandé. Vous pouvez renvoyer vos pensionnaires quand bon vous semble, j'imagine.

« Mme Charpentier rougit.

« — J'aurais dû lui donner son congé dès le premier jour ! soupira-t-elle. Mais c'était une tentation cruelle. Chacun d'eux payait une livre par jour, soit quatorze livres par semaine ; et c'est la morte saison. Je suis veuve ; mon fils, dans la marine, m'a coûté cher. J'hésitais à perdre cet argent. J'ai patienté. Mais l'insulte faite à ma fille, c'en était trop ! Je lui ai enfin donné son congé. Voilà pourquoi il est parti.

« — Et alors ?

« — Quel soulagement ç'a été pour moi quand je l'ai vu s'en aller ! Mon fils est en ce moment en permission. Je ne lui ai rien dit de tout cela, parce qu'il est emporté, et qu'il adore sa sœur. Quand j'ai refermé la porte sur ces Américains, ça m'a ôté un poids de dessus la poitrine !... Hélas ! moins d'une heure après, ce Drebber était de retour ! Plus ivre que jamais. Il a pénétré de force dans le salon où je me trouvais avec Alice et il a dit en bredouillant qu'il avait manqué le train, à ce que, du moins, j'ai pu comprendre. Puis il s'est retourné vers ma fille et, à mon nez, il lui a proposé de s'enfuir avec lui ! "Vous avez le droit, disait-il. Vous êtes majeure. J'ai de l'argent en quantité, plus qu'il ne m'en faut. Ne tenez pas compte de la vieille. Venez tout de suite. Vous serez comme une princesse." La pauvre petite était terrifiée. Elle a reculé, mais lui l'a saisie au poignet et il l'a traînée vers la porte. Alors j'ai crié. Arthur est arrivé. Ce qui s'est passé ensuite, je ne peux pas vous le dire. Je n'osais pas regarder, tellement j'avais peur. Ç'a été des jurons, puis des coups !... À la fin, quand j'ai relevé la tête, j'ai vu Arthur qui riait devant la porte, sa canne à la main. "Je ne pense pas que ce joli monsieur revienne nous embêter, a-t-il dit. Je vais le suivre un peu pour m'en assurer." Il a mis son chapeau et il est sorti. C'est le lendemain que nous avons appris la mort mystérieuse de M. Drebber.

« Sa déposition avait été coupée de soupirs et de sanglots. À certains moments, elle parlait si bas que j'avais peine à l'entendre. J'ai pu cependant prendre des notes sténographiques de tout ce qu'elle m'a dit, afin qu'il n'y eût pas d'erreur possible.

— C'est très excitant, dit Sherlock Holmes en bâillant. Comment tout cela a-t-il fini ?

— Quand Mme Charpentier a eu terminé, reprit le détective, j'ai vu que tout reposait sur un point. Je l'ai regardée fixement, d'une manière qui m'a toujours semblé faire beaucoup d'effet sur les femmes, et je lui ai demandé à quelle heure son fils était rentré.

« — Je ne sais pas, répondit-elle.

« — Vous ne savez vraiment pas ?

« — Non. Arthur a sa clef et…

« — Étiez-vous couchée quand il est rentré ?

« — Oui.

« — À quelle heure vous êtes-vous couchée ?

« — Vers vingt-trois heures.

« — Par conséquent, votre fils a été absent pendant deux heures au moins ?

« — Oui.

« — Peut-être pendant quatre ou cinq heures ?

« — Oui.

« — Que faisait-il pendant ce temps-là ?

« — Je ne sais pas.

« Elle était devenue pâle jusqu'aux lèvres.

« Ce qu'il me restait à faire était tout simple. J'ai découvert où se planquait le sous-lieutenant Charpentier ; j'ai pris deux agents et je l'ai arrêté. Quand je lui ai touché l'épaule, et que je l'ai engagé à nous suivre sans résistance, il m'a répondu avec un front d'airain : "Je suppose qu'on me soupçonne d'avoir trempé dans le meurtre de ce vaurien de Drebber !" Comme nous ne lui en avions pas dit un mot, cette allusion était des plus suspectes.

— En effet ! dit Holmes.

— Il avait encore la lourde canne avec laquelle, d'après sa mère, il avait suivi Drebber. Un solide gourdin de chêne.

— Et quelle est votre théorie ?

— La voici : le sous-lieutenant a suivi Drebber jusqu'à Brixton Road. Là, nouvelle altercation ; Drebber reçoit un coup, peut-être au creux de l'estomac, qui ne laisse pas de trace… Il tombe raide mort. Grâce à la pluie, pas de témoin. Charpentier traîne le cadavre dans la maison vide. "Mais la bougie, le sang, l'inscription sur le mur et la bague ?" me direz-vous. C'est, à mon avis, une mise en scène destinée à tromper la justice.

— Très bien ! dit Holmes d'un ton encourageant. Vraiment, Gregson, vous êtes en progrès. Nous ferons quelqu'un de vous.

— Ma foi, répondit le détective en se rengorgeant, j'ai mené rondement l'affaire ! Le jeune homme a avoué de lui-même avoir suivi Drebber quelque temps. Mais il a prétendu ensuite que, s'étant senti filé, ce dernier avait pris un fiacre pour le semer. En revenant chez lui, Charpentier aurait rencontré un vieux camarade de bordée et il aurait fait avec lui une longue marche. Où habite ce vieux camarade ? Il ne le sait pas lui-même ! Mon explication est cohérente dans toutes ses parties. Ce qui m'amuse, c'est de savoir Lestrade lancé sur une fausse piste. Il perd son temps. Hé ! le voici en chair et en os ! »

C'était bien Lestrade, mais sans l'air désinvolte et pimpant qui lui était habituel. Son visage était bouleversé ; sa tenue, négligée. Il venait évidemment consulter Sherlock Holmes : en apercevant son collègue, il parut très contrarié. Planté au milieu de la salle, il tourna et retourna son chapeau entre ses doigts tremblants. À la fin, il se décida à parler.

« C'est, dit-il, l'affaire la plus extraordinaire et la plus incompréhensible.

— Ah ! vous trouvez, monsieur Lestrade ! cria Gregson, triomphant. Je savais bien que vous aboutiriez à cette conclusion. Avez-vous réussi à découvrir le secrétaire, M. Joseph Stangerson ?

— M. Joseph Stangerson, dit Lestrade d'un ton grave, a été assassiné vers six heures du matin à l'*Holiday's Private Hotel*. »

Chapitre VII
La lumière luit dans les ténèbres

La nouvelle nous frappa de stupeur. En se relevant d'un bond, Gregson répandit le reste de son whisky. Je regardai en silence Sherlock Holmes. Il pinçait les lèvres et fronçait les sourcils.

« Stangerson aussi ! murmura-t-il. Ça se complique.

— C'était déjà bien assez compliqué comme ça ! grommela Lestrade en approchant une chaise. On dirait que je suis tombé dans une espèce de conseil de guerre.

— Êtes-vous… êtes-vous tout à fait sûr de cette nouvelle ? balbutia Gregson.

— Je sors à l'instant de sa chambre d'hôtel, dit Lestrade. J'ai été le premier à découvrir ce nouveau meurtre.

— Gregson vient de nous faire part de son opinion sur l'affaire, dit Holmes. À votre tour, monsieur Lestrade, dites-nous ce que vous avez vu et ce que vous avez fait, si, toutefois, vous n'y voyez pas d'objection.

— Je n'en vois aucune, répondit Lestrade en s'asseyant. Je vous avouerai franchement que j'ai cru que Stangerson était pour quelque chose dans la mort de Drebber. Ce fait nouveau m'a montré que je m'étais trompé. Pénétré de cette idée, je me suis mis à la recherche du secrétaire. Le 4 au soir, vers huit heures et demie, on l'avait vu à la gare d'Euston, en compagnie de Drebber. Or, le cadavre de ce dernier a été découvert à Brixton Road à deux heures du matin la nuit du 5. Il s'agissait donc de savoir ce que Stangerson avait fait dans l'intervalle et depuis lors. J'ai télégraphié son signalement à Liverpool avec avis de surveiller les bateaux américains. Puis je me suis mis à perquisitionner dans tous les hôtels et meublés du voisinage d'Euston. Voici quel était mon raisonnement. Si Drebber et son compagnon s'étaient séparés, ce dernier avait dû se loger pour la nuit dans le voisinage, le lendemain matin, afin de flâner aux abords de la gare.

— Ils s'étaient sans doute donné rendez-vous quelque part, dit Holmes.

— C'est ce que la suite a montré. J'ai passé toute la soirée d'hier à chercher. J'ai continué de très bonne heure, ce matin. À huit heures, je suis entré à l'*Holiday's Private Hotel*, dans Little George Street. Je demande si un M. Stangerson loge actuellement à l'hôtel.

« — Vous êtes sans doute le monsieur qu'il attend, me répondit-on. Il vous attend depuis deux jours.

« — Où pourrais-je le trouver ?

« — Il dort là-haut. Il a demandé qu'on le réveille à neuf heures.

« — Je monte tout de suite, ai-je dit.

« Dans mon idée, mon apparition soudaine devait lui faire lâcher une parole. Le garçon d'étage s'est offert à me conduire.

C'était au second. Il y avait un petit couloir à traverser. Le garçon m'avait indiqué la porte et il s'apprêtait à redescendre ; le cri que j'ai poussé l'a fait revenir sur ses pas. Ce que je venais d'apercevoir m'avait bouleversé, malgré mes vingt ans d'expérience. Un filet de sang avait coulé sous la porte ; il avait serpenté dans le couloir et il avait formé une petite mare le long de la plinthe. En voyant cela, le garçon a manqué tomber dans les pommes ! La porte était fermée en dedans. Nous l'avons enfoncée à coups d'épaule. La fenêtre de la chambre était ouverte et, près de la fenêtre, tout recroquevillé, gisait le corps d'un homme en chemise de nuit. Il était bel et bien mort, et il l'était depuis assez longtemps : ses membres étaient rigides et glacés. Nous l'avons retourné. Le garçon l'a reconnu tout de suite. C'était bien le monsieur qui avait loué la chambre sous le nom de Joseph Stangerson. Sa mort avait été causée par une entaille profonde au côté gauche. Le cœur a dû être atteint. J'arrive à la partie la plus étrange de l'affaire. Devinez ce que j'ai trouvé au-dessus du cadavre. »

Je frémis d'horreur, avant même que Sherlock Holmes répondît.

« Le mot *"Rache"* en lettres de sang.

— Exactement », dit Lestrade d'une voix blanche.

Il y eut un moment de silence.

L'assassin inconnu rendait ses crimes encore plus horribles en les accomplissant avec autant de méthode que de mystère. Mon système nerveux, qui avait tenu bon sur le champ de bataille, commença à flancher.

« On a vu l'assassin, reprit Lestrade. Un garçon laitier, qui se rendait à son travail, est passé par la ruelle entre l'écurie et le derrière de l'hôtel. Il a remarqué qu'une échelle, ordinairement couchée là, avait été dressée contre une des fenêtres du second, qui était grande ouverte. Après avoir dépassé l'hôtel, il s'est retourné et il a vu un homme descendre l'échelle. Il la descendait tout naturellement, sans précipitation, si bien que le garçon l'a pris pour un menuisier ou un charpentier. "Il est de bonne heure à l'œuvre, celui-là !" a-t-il pensé sans y attacher plus d'importance. D'après lui, l'homme est grand, il a un visage rougeaud et il porte un long vêtement brun foncé. Il doit être resté quelque temps dans la chambre à la suite de son crime : nous avons trouvé de l'eau teintée de sang dans une cuvette où il s'est lavé les mains, et des taches de sang sur les draps : il y a essuyé son couteau ! »

Le signalement de l'assassin correspondait de point en point à la description qu'avait faite de lui Sherlock Holmes au moyen de quelques observations éparses. Je lui jetai un coup d'œil. Il n'y avait sur son visage aucune trace de fierté.

« Vous n'avez rien trouvé dans la chambre qui puisse nous renseigner sur le meurtrier ? demanda-t-il.

— Rien. Stangerson avait dans sa poche le portefeuille de Drebber. Cela semble assez naturel, puisque c'est lui qui réglait les dépenses. Il y avait à peu de chose près quatre-vingts livres ; on n'a rien pris. Le mobile de ces crimes extraordinaires est tout ce qu'on voudra, mais pas le vol. Il n'y avait ni papiers ni notes dans les poches du mort, à part un simple télégramme venant de Cleveland et remontant à un mois environ. Il contenait ce court message : "J. H. est en Europe." Sans signature.

— Rien d'autre ? demanda Holmes.

— Le reste n'avait pas d'importance. Le roman que Stangerson avait lu pour s'endormir était abandonné sur le lit et sa pipe était posée sur une chaise, près du chevet. Il y avait un verre d'eau sur la table et, sur le rebord de la fenêtre, une petite boîte avec deux pilules. »

Sherlock Holmes bondit en poussant un cri de joie :

« Le dernier chaînon ! Je tiens tous les fils ! »

Les deux détectives le regardèrent sans comprendre.

« J'ai démêlé l'écheveau, dit mon compagnon avec assurance. Bien entendu, quelques détails me manquent encore ; mais je connais tous les principaux faits, depuis le moment où Drebber a quitté Stangerson jusqu'à celui où l'on a découvert le corps de ce dernier ; si j'avais vu tout de mes propres yeux, je n'en serais pas plus sûr ! Et je vous le prouverai. Vous avez là les pilules ?

— Les voici, dit Lestrade en montrant une petite boîte blanche. Je les ai emportées avec le portefeuille et le télégramme pour les déposer en sûreté au commissariat. Si je les ai prises, je dois dire, c'est par le plus grand des hasards : je n'y attache aucune importance.

— Donnez ! ordonna Holmes. À votre avis, docteur, me demanda-t-il, est-ce que ce sont là des pilules ordinaires ? »

Tel n'était certainement pas le cas. Ces pilules étaient gris perle, petites, rondes, presque transparentes à la lumière.

« D'après leur légèreté et leur quasi-transparence, dis-je, ces pilules doivent être solubles dans l'eau.

— Exact, dit Holmes. Maintenant, voudriez-vous aller chercher ce pauvre petit fox qui est malade depuis si longtemps ? Hier, la logeuse vous a demandé de mettre fin à ses maux. »

Je descendis et revins avec le fox dans mes bras. Sa respiration haletante et ses yeux vitreux laissaient présager sa fin prochaine. D'ailleurs, son museau blanchi dénotait qu'il avait déjà outrepassé les limites ordinaires de la vie d'un chien. Je le plaçai au creux d'un coussin sur le tapis.

« Je coupe en deux une de ces pilules, dit Holmes. (Il prit son canif et fit ce qu'il avait dit.) Je remets une moitié dans la boîte en vue d'expériences ultérieures. L'autre moitié, je la jette dans ce verre à vin contenant une cuillerée d'eau. Constatez que notre ami le docteur avait raison : cela se dissout rapidement.

— Cette expérience peut être fort intéressante, dit Lestrade du ton d'une personne qui se croit bernée. Mais je ne vois pas quel rapport cela peut avoir avec la mort de M. Joseph Stangerson.

— Patience, mon ami, patience ! Vous verrez en temps et lieu qu'il s'agit d'un rapport essentiel. J'ajoute un peu de lait pour rendre le mélange potable. Le chien va laper le tout sans répugnance. »

Il versa le contenu du verre dans une soucoupe et il la plaça devant le chien qui lécha tout jusqu'à la dernière goutte. L'assurance de Sherlock Holmes nous en avait imposé. Nous étions en silence, les yeux fixés sur l'animal, à attendre quelque effet surprenant. Il ne se produisit rien de tel. Le chien continuait à haleter, ni mieux ni plus mal.

Holmes en se rasseyant avait tiré sa montre ; et, à mesure que les minutes s'écoulaient, sa mine s'allongeait, il se mordillait les lèvres, il tambourinait des doigts sur la table ; il montrait tous les signes de l'anxiété. Son émotion intense me faisait mal. Ravis de l'échec qu'essuyait mon compagnon, les deux détectives sourirent.

« Il ne peut pas s'agir d'une coïncidence ! » s'écria-t-il à la fin en se levant.

Il se prit à arpenter la salle d'un pas déchaîné.

« Il est impossible que ce soit une simple coïncidence. Ces pilules, j'en avais soupçonné l'emploi dans l'affaire Drebber ; on les découvre après la mort de Stangerson. Et voilà qu'elles sont anodines ! Comment cela se fait-il ? Pourtant mon raisonnement est juste. Alors ? Mais ce chien qui ne se porte pas plus mal… Ah ! j'y suis ! J'y suis ! »

Avec un cri de joie, il se précipita vers la boîte ; il partagea en deux l'autre pilule ; il en fit fondre une moitié ; il ajouta du lait ; il présenta de nouveau la soucoupe au fox. À peine la malheureuse bête y avait-elle trempé sa langue qu'elle frissonna de tous ses membres et tomba sur le coussin, raide et inanimée, comme frappée par la foudre.

Sherlock Holmes poussa un long soupir et essuya la sueur de son front.

« J'aurais dû être plus confiant ! dit-il. Lorsqu'un fait semble contredire une longue suite de déductions, c'est qu'on l'interprète mal. Une des deux pilules contenait un poison violent, tandis que l'autre était inoffensive. J'aurais dû le savoir avant même de voir la boîte. »

Cette dernière déclaration me sembla si extravagante que je me demandai s'il avait tout son bon sens. Pourtant j'avais là, sous les yeux, le chien mort : le bien-fondé de son hypothèse ne faisait aucun doute. Peu à peu, les brouillards de mon esprit se dissipèrent ; la vérité m'apparut confusément.

« Tout cela vous semble étrange, continua Holmes, parce que vous n'avez pas saisi l'importance du seul indice véritable qui s'est présenté à vous dès le début. J'ai eu la chance de mettre le doigt dessus. Depuis lors, tout ce qui est arrivé n'a fait que confirmer ma première supposition ; tout, en fait, en a découlé logiquement. Les choses qui vous ont semblé des complications embarrassantes m'ont éclairé et ont confirmé mes conclusions. L'extraordinaire est une chose, le mystère en est une autre. Le crime le plus banal est souvent le plus mystérieux : il ne présente aucun caractère dont on puisse tirer des déductions. Si, au lieu de découvrir le corps de la victime dans les circonstances sensationnelles qui ont révélé l'affaire, on l'avait trouvé tout simplement étendu sur la chaussée, l'enquête aurait été beaucoup plus difficile. Tous ces détails extraordinaires, loin de compliquer les choses, les ont, au contraire, simplifiées. »

M. Gregson, qui avait écouté avec impatience, fut incapable de se contenir plus longtemps.

« Voyons, monsieur Sherlock Holmes, dit-il, nous sommes tous disposés à reconnaître votre perspicacité et l'originalité de votre méthode de travail. Mais, à présent, nous désirons autre chose que de la théorie et du prêche. Il s'agit de capturer un assassin. J'en étais venu à une conclusion qui s'est révélée fausse. Le jeune Charpentier n'a pas pu prendre part au second crime. Lestrade a couru après Stangerson ; il se trompait lui aussi. Avec toutes les allusions que vous avez lancées par-ci, par-là, vous nous avez donné l'impression d'en savoir plus que nous. Dites-nous donc clairement ce que vous savez ! Pouvez-vous nous révéler le nom du coupable ?

— Je ne peux que donner raison à Gregson, dit Lestrade. Nous avons chacun de notre côté essayé d'éclaircir l'affaire et nous avons échoué tous les deux. Depuis mon arrivée ici, vous nous avez laissé entendre à plusieurs reprises que vous saviez parfaitement à quoi vous en tenir. J'espère que vous ne nous ferez pas languir plus longtemps.

— Tout délai apporté à l'arrestation de l'assassin pourrait lui laisser le temps de commettre un nouveau crime ! » ajoutai-je.

Pressé par nous trois, Holmes parut hésiter. Il n'en continua pas moins à marcher de long en large, la tête basse et les sourcils froncés. Tout à coup, il s'arrêta et nous regarda bien en face.

« Il ne commettra plus de crime ! dit-il. Là-dessus, vous pouvez être tranquilles. Vous m'avez demandé si je connaissais le nom de l'assassin ? Oui, je le connais ! Mais quelle importance ? Ce qui compte, c'est de le capturer. Or, j'ai bon espoir d'y arriver par mes propres moyens. Encore faudra-t-il du doigté !… L'homme est rusé, désespéré. De plus, et cela je le sais par expérience personnelle, il a un complice qui est aussi habile que lui. Tant qu'il ne se sait pas découvert, il y a des chances de lui mettre la main au collet ; mais au moindre soupçon il changera de nom et disparaîtra parmi les quatre millions d'habitants de Londres. Sans vouloir vous froisser ni l'un ni l'autre, je dois dire qu'à mon avis la police n'est pas de taille à lutter contre ces deux hommes-là. C'est pourquoi je n'ai pas fait appel à votre aide… Bien entendu, si, à mon tour, j'échoue, je serai blâmé d'avoir agi seul… Bah ! je joue gagnant ! Dès maintenant je vous promets ceci : quand je pourrai me mettre en rapport avec vous sans nuire à mes plans, je le ferai. »

Apparemment, cette promesse, précédée de l'allusion méprisante à la police, ne satisfit guère Gregson ni Lestrade. Le premier avait rougi jusqu'à la racine de ses cheveux couleur de lin, tandis que les yeux en boutons de chaussure de l'autre avaient brillé de curiosité, puis de rancune.

Ils n'eurent pas le temps de répliquer. On frappa.

Le porte-parole des gavroches, Wiggins, montra sa frimousse.

« Pardon, monsieur ! dit-il en relevant sa mèche de cheveux. Le fiacre est en bas.

— Parfait, mon garçon ! dit Holmes, avec satisfaction. Pourquoi n'adoptez-vous pas ce modèle à Scotland Yard ? ajouta-t-il en sortant d'un tiroir une paire de menottes en acier. Voyez comme le ressort fonctionne bien. Elles se ferment en un rien de temps.

— Nos vieilles menottes suffiront, dit Lestrade, si nous attrapons jamais l'assassin.

— Fort bien, fort bien ! dit Holmes en souriant. Au fait, le cocher pourrait m'aider à transporter mes bagages ? Demandez-lui de monter, Wiggins ! »

Je fus surpris d'apprendre que mon compagnon partait en voyage : il ne m'en avait rien dit. Il y avait une petite valise dans la pièce ; Holmes alla la chercher et se mit à la sangler ; sur ces entrefaites, le cocher entra.

Sans le regarder, Holmes lui dit en s'agenouillant :

« Aidez-moi donc à attacher cette courroie, cocher ! »

L'homme s'avança, l'air hargneux, un peu méfiant ; il se pencha et tendit les mains. Coup sec, bruit métallique. Holmes se releva.

« Messieurs ! cria-t-il les yeux brillants. Je vous présente M. Jefferson Hope, l'assassin d'Enoch Drebber et de Joseph Stangerson. »

Tout s'était passé en un tournemain, si rapidement que je n'avais pas eu le temps d'en prendre conscience ! J'ai gardé un souvenir vif de cet instant : l'air triomphant de Holmes et le timbre de sa voix ; le visage abasourdi, féroce du cocher lorsqu'il regarda les menottes qui brillaient à ses poignets : elles les avaient encerclés comme par magie. Durant quelques secondes nous fûmes comme des statues. Puis, avec un rugissement de colère, le cocher s'arracha à l'étreinte de Holmes et se rua par la fenêtre. Le bois et le verre volèrent en éclats ; mais, avant que Hope eût passé au travers, Gregson, Lestrade et Holmes sautèrent sur lui comme autant de chiens de chasse. Ils le ramenèrent de force. Une lutte terrible s'engagea. Il nous repoussa maintes et maintes fois tant il était fort. Il semblait avoir l'énergie convulsive d'un épileptique. Le verre avait affreusement taillardé son visage, mais il avait beau perdre du sang, il n'en résistait pas moins ! Lestrade réussit à empoigner la cravate ; il l'étrangla presque. Le cocher comprit enfin l'inutilité de ses efforts. Nous ne respirâmes cependant qu'après lui avoir lié les pieds et les mains.

« Sa voiture est en bas, dit Sherlock Holmes. Elle nous servira pour le conduire à Scotland Yard... Et maintenant, messieurs, continua-t-il avec un sourire aimable, nous voilà arrivés à la fin de ce petit mystère. Posez-moi toutes les questions que vous voudrez, j'y répondrai très volontiers ! »

Chapitre VIII
La grande plaine salée

Au nord-ouest des États-Unis, de la Sierra Nevada, du Nebraska et du fleuve Yellowstone au nord, jusqu'au Colorado au sud, s'étend un désert aride qui a, pendant de longues années, barré la route à la civilisation. Dans cette région désolée et silencieuse, la nature s'est plu à réunir de hautes montagnes aux pics neigeux avec des vallées sombres et mélancoliques, des rivières rapides qui s'engouffrent dans les cañons déchiquetés avec d'immenses plaines blanches en hiver, grises en été d'une poussière d'alcali salin. Mais tous ces paysages offrent au regard le même aspect dénudé, inhospitalier et misérable.

Personne n'habite là. De temps à autre, une bande de Pawnees ou de Pieds-Noirs en quête de nouveaux terrains de chasse traverse les plaines ; mais elles sont si terrifiantes que les plus braves d'entre eux sont heureux de les perdre de vue et de se retrouver dans leurs prairies. Le coyote se faufile parmi les broussailles ; le busard rôde dans l'air, qu'il bat mollement de ses ailes ; et, dans les ravins, à pas lents, le lourdaud grizzli cherche la maigre pitance que lui fournissent les rochers. Tels sont les seuls habitants de ce lieu sauvage.

Le panorama qu'on peut contempler de la pente septentrionale de la Sierra Blanca est, du monde entier, le plus morne. À perte de vue s'étale une vaste plaine toute recouverte de plaques de sel et parsemée de massifs de chaparral nain. Et, dans tout cet espace, il n'y a aucun signe de vie : nul oiseau dans le ciel bleu acier, nul mouvement sur le sol terne. Il y règne un silence absolu. Pas un bruit. Du silence, rien que du silence ! Silence total, écrasant…

Il a été dit que là rien de vivant n'apparaissait, c'est à peu près exact. Du haut de la Sierra Blanca, on voit une piste qui serpente dans le désert et se perd dans le lointain. Des roues y ont creusé des ornières et de nombreux aventuriers y ont laissé l'empreinte de leurs pas. Ici et là, tranchant sur le fond sombre du dépôt de sel, des objets blancs brillent au soleil ; ce sont des ossements : les uns de grande dimension et grossièrement taillés, les autres plus petits et plus délicats. Les premiers ont appartenu à des bœufs ; les seconds, à des hommes. Sur une étendue de deux mille kilomètres, on peut retracer le chemin d'une caravane macabre au moyen de vestiges éparpillés des voyageurs tombés en route.

Tel est le spectacle que, le 4 mai 1847, contemplait un homme solitaire. Son apparition aurait pu le faire passer pour le génie ou le démon de la région. Il aurait été difficile de dire s'il était plus près de soixante ans que de quarante. Il avait l'air hagard et le visage décharné ; sa peau parcheminée était comme collée à ses pommettes saillantes ; ses longs cheveux bruns et sa barbe étaient striés de fils blancs ; ses yeux enfoncés dans leur orbite brillaient d'un feu étrange ; et la main qui serrait son fusil était d'une maigreur squelettique. Il s'arc-boutait sur son arme, mais sa haute taille et la charpente de ses os dénotaient une constitution robuste et nerveuse. Seul son visage hâve et ses vêtements flottants lui donnaient un air de décrépitude.

Péniblement, il avait descendu le ravin et gravi ce monticule, dans le vain espoir de trouver de l'eau. Il voyait maintenant la grande plaine salée se dérouler jusqu'aux montagnes, à l'horizon, sans un arbre ou une plante qui pût indiquer quelque humidité. L'étendue du paysage ne permettait aucun espoir. Il regarda au nord, à l'est et à l'ouest, avec des yeux farouches, scrutateurs ; alors il comprit que son voyage touchait à sa fin : il allait mourir sur ce roc sans végétation. « Pourquoi pas ici plutôt que sur un lit de plumes dans une vingtaine d'années ? », murmura-t-il en s'asseyant à l'ombre d'une grosse pierre.

Avant de s'asseoir, il avait déposé sur le sol son fusil devenu inutile et un gros paquet enveloppé dans un châle gris qu'il avait porté en bandoulière. Ce fardeau était apparemment trop lourd pour lui, car, en le posant, il le laissa retomber un peu vite. Aussitôt une plainte s'en exhala. Il en sortit un petit visage apeuré aux yeux bruns très brillants et deux petits poings potelés.

« Tu m'as fait mal ! dit une voix d'enfant sur un ton de reproche.

— C'est vrai ? répondit l'homme avec regret. Je n'ai pas fait exprès. »

Tout en parlant, il déroula le châle gris qui enveloppait une jolie petite fille d'environ cinq ans. Les souliers coquets, l'élégante robe rose, le tablier de toile indiquaient des soins maternels attentifs. L'enfant était pâle et fatiguée, mais ses bras et ses jambes fermes montraient qu'elle avait moins souffert que son compagnon.

« Ça va mieux ? demanda l'homme avec appréhension, en la voyant se frotter derrière la tête, sous ses boucles dorées.

— Embrasse mon bobo pour le guérir ! dit-elle en lui indiquant avec gravité la place meurtrie. Maman faisait toujours comme ça… Où est maman ?

— Maman est partie. Je pense que tu la reverras bientôt.

— Partie ? dit la petite fille. Elle ne m'a pas dit au revoir, c'est curieux. Elle me disait toujours au revoir quand elle allait chez tante pour prendre le thé. Ça fait trois jours qu'elle n'est plus là. Dis, comme tout est sec ! Je peux avoir un peu d'eau et quelque chose à manger ?

— Non, chérie, je n'ai plus rien. Prends patience. Appuie ta tête contre moi, comme ça tu te sentiras plus vaillante. Il n'est pas facile de parler avec des lèvres comme du cuir, mais il faut que je te dise ce qu'il en est… Qu'est-ce que tu ramasses ?

— Les jolies choses ! s'écria la fillette, enthousiasmée par deux étincelants fragments de mica. Quand nous retournerons à la maison, je les donnerai à mon frère Bob.

— Tu verras bientôt de plus jolies choses ! dit l'homme avec conviction. Attends un peu. Mais j'allais te dire… Tu te souviens quand nous avons quitté le fleuve ?

— Oh ! oui.

— Eh bien, tu comprends, nous comptions en atteindre un autre. Mais on s'est trompé. À cause de la boussole, ou de la carte, ou d'autre chose ; il n'y aura plus de fleuve… Il ne nous restait plus d'eau, sauf une goutte pour toi, et…

— Tu n'as pas pu te laver, interrompit sa compagne en regardant le visage barbouillé.

— Non, ni me laver ni boire. M. Bender, il a été le premier à partir, puis l'Indien Pete, puis Mme McGregor, puis ensuite Jonny Hones, et enfin, ma chérie, ta mère…

— Alors maman aussi est morte ! » s'écria la petite fille.

Elle cacha son visage dans son tablier et elle éclata en sanglots.

« Oui… Tout le monde est mort, excepté toi et moi. Alors j'ai pensé que nous trouverions peut-être de l'eau par ici. Je t'ai prise sur mon épaule et je me suis mis en marche. Mais notre situation ne semble pas s'être améliorée… Il nous reste une bien faible chance…

— Veux-tu dire que, nous aussi, nous allons mourir ? demanda l'enfant en relevant son visage inondé de larmes.

— Ça m'en a tout l'air.

— Fallait le dire tout de suite ! s'écria-t-elle avec un joyeux sourire. Tu m'as fait une peur ! Mais, puisque nous allons mourir, nous allons retrouver maman.

— Tu la retrouveras !

— Toi aussi. Je vais lui dire comme tu as été bon. Je parie que maman nous attend à la porte du Ciel avec une grosse cruche pleine d'eau et un tas de galettes de sarrasin toutes chaudes et rôties des deux côtés comme nous les aimons, Bob et moi. Ce sera long encore ?

— Je ne sais pas… Pas trop. »

101

Les yeux de l'homme étaient fixés sur l'horizon nord. Sous la voûte bleue du ciel étaient apparues trois petites taches. D'instant en instant, elles grossissaient. Bientôt il put distinguer trois gros oiseaux bruns. Ils décrivirent des cercles en haut de leur tête, puis ils se posèrent sur la corniche du rocher au-dessus d'eux. C'étaient des busards. La présence de ces vautours de l'ouest présageait la mort.

« Des poules ! » s'écria la fillette avec joie en montrant du doigt les oiseaux de mauvais augure.

Elle frappa dans ses mains pour les faire s'envoler.

« Dis, c'est le Bon Dieu qui a fait ce pays ?

— Bien sûr ! répondit son compagnon, surpris par cette question.

— Il a fait l'Illinois et il a fait le Missouri, mais cette partie-ci, ce doit être un autre qui l'a faite : ce n'est pas aussi bien que le reste. On a oublié l'eau et les arbres.

— Si tu faisais ta prière ? proposa timidement l'homme.

— Ce n'est pas encore la nuit, répondit-elle.

— Ça fait rien. Ce n'est pas tout à fait dans les règles, mais il ne t'en voudra pas pour ça, tu peux en être sûre. Répète les prières que tu avais coutume de dire chaque soir dans le chariot quand nous étions dans les plaines.

— Pourquoi tu ne fais pas aussi tes prières ? demanda l'enfant, l'air étonné.

— Je les ai oubliées, répondit-il. Je ne les ai pas dites depuis le temps que je n'étais pas plus haut que la moitié de ce fusil. Mais il n'est jamais trop tard. Récite tes prières tout haut, je les redirai après toi.

— Alors tu vas te mettre à genoux, dit-elle en étendant le châle sur le sol. Croise tes doigts comme ceci. On se sent meilleur, les mains jointes. »

Cette scène n'avait nul besoin d'avoir eu des busards comme témoins pour être extraordinaire. Les deux errants, la petite enfant babillant et le rude aventurier, étaient agenouillés côte à côte sur le châle étroit. La frimousse joufflue et le visage anguleux étaient tournés vers le ciel sans nuages pour implorer l'Être terrible avec lequel ils se trouvaient face à face. Deux voix, l'une faible et claire, l'autre grave et rauque, s'unissaient pour demander la grâce et le pardon divins. La prière finie, ils reprirent leur place à l'abri de la grosse pierre. La petite fille, blottie contre la large poitrine de son protecteur, s'assoupit. L'homme veilla sur le sommeil de la fillette pendant quelque temps. À la fin la nature reprit ses droits : il ne s'était accordé ni repos ni sommeil depuis trois jours et trois nuits ; ses paupières descendirent lentement sur ses yeux fatigués et la tête s'inclina de plus en plus sur sa poitrine ; la barbe grisonnante se mêla aux cheveux dorés ; il s'endormit à son tour, du même sommeil que sa petite compagne, profond et sans rêves.

S'il était resté éveillé une demi-heure de plus, il aurait vu un spectacle inattendu. Au loin, tout à l'extrémité de la plaine salée, à peine distinct du brouillard, un nuage de poussière s'éleva et grandit peu à peu. Seul un grand nombre d'êtres en mouvement pouvait en soulever un semblable. Il aurait pu s'agir d'un de ces énormes troupeaux de bisons qui broutent les prairies. Mais le lieu était par trop aride pour qu'il en pût être question. Quand le tourbillon de poussière se rapprocha du rocher solitaire où dormaient nos deux voyageurs égarés, il laissa entrevoir des chariots couverts de toile et des cavaliers armés. C'était une grande caravane en route vers l'ouest. Et quelle caravane ! Elle se déployait du pied des montagnes jusque par-delà l'horizon. Dans l'immense plaine avançaient en désordre des chariots et des charrettes, des cavaliers et des piétons, d'innombrables femmes qui chancelaient sous leurs fardeaux et des enfants qui trottinaient entre les chariots ou qui regardaient furtivement de dessous les bâches. Ce n'était évidemment pas des émigrants ordinaires ! Bien plutôt un peuple nomade contraint par la force des choses à se chercher une nouvelle patrie. L'air résonnait de bruits de pas, de grondements sourds, de hennissements et de grincements de roues. Tout ce tintamarre ne réussit pas à réveiller nos deux dormeurs.

En tête de la colonne chevauchaient une vingtaine d'hommes au visage dur et sévère, vêtus de gros draps et armés de fusils. Parvenus au bas du monticule, ils s'arrêtèrent pour tenir conseil.

« Les sources se trouvent à droite, mes frères, dit l'un d'eux, un homme grisonnant aux lèvres fermes, au visage imberbe.

— Prenons la droite de la Sierra Blanca pour atteindre le Rio Grande, dit un autre.

— Ne craignez pas que l'eau vous manque ! cria un troisième. Celui qui a pu la faire jaillir du rocher n'abandonnera pas son peuple élu.

— Amen ! Amen ! » répondit toute la troupe.

Ils allaient se remettre en route quand l'un des plus jeunes à la vue perçante poussa un cri ; il désigna le monticule. Au sommet flottait quelque chose de rose qui ressortait sur un fond de pierre grise. Ils piquèrent des deux tout en armant leurs fusils ; d'autres cavaliers se joignirent à eux. Le nom de « Peaux Rouges » volait de bouche en bouche.

« Il ne peut pas y avoir d'Indiens ici, dit l'homme âgé qui semblait être le chef. Nous avons dépassé les Pawnees et nous ne rencontrerons pas d'autres tribus avant les grandes montagnes.

— Je vais voir, frère Stangerson ? demanda quelqu'un de la bande.

— J'irai aussi ! J'irai aussi ! s'écrièrent une douzaine de voix.

— Descendez de cheval ; nous vous attendrons ! » répondit l'homme âgé.

Le temps de le dire, les jeunes gens avaient sauté à terre, attaché leurs chevaux, et ils s'étaient mis à gravir la pente escarpée. Ils avançaient rapidement et sans bruit, avec la confiance et la dextérité d'éclaireurs exercés. D'en bas on les vit sauter de roche en roche, puis leurs silhouettes se découpèrent sous le ciel. Le jeune homme qui avait donné l'alarme marchait en tête. Les autres le virent lever les bras en l'air en signe de surprise et, quand ils le rattrapèrent, ils éprouvèrent la même sensation devant le tableau qui s'offrait à leurs yeux.

Sur le petit plateau qui couronnait la colline se dressait une pierre énorme au pied de laquelle gisait un homme de haute taille, à la barbe longue, aux traits durs, d'une excessive maigreur. Son air calme et sa respiration régulière montraient qu'il dormait profondément. Une petite enfant reposait tout contre lui. Ses bras ronds et blancs entouraient le cou musclé.

Sa tête blonde s'appuyait sur le veston de velours. Ses lèvres roses entrouvertes laissaient voir des dents blanches comme la neige et un sourire enjoué se jouait sur ses traits puérils. Ses petites jambes dodues, ses chaussettes blanches et ses souliers propres aux boucles brillantes contrastaient étrangement avec les longs membres desséchés de son compagnon. Sur la corniche du rocher qui surplombait ce couple étrange se tenaient trois busards solennels qui, à la vue des nouveaux venus, jetèrent un cri rauque et s'envolèrent de mauvaise grâce.

Le cri des oiseaux réveilla les deux dormeurs. Ils regardèrent autour d'eux avec stupéfaction. L'homme se leva en chancelant pour contempler la plaine, qu'il avait vue si déserte avant de s'endormir et qui était maintenant traversée par l'énorme défilé de gens et de bêtes. Il eut une expression d'incrédulité et il passa sa main osseuse sur ses yeux. « C'est ce qu'on appelle le délire, je pense », murmura-t-il. La petite se serrait contre lui, tenant un pan de son veston ; elle ne disait rien, mais elle regardait autour d'elle avec cet air émerveillé et questionneur des enfants.

Ils ne doutèrent bientôt plus de la réalité de leur vision. L'un des sauveteurs saisit la petite fille et la hissa sur son épaule ; deux autres soutinrent son compagnon décharné jusqu'aux chariots.

« Je me nomme John Ferrier, expliqua-t-il. Moi et cette petite, nous sommes les seuls survivants d'un groupe de vingt et une personnes ; tous les autres sont morts de soif et de faim, là-bas, dans le sud.

— Est-elle à vous ? demanda quelqu'un.

— Maintenant, oui ! s'écria Ferrier avec défi. Elle m'appartient, parce que je l'ai sauvée. Personne ne pourra me la prendre ! À partir d'aujourd'hui, elle s'appelle Lucy Ferrier. Mais qui êtes-vous ? s'enquit-il en regardant avec curiosité ses sauveteurs robustes et brunis par le soleil. Vous êtes en nombre !

— À peu près dix mille, dit l'un des jeunes. Nous sommes les enfants persécutés de Dieu, les élus de l'ange Mérona.

— Je n'ai jamais entendu parler de lui, dit Ferrier. Mais il a une belle quantité d'élus !

— Ne plaisantez pas avec les choses sacrées ! répliqua l'autre en fronçant les sourcils. Nous sommes de ceux qui croient aux écritures saintes gravées en lettres égyptiennes sur des plaques d'or martelé qui ont été remises au très saint Joseph Smith, à Palmyre. Nous venons de Nauvoo, dans l'État de l'Illinois, où nous avions édifié notre temple. Nous cherchons un refuge, loin des hommes violents et impies ; et, s'il le faut, nous irons jusqu'au fond du désert.

— J'y suis », dit Ferrier.

Le nom de Nauvoo lui avait rafraîchi la mémoire.

« Vous êtes les Mormons.

— Nous sommes les Mormons, répondirent en chœur ses compagnons.

— Et où allez-vous ?

— Nous l'ignorons. La main de Dieu nous guide en la personne de son prophète. Il faut que vous vous présentiez devant lui. Il décidera de votre sort. »

Ils avaient atteint le pied de la colline. Une troupe de pèlerins les entoura : des femmes au visage pâle, à l'air soumis ; des enfants vigoureux, rieurs ; des hommes au regard inquiet mais sérieux. De surprise ou de pitié, ils s'exclamèrent à l'envi en considérant les deux étrangers, l'un si misérable et l'autre si jeune. Leur escorte s'arrêta devant un chariot d'un faste voyant. Il était attelé de six chevaux, alors que les autres n'en avaient que deux, quatre au plus. À côté du conducteur était assis un homme qui ne paraissait pas avoir plus de trente ans ; mais sa tête massive, son air résolu étaient ceux d'un chef. Il lisait un livre à couverture brune, qu'il mit de côté à l'approche de la foule. Il écouta le récit qui lui fut fait, puis il se tourna vers les deux rescapés.

« Si nous vous prenons avec nous, dit-il avec gravité, ce ne peut être qu'en tant que nouveaux adeptes de nos croyances. Nous ne voulons pas de loups dans notre bergerie. Si vous deviez être parmi nous comme le ver dans le fruit, il vaudrait mieux laisser blanchir vos os dans le désert. Acceptez-vous nos conditions ?

— M'est avis que je vous suivrai à n'importe quelle condition ! » dit Ferrier avec une telle énergie que les graves anciens ne purent réprimer un sourire.

Le chef resta impassible.

« Emmenez-le, frère Stangerson, dit-il. Donnez-lui à boire et à manger, occupez-vous de l'enfant. Vous aurez la tâche de lui apprendre notre sainte croyance. Nous avons assez tardé. En route ! À Sion ! À Sion !

— À Sion ! En avant ! » crièrent les Mormons.

Ces mots passèrent de bouche en bouche et se perdirent au loin dans un murmure confus. Il y eut des claquements de fouets et des grincements de roues. La caravane s'ébranla. De nouveau elle ondula dans le désert. Le frère Stangerson conduisit les rescapés à son chariot. Un repas les y attendait.

« Restez ici et reposez-vous ! dit-il. Dans quelques jours, vous serez remis de vos fatigues. En attendant, rappelez-vous que notre religion est désormais la vôtre. Brigham Young l'a dit, et il a parlé avec la voix de Joseph Smith, qui est celle de Dieu. »

Chapitre IX
La fleur de l'Utah

Ce n'est pas le lieu de rappeler les épreuves et les privations que subirent les fugitifs mormons avant de parvenir à leur port de salut. Depuis les rives du Mississippi jusqu'au versant occidental des montagnes Rocheuses, ils avaient lutté avec une constance presque sans pareille dans l'histoire. Leur ténacité anglo-saxonne avait surmonté tous les obstacles que la nature avait mis sur leur chemin : l'Indien, la bête féroce, la faim, la soif, la fatigue et la maladie. Cependant leurs longues pérégrinations et les terreurs qu'ils durent vaincre avaient ébranlé le courage des plus vaillants. Tous s'agenouillèrent pour rendre grâce, du fond du cœur, quand ils virent à leurs pieds la grande vallée de l'Utah ensoleillée, et qu'ils apprirent de la bouche de leur chef que c'était la terre promise : tout cet espace vierge leur appartiendrait à jamais.

Young se montra vite un administrateur avisé autant qu'un chef résolu. On dessina le plan de la cité future. On partagea les fermes des environs proportionnellement à l'importance de chaque individu. On rendit le commerçant à son négoce, et l'artisan à son métier. Des rues et des places apparurent comme par magie dans l'enceinte réservée à la ville et, à la campagne, on draina, on planta des haies, on déboisa, on ensemença ; l'été suivant la terre fut entièrement dorée par les blés. Cette colonie étrange connut une prospérité générale. Le temple, érigé au milieu de la ville, s'agrandit sans cesse. Ce sanctuaire élevé à Celui qui avait guidé les Mormons et qui les avait préservés de tant de dangers résonnait, du matin au soir, du bruit des marteaux et du grincement des scies.

John Ferrier et la petite fille qu'il avait adoptée suivirent les Mormons jusqu'au bout de leur chemin. La petite Lucy voyagea assez agréablement dans le chariot de Stangerson l'ancien, en compagnie des trois épouses du Mormon et de son fils, garçon volontaire et hardi, âgé de douze ans. La souplesse de l'enfance permit à Lucy de se remettre du choc causé par la mort de sa mère et elle devint le chouchou des bonnes femmes. La vie en roulotte la conquit. De son côté, Ferrier se révéla, une fois rétabli, un guide précieux et un chasseur infatigable.

Il gagna rapidement l'estime de ses nouveaux compagnons. Aussi, au terme du voyage convint-on à l'unanimité de lui attribuer un lot de terrain égal à celui de chacun des autres, à l'exception des quatre principaux anciens : Young, Stangerson, Kimball et Drebber.

John Ferrier bâtit sur son terrain une solide maison de bois qui devint, avec les années, par agrandissements successifs, une villa spacieuse. C'était un homme pratique : âpre au gain et habile de ses dix doigts. Lové à une santé de fer, il consacra toutes ses journées à amender et à cultiver ses terres. Sa ferme et ses biens prospérèrent. Au bout de trois ans, il était déjà mieux parti que ses voisins ; trois ans plus tard, c'était un homme aisé ; trois autres années encore et il était devenu riche. Enfin, douze ans après son établissement, il n'y avait pas, dans tout Salt Lake City, six hommes aussi fortunés que lui. De la grande mer intérieure aux lointaines montagnes Wahsa, aucun nom n'était plus avantageusement connu que celui de John Ferrier.

Il ne froissait la susceptibilité de ses coreligionnaires que sur un point. Rien n'avait pu le persuader de prendre plusieurs femmes à la manière des Mormons. Sur ce chapitre-là, il était inflexible ; mais il ne s'expliquait pas. Certains l'accusaient de tiédeur à l'égard de sa nouvelle foi ; d'autres encore parlaient de sa fidélité au souvenir de son premier amour : une jeune fille aux cheveux blonds morte de langueur sur les bords de l'Atlantique. Quelle qu'en fût la raison, Ferrier restait strictement célibataire. Pour le reste, il se conformait aux préceptes de la jeune colonie et passait pour un homme droit et orthodoxe.

Lucy Ferrier grandit près de son père adoptif et l'aida dans toutes ses entreprises. L'air vif des montagnes et l'odeur balsamique des pins suppléèrent aux soins d'une mère ou d'une nourrice. Chaque année la formait plus grande et plus vigoureuse ; ses joues devenaient roses, sa démarche élastique. Le bouton se changeait en fleur. L'année où John Ferrier compta au nombre des richissimes fermiers, elle était la plus jolie Américaine qu'on pût trouver sur tout le versant du Pacifique.

Ce ne fut pas le père qui découvrit le premier que l'enfant s'était fait femme. Il en est souvent ainsi. Cette transformation mystérieuse s'opère avec trop de subtilité pour qu'on puisse lui attribuer une date précise. La jeune fille elle-même ne s'en rend mieux compte, jusqu'à ce que le son d'une voix ou le contact d'une main fassent tressaillir son cœur ; alors, avec une fierté mêlée de crainte, elle découvre en elle une nature neuve, plus vaste que l'ancienne. Généralement, on se souvient de ce jour-là ainsi que du petit incident qui a annoncé l'aube d'une vie nouvelle. Dans le cas de Lucy Ferrier, l'incident fut assez sérieux et influa non seulement sur sa destinée, mais sur celle de beaucoup d'autres.

Par une chaude matinée de juin, les Saints des Derniers Jours s'affairaient comme les abeilles dont ils avaient pris la ruche pour emblème. Le bourdonnement du travail humain emplissait les champs et les rues. Sur les routes poudreuses, de longues files de mules lourdement chargées, des troupeaux de moutons et de bœufs venant de lointains pâturages, et des convois d'immigrants qui avaient l'air aussi harassés que leurs chevaux se dirigeaient vers l'Ouest : la fièvre de l'or avait éclaté en Californie, et pour s'y rendre il fallait passer par la ville des élus. Parmi la foule bariolée des gens et des bêtes, Lucy se fraya un chemin au galop, avec l'adresse d'une amazone accomplie. Son beau visage était empourpré par l'exercice et ses cheveux noisette flottaient au vent. Elle ne pensait qu'à bien s'acquitter à la ville d'une commission dont l'avait chargée son père : elle s'y rendait comme toujours, à fond de train, avec l'intrépidité du jeune âge. Les aventuriers salis par la poussière des routes et même les impassibles Indiens chargés de pelleteries l'admiraient au passage.

Parvenue aux abords de Salt Lake City, elle trouva la route bloquée par un grand troupeau de bêtes à cornes que ramenaient des plaines une demi-douzaine de bouviers à la mine farouche. Dans son impatience, Lucy tenta de franchir cet obstacle : elle poussa son cheval dans ce qui lui avait paru une trouée. Mais à peine s'y était-elle engagée que les bêtes se rejoignirent derrière elle. Elle était prise dans une masse mouvante de bœufs aux yeux féroces et aux longues cornes. Familiarisée avec le bétail, Lucy ne perdit pas son sang-froid. Elle profitait d'intervalles momentanés pour s'avancer. Par malchance, ou à dessein, un bœuf encorna le flanc du mustang qui se cabra, caracola et rua. La situation était critique. Chaque mouvement du cheval le mettait en contact avec les cornes et l'excitait davantage. Tout l'effort de Lucy était de se maintenir en selle, de peur d'être horriblement piétinée. Sa tête commençait à tourner, et elle relâchait sa prise sur les rênes. Le nuage de poussière et la transpiration des bêtes la faisaient suffoquer. Elle était à bout. Sur le point de s'évanouir, elle entendit une voix toute proche, et une main brunie, puissante, saisit par la gourmette le cheval emballé et tira rapidement Lucy du troupeau.

« J'espère que vous n'êtes pas blessée, mademoiselle ! » interrogea respectueusement son sauveur.

Elle leva les yeux sur le visage hâlé aux traits durs et sourit avec espièglerie.

« J'ai eu la frousse ! dit-elle naïvement. Qui aurait pensé que Poncho serait effarouché par des vaches ?

— Dieu merci, vous êtes restée en selle ! » dit-il.

C'était un grand jeune homme à l'air sauvage. Il montait un robuste cheval rouan. Il portait l'habit d'un chasseur avec un fusil en bandoulière.

« Je suppose que vous êtes la fille de John Ferrier. Je vous ai vue sortir de chez lui. Quand vous le reverrez, demandez-lui s'il se souvient de la famille Jefferson Hope, de Saint Louis. S'il est bien le Ferrier que nous avons connu, lui et mon père étaient très liés.

— Ne feriez-vous pas aussi bien de venir le lui demander vous-même ? » dit-elle.

Cette suggestion sembla plaire au jeune homme. Ses yeux noirs étincelèrent.

« Soit ! Mais je viens de passer trois mois dans les montagnes. Je ne suis pas en tenue de visite. Il faudra me prendre comme je suis.

— Papa vous doit des remerciements, et moi aussi, répondit-elle. Il m'aime beaucoup. Si ces vaches m'avaient écrasée, il ne s'en serait jamais remis.

— Ni moi !

— Ni vous ?… Je ne vois pas pourquoi. Vous n'êtes même pas un de nos amis. »

Le visage du jeune chasseur se rembrunit. Lucy éclata de rire.

« Je ne voulais pas dire cela, dit-elle. Maintenant, bien entendu, vous êtes notre ami. Il faut venir nous voir. Je continue mon chemin, sans quoi papa ne me confierait plus jamais ses affaires ! À bientôt.

— À bientôt », répondit-il.

Il souleva son large sombrero et il se pencha sur la petite main de Lucy.

Elle fit faire demi-tour à son cheval, lui donna un coup de cravache et partit comme un trait sur la route au milieu d'un nuage de poussière.

Taciturne et triste, Jefferson Hope rejoignit ses compagnons. Ils avaient prospecté dans les montagnes du Nevada et ils revenaient à Salt Lake City avec l'espoir d'y réunir assez de fonds pour exploiter des filons d'argent. Il s'était, comme eux, passionné pour cette affaire. Mais ses idées prenaient maintenant un autre cours. La vue de cette jeune fille, fraîche et saine comme la brise de la sierra, avait bouleversé son cœur indompté. Quand il la vit disparaître, il se rendit compte de la tempête qui s'était levée en lui. Désormais les affaires d'argent ne pourraient pas lutter contre son amour. Car il ne s'agissait pas d'un caprice de jeune homme ; c'était bien de l'amour : l'amour impétueux, violent d'un homme volontaire, dominateur. Il avait toujours été heureux dans ses entreprises : aussi se jura-t-il d'obtenir la main de Lucy.

Il rendit visite à John Ferrier le soir même. Il revint ensuite plusieurs fois. Bientôt il fut un habitué. Au cours des douze dernières années, John, isolé dans la vallée et absorbé par son travail, avait eu peu d'occasions d'apprendre les nouvelles de l'extérieur. Jefferson lui en apportait : il intéressait Lucy comme son père. Il avait été pionnier en Californie, et il connaissait plus d'une histoire de fortunes faites et défaites dans ces jours tantôt terribles, tantôt sereins. Il avait été aussi guide, trappeur, prospecteur, éleveur. Partout où pouvaient se trouver des aventures excitantes, il y avait couru. Le vieux fermier le prit en affection. Il faisait volontiers son éloge. Alors Lucy se taisait, mais ses joues rougissaient et ses yeux qui brillaient montraient clairement que son cœur ne lui appartenait plus. Ces signes passaient peut-être inaperçus de son brave père, mais ils n'échappaient pas au principal intéressé.

Un soir d'été, il arriva au triple galop. Lucy, qui se trouvait à la porte, marcha au devant de lui. Il jeta la bride sur la clôture et s'engagea dans l'allée.

« Je pars, Lucy, dit-il en lui prenant les deux mains et en la regardant avec tendresse. Je ne vous demande pas de m'accompagner cette fois-ci. Mais quand je serai de retour, consentirez-vous à devenir ma femme ?

— Quand reviendrez-vous ? » s'enquit-elle.

Elle rougissait et riait tout à la fois.

« Je reviendrai vous chercher dans deux mois. Dans l'intervalle, tout ce qui nous séparera, c'est la distance.

— Et papa ? demanda-t-elle.

— Il me donne son consentement si mon affaire de mines réussit. Je n'ai pas de crainte à ce sujet.

— Si vous avez tout arrangé avec papa, je n'ai plus rien à dire ! murmura-t-elle, la joue contre la large poitrine du jeune homme.

— Dieu soit loué ! » dit-il d'une voix étranglée.

Il se pencha et l'embrassa.

« Alors, c'est convenu ?… Si je m'attarde, je ne pourrai plus m'en aller. Les camarades m'attendent au cañon. Adieu, ma chérie, adieu. Dans deux mois !… »

Il s'arracha des bras de sa promise, sauta sur son cheval et piqua des deux, sans détourner la tête. Lucy le suivit des yeux jusqu'au moment où il disparut, puis elle quitta la grille pour rentrer chez elle. Elle était la plus heureuse fille de l'Utah !

Chapitre X
John Ferrier s'entretient avec
le prophète

Trois semaines s'étaient écoulées depuis que Jefferson Hope et ses compagnons avaient quitté Salt Lake City. Le cœur de John Ferrier supportait mal la pensée que le jeune homme reviendrait car il perdrait alors sa fille adoptive. Cependant le visage radieux de Lucy lui fit accepter cette éventualité mieux que n'aurait pu le faire toute autre considération. Cet homme entêté s'était d'ailleurs promis de ne jamais marier sa fille à un Mormon : même une seule union ne lui semblait pas un mariage, mais une honte et un déshonneur. Sur ce point, il était inébranlable, quelle que fût son opinion sur le reste de la doctrine mormone. Il ne s'en ouvrait à personne : à cette époque, il ne faisait pas bon émettre une idée non orthodoxe dans le pays des saints ! À telle enseigne que même les plus saints osaient à peine chuchoter tout bas ce qu'ils pensaient de la religion : une parole tombée de leurs lèvres pouvait attirer sur eux un prompt châtiment si elle était interprétée à contresens. Les victimes de la persécution étaient, à leur tour, devenues des persécuteurs de la pire espèce. Ni l'Inquisition espagnole, ni la Wehmgericht allemande, ni les sociétés secrètes d'Italie ne mirent en marche machine plus redoutable que celle qui assombrit jadis l'État de l'Utah.

Ce qui rendait plus terrible cette organisation, c'était son invisibilité et le mystère qui l'entourait. Elle semblait omnisciente et omnipotente ; et cependant on ne pouvait ni la voir ni l'entendre. L'homme qui résistait à l'Église disparaissait sans laisser de trace. En vain sa femme et ses enfants l'attendaient : il ne revenait pas dire comment ses juges secrets l'avaient traité. Lâchait-on un mot, commettait-on une imprudence qu'on était anéanti. Et les colons ne connaissaient pas la nature de cette puissance terrible dont ils sentaient constamment la menace suspendue au-dessus de leur tête ! Leur vie n'était que crainte et tremblement. Même isolés au fond du désert, ils n'osaient murmurer les doutes qui les accablaient.

Au début, ce pouvoir ne s'exerça que sur les récalcitrants qui, après avoir embrassé la foi des Mormons, tentèrent ensuite de la réformer ou de l'abandonner. Mais bientôt il étendit le champ de son activité. La polygamie menaça de devenir lettre morte : on manquait de femmes. D'étranges rumeurs commencèrent à circuler ; il y était question d'immigrants assassinés et de camps pillés en des régions où l'on n'avait jamais vu d'Indiens. Dans les harems des anciens, on voyait de nouvelles femmes, éplorées et languissantes ; elles portaient sur leur visage le reflet d'une atrocité inoubliable. Des voyageurs surpris par la nuit dans les montagnes avaient vu se glisser dans l'ombre des bandes d'hommes armés et masqués. Ces racontars se précisèrent, se confirmèrent. À la fin un nom résuma tout : les anges vengeurs. C'est encore un nom sinistre et de mauvais augure dans les ranches solitaires de l'Ouest.

La peur que cette organisation inspirait aux hommes s'accrut au lieu de diminuer quand ils la connurent mieux. On ne savait rien de ses membres. Les noms de ceux qui, sous prétexte de religion, se livraient à des actes de violence étaient

120

soigneusement tenus secrets. L'ami auquel vous communiquiez vos soupçons sur le prophète et sa mission pouvait être de ceux qui viendraient la nuit vous infliger, par le feu, un terrible châtiment. Chacun se méfiait de son voisin. Chacun taisait ce qu'il avait le plus sur le cœur.

Un beau matin, comme John Ferrier s'apprêtait à partir pour ses champs de blé, il entendit ouvrir la grille. Il regarda par la fenêtre et vit dans l'allée un homme trapu, d'âge moyen, les cheveux d'un blond roux. Son sang ne fit qu'un tour : le visiteur inattendu n'était nul autre que le grand Brigham Young en personne. Tremblant de tous ses membres – cette apparition ne présageait rien de bon –, il courut à la porte pour accueillir le chef des Mormons. Celui-ci reçut froidement les salutations de son hôte et il le suivit dans le salon sans se départir de son air sévère.

« Frère Ferrier, dit-il en approchant une chaise et en le regardant en dessous, les adeptes de la vraie foi vous ont traité comme un frère. Nous vous avons recueilli quand vous étiez sur le point de mourir de faim dans le désert. Nous avons partagé notre nourriture avec vous. Nous vous avons conduit sain et sauf à cette vallée choisie. Nous vous avons donné une bonne part de terre et nous vous avons permis de faire fortune sous notre protection. Ai-je dit vrai ?

— Tout à fait ! répondit John Ferrier.

— Nous vous avons demandé en retour une seule chose : embrasser la vraie foi et vous y conformer votre vie durant. Vous nous avez promis de le faire mais, si la rumeur publique ne m'abuse, vous avez manqué à votre parole.

— Mais en quoi ? demanda Ferrier en levant les bras en signe de protestation. N'ai-je pas donné à la caisse commune ?

Est-ce que je n'ai pas assisté régulièrement aux offices ? Est-ce que je n'ai pas…

— Où sont vos épouses ? demanda Young en regardant autour de lui. Faites-les venir, que je les salue.

— Je ne me suis pas marié, je l'avoue, répondit Ferrier. Les femmes étaient rares. Et il y avait beaucoup de partis plus avantageux. Du reste, je n'étais pas seul. Ma fille avait soin de moi.

— C'est de cette fille que je voudrais vous parler, dit le chef des Mormons. En grandissant, elle est devenue la fleur de l'Utah. Plusieurs de nos anciens la regardent d'un bon œil. »

John étouffa une plainte.

« À son sujet, continua Young, on raconte des histoires auxquelles je ne veux ajouter foi. On dit qu'elle est promise à un Gentil. Ce ne peut être là qu'un commérage. Quel est le treizième article du code du saint Joseph Smith ? "Que chaque fille de la vraie foi épouse un des élus, car si elle épouse un Gentil, elle commet un péché grave." Vous qui faites profession de notre sainte croyance, vous ne laisseriez pas votre fille agir à l'encontre. »

John Ferrier ne répondit pas. Il jouait nerveusement avec sa cravache.

« Sur ce seul point, nous allons éprouver toute votre foi. Il en a été décidé ainsi par le Conseil sacré des Quatre. La fille est jeune : nous ne voudrions pas la voir épouser un grison ; nous ne voudrions pas non plus lui enlever le droit de choisir. Nous autres, les anciens, nous avons de nombreuses génisses (dans un de ses sermons, Heber C. Kimball fait allusion à cent femmes avec ce terme d'affection) mais il faut aussi pourvoir nos enfants. Stangerson et Drebber ont chacun un fils. L'un ou l'autre accueillerait avec joie votre fille chez lui. Qu'elle choisisse entre les deux. Ils sont jeunes, ils sont riches, et ils pratiquent la vraie religion. Qu'en dites-vous ? »

Ferrier se recueillit en fronçant le sourcil.

« Donnez-nous du temps, dit-il enfin. Ma fille est très jeune : à peine est-elle d'âge à se marier.

— Un mois ! tonna Young en se levant. D'ici là, elle aura fait son choix. »

Sur le seuil de la porte, il se retourna, le visage empourpré et les yeux brillants.

« Pour vous et pour elle, s'écria-t-il, il vaudrait mieux être des squelettes blanchis dans la Sierra Blanca que de dresser vos faibles volontés contre les ordres des Quatre Saints ! »

Avec un geste de menace, il s'éloigna en écrasant de son pas lourd le gravier de l'allée.

Assis, le coude sur le genou, Ferrier se demandait de quelle manière il rapporterait cet entretien à Lucy. Une main se posa doucement sur la sienne. Il releva la tête. Sa fille était debout près de lui. Un seul regard lui apprit qu'elle avait tout entendu : elle était blême.

« Je n'ai pas pu ne pas entendre, dit-elle. (La voix du prophète résonnait dans toute la maison.) Oh ! papa, que faire ?

— Ne te tourmente pas ! » répondit-il. Il l'attira à lui et il caressa les beaux cheveux de sa grosse main rugueuse. « Ça

123

va s'arranger d'une manière ou d'une autre. Tu l'aimes toujours, ton promis, n'est-ce pas ?»

Elle eut un sanglot et pressa la main de son père.

«Bien sûr que oui ! Je serais fâché du contraire. C'est un beau gars et puis c'est un chrétien. Il l'est beaucoup plus que les gens d'ici malgré leurs prières et leurs sermons. Un groupe de voyageurs part demain pour le Nevada ; je vais m'arranger pour envoyer un message à Hope : comme ça, il saura dans quel pétrin nous sommes. De ses mines à ici, il ne fera qu'un saut ! Plus vite que le télégraphe !»

Lucy sourit à travers ses larmes.

«Quand il sera là, dit-elle, nous chercherons ensemble le meilleur parti à prendre. Mais c'est pour toi que je crains, papa. On raconte de si affreuses histoires sur ceux qui désobéissent au prophète ! Il leur arrive toujours quelque chose de terrible.

— Mais nous n'avons pas encore désobéi ! répondit-il. C'est après qu'il faudra veiller au grain. Nous avons un mois entier devant nous. Réflexion faite, je pense que le mieux à faire est de quitter l'Utah.

— Quitter l'Utah !

— C'est le mieux.

— Et la ferme ?

— Nous réaliserons le plus d'argent possible et nous abandonnerons le reste. À vrai dire, Lucy, ce n'est pas la première fois que j'y songe. Je renâcle à ramper devant un simple mortel, comme je vois faire les gens d'ici devant leur maudit prophète. Cela n'est pas de mon goût. Je suis un citoyen de la libre Amérique, moi ! Pour changer, je suis trop vieux. Si on vient rôder par ici, on pourrait bien recevoir une volée de chevrotines !

— Mais ils ne nous laisseront pas partir, objecta sa fille.

— Quand Jefferson sera là, nous nous arrangerons ensemble. En attendant, ma petite chérie, cesse de pleurer. Il ne faut pas que tu aies les yeux gonflés ; sinon, quand il te reverra, il va tomber dessus ! Il n'y a rien à craindre. Il n'y a pas du tout de danger ! »

Ces paroles rassurantes furent dites sur le ton qui convenait. N'empêche que, ce soir-là, Lucy observa que son père, contre son habitude, vérifia la fermeture des portes, et nettoya puis chargea le vieux fusil de chasse qui s'était rouillé au mur de sa chambre.

Chapitre XI
La fuite

Le lendemain matin, à Salt Lake City, John Ferrier trouva une personne de sa connaissance qui partait pour les montagnes du Nevada ; il lui confia son message à Jefferson Hope ; le danger qui les menaçait, lui et Lucy, et la nécessité de son retour auprès d'eux. Cela fait, il retourna chez lui, l'esprit plus tranquille et le cœur plus léger.

En approchant de sa ferme, il s'étonna de voir deux chevaux attachés à la grille. Et davantage de trouver son salon occupé par deux jeunes gens. L'un d'eux, renversé dans la chaise berçante et les pieds sur le poêle, avait un visage allongé et pâle ; l'autre, planté devant la fenêtre, les mains dans les poches, avait une grosse face bouffie aux traits communs, un cou de taureau ; il sifflait un air populaire. Tous deux firent un petit salut de la tête en voyant entrer Ferrier. Celui qui était affalé dans la chaise berçante amorça la conversation.

« Vous ne nous connaissez peut-être pas, dit-il. Voilà le fils de Drebber l'ancien ; moi, je suis Joseph Stangerson. Nous avons voyagé avec vous dans le désert quand le Seigneur a étendu sa main et vous a réuni à son troupeau.

— Comme il fera de toutes les nations quand bon lui semblera, ajouta l'autre d'une voix nasillarde. Il moud lentement, mais il moud très fin. »

John Ferrier salua froidement. Il avait deviné à qui il avait affaire.

« Nous sommes venus, reprit Stangerson, sur le conseil de nos pères, vous demander la main de votre fille pour celui de nous deux que, vous et votre fille, vous choisirez. Je n'ai que quatre femmes ; frère Drebber, lui, en a sept ; j'ai donc de meilleurs titres.

— Non, non, frère Stangerson ! s'écria l'autre. La question n'est pas là. Il ne s'agit pas de savoir combien de femmes nous avons, mais combien de femmes nous pouvons entretenir. Mon père m'a cédé ses mines ; je suis le plus riche.

— Mais j'ai plus d'avenir, repartit Stangerson. Quand le Seigneur m'enlèvera mon père, j'hériterai de la tannerie et de sa fabrique de cuir. Et puis, je suis l'aîné ; j'occupe un rang supérieur dans l'Église.

— À la jeune fille de décider, répliqua Drebber, souriant à son image reflétée par la glace. Nous nous en remettons à elle. »

Pendant cet échange, John Ferrier, debout sur le seuil, bouillait de colère : il avait envie de tomber à coups de cravache sur le dos des deux intrus.

« Écoutez, dit-il enfin en avançant à grands pas vers eux. Quand ma fille vous convoquera, vous pourrez venir ; mais d'ici là, je ne veux pas revoir vos deux têtes ! »

Les deux jeunes Mormons tombèrent des nues. Rien n'était, à leurs yeux, plus honorable pour le père et la jeune fille que leur compétition.

« Vous pouvez sortir d'ici de deux manières, continua Ferrier en élevant la voix. Voici la porte et voici la fenêtre. Choisissez ! »

Son visage bruni avait pris une expression féroce. Ses mains osseuses firent un geste menaçant. Les deux jeunes gens se levèrent d'un bond et battirent promptement en retraite. Le vieux fermier les suivit jusqu'à la porte.

« Quand vous vous serez mis d'accord, vous me le ferez savoir ! dit-il ironiquement.

— Il vous en cuira ! s'exclama Stangerson, blême de rage. Vous avez bravé le prophète et le Conseil des Quatre. Vous vous en repentirez jusqu'à la fin de votre vie !

— La main du Seigneur s'appesantira sur vous ! hurla le jeune Drebber. Il se lèvera et vous frappera.

— Eh bien, moi, je n'attendrai pas ! » rugit Ferrier en colère. Il monta quatre à quatre chercher son fusil ; Lucy le retint. Il se dégagea, mais le galop des chevaux l'avertit qu'ils étaient déjà hors d'atteinte.

« Hypocrites ! Gredins ! lança-t-il en essuyant la sueur sur son front. J'aimerais mieux te savoir couchée dans la tombe, ma fille, que dans le lit de l'un d'eux !

— Moi aussi je le préférerais ! répondit-elle avec énergie. Mais Jefferson ne tardera pas à arriver.

— Tant mieux ! Car je me demande ce qu'ils nous réservent ! »

Le père et la fille avaient bien besoin de l'aide d'un allié avisé ! Une pareille leçon d'atteinte à l'autorité des anciens ne s'était encore jamais vue dans toute l'histoire de la colonie. Or, si la sanction des fautes mineures était si rigoureuse, quel serait le châtiment d'une telle rébellion ? Ferrier savait que sa fortune ne le mettrait pas à couvert : on en avait fait disparaître d'aussi riches et d'aussi notables, et l'Église s'était appropriée leurs biens. Il avait beau être courageux, il tremblait devant le danger indéfinissable qui le menaçait. Braver un danger connu n'était rien, mais cette incertitude ébranlait ses nerfs. Il feignait l'insouciance pour dissimuler ses craintes à Lucy. Mais avec la perspicacité de l'amour filial, Lucy devinait facilement son inquiétude.

Il prévoyait un message ou une remontrance quelconque de la part de Young. Il ne se trompait pas, bien que le message lui parvînt d'une manière inattendue. Quand il se leva le matin suivant, il trouva, à sa grande surprise, un feuillet épinglé au couvre-lit à la place de sa poitrine. On y avait écrit en caractères gras tout de travers :

« Tu as 29 jours pour t'amender, et ensuite... »

Les points de suspension étaient plus effrayants que la plus effrayante des menaces. John Ferrier se creusa la tête pour savoir comment cet avertissement était venu. Les domestiques couchaient dans une dépendance ; il avait vérifié la fermeture des portes et des fenêtres. Il froissa le papier et n'en dit mot à sa fille. Mais l'incident lui avait glacé le cœur. Les vingt-neuf jours, c'était évidemment ce qui restait du mois de réflexion que Young lui avait octroyé. Que pouvaient la force ou le courage contre un ennemi jouissant d'un pouvoir aussi mystérieux ? La main qui avait fiché l'épingle aurait tout aussi bien pu le frapper au cœur : le meurtrier serait demeuré inconnu.

Il fut encore tout troublé le lendemain. Il s'apprêtait à prendre son petit-déjeuner en compagnie de Lucy, quand celle-ci poussa un cri de surprise et leva le doigt. Au milieu du plafond était griffonné comme au charbon le nombre 28. Lucy n'en comprenait pas la signification et son père ne la lui donna pas. Cette nuit-là, armé de son fusil, il monta la garde. Il ne vit ni n'entendit rien. Pourtant, au matin suivant, il trouva le nombre 27 en gros chiffres peints sur l'extérieur de sa porte !

Chaque matin, il trouva ainsi affiché le nombre de jours qui lui restaient sur le mois de grâce ; ses ennemis invisibles l'inscrivaient à différents endroits bien en vue, tantôt sur un mur, tantôt sur le parquet, d'autres fois sur de petits placards accrochés à la grille du jardin ou à un barreau de la clôture. Malgré sa vigilance, Ferrier ne pouvait découvrir comment ces avertissements quotidiens lui parvenaient. Rien qu'à les voir, une crainte quasi superstitieuse le bouleversait. Il devint hagard, agité. Ses yeux avaient le regard angoissé d'un animal traqué. Il gardait un espoir : le jeune chasseur du Nevada.

Le nombre fatal était tombé de 20 à 15, puis de 15 à 10, sans que Jefferson eût donné de ses nouvelles. Les nombres allèrent en diminuant, un par un : toujours pas de nouvelles ! Chaque fois que le vieux fermier entendait passer un cavalier sur la route ou crier un conducteur après son attelage, il se précipitait à la grille : en vain ! Quand il vit le nombre tomber de 5 à 4, puis à 3, le courage et l'espérance désertèrent son cœur. Sans aide, et connaissant mal les montagnes qui entouraient la colonie, comment s'évaderaient-ils ? Les routes étaient surveillées d'une manière stricte ; personne ne pouvait les utiliser sans une permission du Conseil. Il avait beau chercher, il ne trouvait aucun moyen de détourner le coup suspendu sur sa tête. Jamais, cependant, sa résolution ne faiblit : les Mormons n'auraient pas sa fille ; il mourrait plutôt !

Un soir, il était seul et réfléchissait. Le matin même, on avait inscrit le chiffre 2 sur un mur de la maison. Ce serait ensuite le dernier jour du délai accordé. Qu'adviendrait-il ? Son imagination était pleine de visions vagues et terribles. Et sa fille, que ferait-on d'elle quand il ne sera plus là ? Comment échapper au filet qui les enveloppait ? Il laissa tomber sa tête sur la table et éclata en sanglots.

Soudain il se redressa. Il avait entendu un léger grattement : faible, mais distinct dans le silence de la nuit. Ce bruit était venu de l'extérieur. Ferrier se glissa dans le vestibule et tendit l'oreille. Il y eut une brève pause, puis le bruit faible, insinuant, recommença. De toute évidence, quelqu'un frappait doucement à la porte. S'agissait-il d'un assassin venant à minuit exécuter la sentence du tribunal secret ? Ou bien d'un agent marquant le chiffre du dernier jour ? Bah, une prompte mort vaudrait encore mieux que cette attente qui lui figerait le sang ! Il prit son élan, tira le verrou et ouvrit toute grande la porte.

Dehors, tout était calme et silencieux. La nuit était brillante d'étoiles. Le fermier ne vit personne dans le petit jardin fermé par la clôture et la grille, ni sur la route. Il poussa un soupir de soulagement. Il regarda encore à droite, à gauche, enfin à ses pieds. Quelle ne fut pas sa surprise de voir qu'un homme était allongé sur le sol, la face contre terre !

Sidéré, Ferrier dû s'appuyer contre le mur et porter la main à sa gorge pour ne pas crier. Sa première pensée fut que l'homme était blessé, peut-être mourant. Mais il le vit ramper sur le sol et entrer dans le vestibule aussi rapidement et silencieusement qu'un serpent. Une fois dans la maison, l'homme se dressa vivement sur ses pieds pour fermer la porte ; il se retourna : le visage farouche de Jefferson Hope apparut au fermier.

« Bonté divine ! balbutia John Ferrier. Que vous m'avez fait peur ! Pourquoi diable êtes-vous entré comme ça ?

— Donnez-moi à manger, dit l'autre d'une voix éraillée. J'ai été quarante-huit heures sans boire ni manger. »

Il se jeta sur le pain et la viande froide qui restaient du repas de son hôte.

« Comment va Lucy ? demanda-t-il, sa faim apaisée.

— Bien, répondit Ferrier. Mais elle ne se doute pas du danger que nous courons.

— Tant mieux ! La maison est gardée de tous les côtés. Voilà pourquoi je suis venu en rampant. Ils sont peut-être malins, mais pas assez pour pincer un chasseur des montagnes du Nevada. »

John Ferrier se sentait un autre homme. Il saisit la main calleuse de l'ami dévoué et la serra avec force.

« Je suis fier de vous ! dit-il. Il n'y en a pas beaucoup qui seraient venus partager notre danger et nos peines.

— Vous l'avez dit ! répondit le jeune chasseur. J'ai du respect pour vous, mais, si vous aviez été seul dans cette affaire, j'y aurais regardé à deux fois ! C'est pour Lucy que je suis venu. Avant qu'il lui arrive le moindre mal, la famille Hope comptera un membre de moins !

— Qu'allons-nous faire ?

— C'est demain le dernier jour. Si vous n'agissez pas cette nuit, vous êtes perdu. Deux chevaux et une mule nous attendent au cañon de l'Aigle. Combien d'argent avez-vous ?

— Deux mille dollars en or et cinq mille en billets.

— Cela suffit. J'en ai autant. Il faut nous rendre à Carson City par les montagnes. Faites lever Lucy. C'est une chance que les domestiques ne couchent pas dans la maison. »

Pendant l'absence de Ferrier, Jefferson Hope fit un petit paquet de tout ce qu'il put trouver de comestible et il emplit d'eau une jarre de grès : il savait par expérience que, dans les montagnes, les sources sont rares. À peine avait-il terminé ces préparatifs que le fermier revint avec Lucy tout habillée et prête à partir. Les épanchements entre les amoureux furent tendres, mais brefs : il n'y avait pas une minute à perdre.

« Partons tout de suite ! dit Jefferson Hope, de la voix basse mais résolue d'un homme qui a mesuré la grandeur du péril mais qui s'est armé de courage pour l'affronter. Le devant et le derrière de la maison sont surveillés ; mais en faisant bien attention, nous devrions pouvoir nous enfuir par une fenêtre sur le côté et de là à travers les champs. Une fois sur la route, nous ne serons plus qu'à trois kilomètres du ravin où nos montures attendent. À l'aube, nous devrions être en pleine montagne.

— Et si on nous arrête ? » dit Ferrier.

Hope frappa la crosse du revolver qui gonflait sa tunique.

« S'ils sont trop nombreux, dit-il avec un sourire sinistre, nous en emmènerons deux ou trois avec nous ! »

Ils avaient éteint les lumières. De la fenêtre, Ferrier contempla pour la dernière fois ses champs. Il s'était longtemps préparé à en faire le sacrifice. L'honneur et le bonheur de sa fille lui importaient beaucoup plus que sa fortune. Tout respirait une paix profonde : les arbres au bruissement léger et les grands champs de blé silencieux. Le moyen de croire que des meurtriers s'y tenaient tapis à l'affût ? Cependant, le visage blême et l'expression figée du jeune chasseur en disaient long sur ce qu'il avait pu observer en s'approchant de la maison.

Ferrier porterait le sac d'or et de billets ; Jefferson Hope, les maigres provisions, et Lucy, un petit paquet : ses choses les plus chères. Ils ouvrirent la fenêtre, lentement, doucement ; quand un nuage rendit l'obscurité plus complète, ils se glissèrent dans le jardin, l'un après l'autre ; tout recroquevillés et retenant leur souffle, d'un pas hésitant ils atteignirent la haie. Ils la longèrent jusqu'à une trouée qui s'ouvrait sur un champ de maïs. Là, le jeune homme saisit le bras de ses compagnons et les fit rentrer dans l'ombre, où ils restèrent muets et tremblants.

Ayant heureusement vécu dans la prairie, Jefferson Hope avait l'oreille très fine. Lui et ses amis venaient de se tapir quand, à quelques mètres d'eux, se fit entendre le triste ululement d'un hibou, auquel répondit immédiatement un autre un peu plus loin. Au même instant, une ombre déboucha de la trouée et répéta le même signal plaintif. Un deuxième homme surgit.

« Demain à minuit ! ordonna le premier. Quand l'engoulevent aura crié trois fois.

— Entendu ! dit l'autre. Je préviens frère Drebber ?

— Transmets-lui l'ordre. Lui le transmettra aux autres. Neuf à sept ?

— Sept à cinq ! » répondit l'autre.

Les deux ombres se séparèrent. Les dernières paroles échangées étaient sans doute des mots de passe. Le bruit des pas se perdit au loin.

Jefferson se releva d'un bond. Il aida ses compagnons à passer par la trouée et il les mena à travers les champs en courant de toutes ses forces.

« Dépêchez-vous ! Dépêchez-vous ! les exhorta-t-il de temps en temps d'une voix entrecoupée. Nous franchissons le cordon de sentinelles. Tout dépend de notre rapidité. Dépêchez-vous ! »

Il soutint et porta presque la jeune fille hors d'haleine.

Une fois sur la route, ils foncèrent à grandes enjambées. Ils n'aperçurent qu'un seul homme ; encore celui-ci ne les reconnut-il pas : ils avaient eu le temps de se cacher dans un champ. Un peu avant la ville, ils prirent un sentier caillouteux qui conduisait aux montagnes. Au-dessus d'eux se dressaient deux pics sombres et dentelés. Le défilé qui les traversait, c'était le cañon de l'Aigle où attendaient les chevaux et la mule. Avec un instinct infaillible, Jefferson Hope se dirigea entre de grosses pierres, puis le long du lit d'un torrent desséché, vers un endroit retiré derrière des rochers. C'était là qu'il avait attaché les bêtes. La jeune fille s'assit sur la mule et son père qui avait le sac d'argent enfourcha l'un des chevaux. Jefferson Hope ouvrit la marche dans le col escarpé et dangereux.

Chemin effroyable pour quiconque n'était pas habitué aux pires sautes d'humeur de Dame Nature ! D'un côté s'élevait sur plus de trois cents mètres le flanc abrupt, noir, morne et menaçant d'une montagne ; des colonnes de basalte saillant sur la surface rugueuse ressemblaient aux côtes d'un monstre pétrifié. De l'autre côté, un obstacle infranchissable : un indescriptible chaos de pierres et de débris. Au milieu, le col faisait le lacet ; de place en place, il se resserrait : il fallait aller en file indienne. Enfin, c'était un chemin tout à fait impraticable sinon pour des cavaliers expérimentés. Néanmoins, malgré toutes les difficultés, les fugitifs se reprenaient à espérer : chaque pas augmentait la distance qui les séparait des despotes qu'ils fuyaient !

Cependant, ils n'étaient pas encore sortis du territoire des Saints ; ils en eurent bientôt la preuve. À l'endroit le plus sauvage et le plus désolé du col, la jeune fille poussa un cri de surprise en désignant le sommet du roc qui les dominait : la silhouette d'une sentinelle solitaire se découpait dans le ciel. Le garde fit retentir le ravin silencieux de la sommation militaire :

« Qui vive ?

— Des voyageurs en route pour le Nevada », répondit Jefferson Hope en saisissant le fusil qui pendait à sa selle.

Le garde empoigna son fusil : la réponse lui semblait louche, sans doute.

« Avec la permission de qui ? demanda-t-il.

— Des Quatre Saints », répondit Ferrier.

Sa connaissance des Mormons lui avait appris que c'était la meilleure autorité qu'il pût invoquer.

« Neuf à sept ! cria le garde.

— Sept à cinq ! répondit aussitôt Jefferson qui se rappela le mot de passe entendu dans le jardin.

— Passez, et que le Seigneur soit avec vous ! » dit la voix d'en haut.

En se retournant, ils virent la sentinelle appuyée sur son fusil. Ils avaient franchi le dernier poste du peuple élu : la liberté devant eux !

Chapitre XII
Les anges vengeurs

Ils passèrent la nuit à franchir une succession d'inextricables défilés et de sentiers tortueux jonchés de pierres. Ils s'égarèrent plusieurs fois mais, grâce à l'expérience de Hope, ils retrouvèrent leur chemin. Au lever du jour, un spectacle aussi merveilleux que sauvage s'offrit à leurs yeux. De toutes parts, des pics altiers couverts de neige les enserraient ; chacun d'eux regardait, comme par-dessus l'épaule de l'autre, l'horizon lointain. Les mélèzes et les pins qui poussaient à leurs flancs presque verticaux semblaient suspendus au-dessus du col : il aurait suffi du moindre souffle de vent pour les y précipiter ! Il ne s'agissait d'ailleurs pas d'une pure illusion : l'aride vallée était encombrée d'arbres et de grosses pierres qui y avaient roulé. Une fois, sur leur passage, une énorme roche dégringola avec un bruit de tonnerre qui réveilla les échos dans les gorges silencieuses, et fit partir au galop les chevaux harassés.

Le soleil se leva lentement à l'orient ; les pics s'allumèrent, l'un après l'autre, comme les lanternes d'une fête ; à la fin, ils resplendirent tous. Ce magnifique panorama réchauffa le cœur des trois fugitifs et leur donna une nouvelle énergie. À un torrent fougueux qui dévalait d'un ravin, ils firent une halte ; et tandis que leurs chevaux s'y abreuvaient, ils prirent un repas hâtif. Lucy et son père auraient volontiers prolongé cette pause, mais Jefferson Hope ne l'entendit pas ainsi. « En ce moment, dit-il, nos ennemis sont à nos trousses. Tout dépend encore de notre rapidité. Une fois hors de leur atteinte à Carson, nous pourrons nous reposer le reste de notre vie. »

Ils poursuivirent leur route. Entre eux et leurs ennemis, d'après le calcul qu'ils firent ce soir-là, ils avaient mis une quarantaine de kilomètres. À la base d'un rocher en surplomb abrité du vent glacial qui soufflait, serrés les uns contre les autres, ils purent goûter quelques heures de sommeil. Avant l'aube, toutefois, ils s'étaient remis en marche. Jefferson Hope commençait à croire qu'ils avaient enfin échappé à la terrible société qu'ils avaient défiée. Quelle erreur ! La main de fer allait bientôt se refermer sur eux et les broyer.

Vers le milieu du second jour, les provisions manquèrent. Le chasseur ne s'en inquiéta guère : les montagnes étaient giboyeuses et lui-même avait souvent vécu de chasse. Sous un enfoncement, il fit un feu de branches sèches autour duquel ils se réchauffèrent ; l'air était vif à dix-huit cents mètres d'altitude ! Il attacha les chevaux, fit ses adieux à Lucy, puis, le fusil sur l'épaule, il partit en quête de gibier. Ayant tourné la tête, il vit le vieil homme et la jeune fille penchés au-dessus du brasier ; les chevaux et la mule se tenaient immobiles à l'arrière-plan.

D'un ravin à l'autre, il marcha quelque trois kilomètres sans rien trouver. Cependant, d'après des traces sur l'écorce des arbres et quelques autres indices, de nombreux ours devaient se trouver dans le voisinage. Après trois heures de recherches, étant bredouille, il songea à rebrousser chemin.

Alors il regarda en l'air et tressaillit de joie : à cent mètres au-dessus de lui, au bord d'une corniche, se tenait une espèce de mouton aux cornes gigantesques : à proprement parler, un mouton des montagnes Rocheuses. La bête gardait sans doute un troupeau qu'il ne voyait pas. Par bonheur, elle lui tournait le dos ; elle n'avait pas flairé sa présence. Il se coucha à plat ventre, il appuya son fusil sur une pierre et il visa longuement avant de presser la détente. L'animal fit un bond ; il chancela un instant au bord du précipice, puis il tomba au fond de la vallée.

Il n'avait pas la force d'emporter le mouton ; il se contenta de couper une hanche et une partie du flanc. Il chargea ce trophée sur son épaule et revint sur ses pas en toute hâte : la nuit était proche. Il se rendit bientôt compte de la difficulté du retour. Dans son ardeur, il s'était beaucoup éloigné des ravins qu'il connaissait. La vallée où il se trouvait se divisait et se subdivisait en plusieurs gorges indistinctes. Il s'engagea dans l'une d'elles ; un kilomètre plus loin, il découvrit un torrent qu'il n'avait jamais vu auparavant : il avait fait fausse route. Il retourna en arrière ; il essaya une autre gorge ; même insuccès. La nuit tomba tout d'un coup. Il faisait presque noir quand il retrouva son chemin. Même alors, c'était encore une affaire que de ne pas s'en écarter : dans ce défilé encaissé, l'obscurité était profonde et la lune n'avait pas fait son apparition. Fourbu à la suite de ses efforts et pliant sous son fardeau, il avançait en trébuchant ! Pour s'encourager, il se disait que chaque pas le rapprochait de Lucy, et qu'il apportait de quoi la nourrir jusqu'à la fin du voyage.

Il était parvenu à l'entrée du défilé où il les avait laissés. Malgré l'obscurité, il reconnaissait les escarpements qui le bordaient. Ils devaient, pensait-il, l'attendre anxieusement :

son absence avait duré presque cinq heures. Pour leur annoncer son retour, il mit ses mains en porte-voix et fit répéter à l'écho un sonore cri d'appel. Il fit une pause et prêta l'oreille. Pas de réponse, rien que son propre cri qui, maintes et maintes fois, lui revint du fond des mornes ravins solitaires. Il cria de nouveau, encore plus fort. Ses amis, qu'il avait quittés tout à l'heure, demeurèrent silencieux. Une crainte vague, indéfinissable s'empara de lui. Il se prit à courir comme un fou. Dans sa panique, il laissa tomber la précieuse nourriture.

Après le dernier détour, il aperçut l'endroit où il avait allumé un feu. Il couvait encore sous un tas de cendres ; de toute évidence, on ne l'avait pas entretenu depuis son départ. Un silence effrayant régnait toujours partout à la ronde. Craignant le pire, il se précipita en avant. Il n'y avait, près des braises, aucun être vivant : le vieillard, la jeune fille, les bêtes, tout avait disparu. Hope devina tout de suite que, pendant son absence, une catastrophe était intervenue, une catastrophe qui s'était abattue sans laisser aucune trace.

Étourdi par ce coup du sort, il eut le vertige ; il dut s'appuyer sur son fusil pour ne pas tomber. Mais c'était par définition un homme d'action : il surmonta vite ce moment de défaillance. Il saisit un morceau de bois à demi consumé, il souffla dessus et s'en servit ensuite comme d'une torche pour examiner le petit camp. Alors il vit sur le sol les traces de nombreux chevaux. Une troupe de cavaliers avait surpris les fugitifs et, d'après la direction des empreintes, elle avait ensuite regagné Salt Lake City. Avaient-ils emmené le père et la fille ? Jefferson Hope en était presque persuadé lorsque ses regards tombèrent sur le sol qui le fit sursauter : un tas de terre rougeâtre, peu élevé, à quelques pas du camp. Ce ne pouvait être qu'une tombe nouvellement creusée. On y avait planté un bâton et on y avait fixé un morceau de papier. L'inscription était brève, mais précise :

JOHN FERRIER
Ancien habitant de Salt Lake City
Mort le 4 août 1860

Le robuste vieil homme, qu'il avait quitté quelques heures auparavant, était donc bien mort ! Et c'était là toute son épitaphe… Fébrilement, il chercha une autre tombe ; mais il ne trouva rien. Lucy était donc condamnée à faire partie du harem d'un fils d'ancien ! Quand le jeune homme eut compris qu'il ne pouvait plus rien empêcher, il regretta de n'avoir pas été tué comme le vieux fermier.

Désespéré, il tomba dans une sorte de léthargie ; mais, de nouveau, son esprit actif l'en tira. S'il était impuissant à secourir Lucy, du moins pourrait-il la venger : il y consacrerait sa vie ! Jefferson Hope était vindicatif autant que patient et persévérant, c'est-à-dire terriblement vindicatif ! Peut-être tenait-il ces qualités et ce défaut des Indiens avec lesquels il avait vécu… Il regarda le tas de cendres et il comprit que seule une vengeance complète, parfaite, adoucirait son chagrin. « Désormais, se jura-t-il, toute ma force de volonté, toute mon énergie y seront consacrées ! » Blême, menaçant, il revint sur ses pas jusqu'à l'endroit où il avait laissé tomber la viande ; il en fit cuire assez pour s'alimenter quelques jours : puis, tout fatigué qu'il était, il se lança sur la piste des anges vengeurs.

Pendant cinq jours, épuisé, les pieds blessés, il se traîna par les défilés qu'il avait déjà traversés à cheval. La nuit, il se jetait parmi les pierres pour quelques heures de sommeil ; mais avant l'aube il avait repris sa marche. Le sixième jour, il atteignit le cañon de l'Aigle. De là-haut, il contempla le repaire des Saints. Il s'appuya sur son fusil et menaça du poing la ville silencieuse. Des rues pavoisées et quelques autres signes de festivités attirèrent son attention. Il était en train de se demander ce que cela signifiait quand le bruit des sabots d'un cheval se fit entendre. Un cavalier se dirigeait de son côté. Hope le reconnut. C'était un Mormon nommé Cowper, à qui il avait rendu quelques services. Peut-être savait-il ce qu'il était advenu de Lucy ? Hope l'arrêta.

« Je suis Jefferson Hope, dit-il. Vous vous souvenez de moi ? »

Le Mormon le regarda avec stupéfaction : comment retrouver dans ce vagabond au visage livide, à l'œil hagard, le jeune et pimpant cavalier de naguère ? À la fin, toutefois, Cowper le reconnut. Sa surprise se mua en consternation.

« Vous êtes fou de venir ici ! cria-t-il. Et si l'on me voit avec vous, je suis un homme mort. Un mandat d'amener a été lancé contre vous. Les Quatre Saints vous accusent d'avoir aidé les Ferrier à prendre la fuite.

— Je me fiche d'eux et de leur mandat ! répondit Hope avec vivacité. Vous devez savoir ce qui se passe, Cowper. Au nom de ce que vous avez de plus cher au monde, je vous conjure de répondre à quelques questions. Nous avons toujours été bons amis. Pour l'amour de Dieu, ne me refusez pas cela !

— Eh bien, qu'est-ce que vous voulez savoir ? demanda le Mormon, très mal à l'aise. Soyez bref : les rochers entendent, les arbres voient !

— Qu'est devenue Lucy Ferrier ?

— On lui a fait épouser hier le jeune Drebber. »

Cette nouvelle sembla porter un coup mortel à son interlocuteur.

« Du courage, mon gars ! Du courage ! reprit Cowper, troublé.

— Ne faites pas attention ! » dit Hope d'une voix éteinte.

Il était pâle comme un linge. Il se laissa tomber sur une pierre.

« Vous dites qu'elle est mariée ?

— Oui, depuis hier. C'était pour la noce, les drapeaux. Il y a eu pas mal de tiraillements entre le jeune Stangerson et le jeune Drebber : ils voulaient tous les deux avoir la fille. Tous les deux avaient pris part à la chasse aux Ferrier. C'était le jeune Stangerson qui a abattu le père ; cela lui donnait un avantage très net sur l'autre… pourtant, quand on a discuté de la chose au Conseil, c'est au jeune Drebber que le prophète a donné la préférence parce que son parti est le plus fort. Mais il n'en profitera pas beaucoup ! Hier, la mort se peignait sur le visage de sa nouvelle femme. Ce n'est plus une femme, c'est un spectre… Maintenant, sauvez-vous !

— Oui, je m'en vais ! » répondit Jefferson Hope qui s'était relevé.

Son visage, d'une pâleur de marbre, avait pris une expression féroce. L'éclat de ses yeux avait quelque chose de sinistre.

« Où allez-vous ?

— Ne vous en faites pas ! » dit-il.

Et le fusil sur l'épaule, à grandes enjambées, il se rua dans l'étroit sentier qui menait en plein cœur de la montagne pour aller vivre parmi les bêtes sauvages. Non, il n'y en aurait pas de plus féroce, de plus dangereux que lui !

La prédiction de Cowper ne tarda point à se réaliser. Soit à cause de la mort affreuse de son père, soit par suite de l'abominable mariage auquel on l'avait contrainte, la pauvre Lucy languit pendant un mois, puis mourut. Son mari, qui l'avait épousée pour avoir les biens de Ferrier, témoigna très peu de chagrin en la perdant ; en revanche, comme c'est l'usage chez les Mormons, les autres femmes de Drebber la pleurèrent et elles passèrent auprès de son corps la nuit précédant l'enterrement. Au matin, elles étaient encore groupées autour du cercueil quand elles furent frappées d'un étonnement et d'une frayeur indicibles : la porte s'ouvrit brusquement, un homme en guenilles, sauvage d'aspect, au visage basané, pénétra dans la chambre mortuaire sans jeter un regard ni adresser une parole aux femmes agenouillées, s'approcha du corps immobile et blanc où l'âme pure de Lucy Ferrier avait résidé ; il se pencha et baisa le front glacé ; puis il s'empara de la main de la morte et en arracha l'alliance en rugissant : « On ne l'enterrera pas avec ça ! » Avant que les veilleuses n'eussent eu le temps de donner l'alarme, il s'était éclipsé. L'incident leur sembla si étrange, il avait été si soudain, qu'elles auraient pu se croire dupes d'une illusion, sans un fait indéniable : la disparition de l'anneau nuptial.

Jefferson Hope s'attarda plusieurs mois dans les montagnes ; il menait une vie sauvage tout en nourrissant un ardent désir de vengeance. En ville, les histoires se multipliaient sur l'être mystérieux qui rôdait aux abords de la cité et qui hantait les défilés solitaires de la montagne. Un jour, une balle tirée par la fenêtre s'aplatit sur le mur, à quelques centimètres de Stangerson. Une autre fois, Drebber passait le long d'un escarpement, et une grosse pierre tomba près de lui : il n'avait échappé à une mort affreuse qu'en se jetant par terre. Les deux jeunes Mormons n'hésitèrent pas à mettre un nom sur l'auteur de ces attentats. Pour le capturer ou le tuer, ils organisèrent plusieurs expéditions dans les montagnes ; sans succès. Ils n'osaient plus se montrer seuls ni sortir après la tombée de la nuit ; ils firent garder leurs maisons. Au bout d'un certain temps, leur vigilance se relâcha : leur ennemi n'avait plus donné signe de vie. Ils se prirent à espérer qu'il avait perdu de sa férocité.

Au contraire son appétit de vengeance, loin de diminuer, s'était exaspéré. Il dominait son esprit au point que tout autre sentiment en était banni. Mais Jefferson Hope était par-dessus tout un homme pratique. Bientôt, il se rendit compte que sa constitution, si robuste qu'elle fût, ne résisterait pas aux rigueurs des saisons et au manque de nourriture saine : peu à peu, il perdait ses forces. Comment pourrait-il se venger s'il mourait comme un chien au milieu des montagnes ? Or, c'était ce qui l'attendait pour peu qu'il s'obstinât à mener cette existence. Ferait-il donc le jeu de ses ennemis ? Il retourna dans le Nevada pour rétablir sa santé et amasser un peu d'argent : ensuite il pourrait se consacrer tout entier à son projet.

Il avait compté revenir au bout d'une année ; mais un enchaînement de circonstances imprévues le retint cinq ans dans la région des mines. Ce temps écoulé n'avait pas estompé le souvenir des torts qu'on lui avait faits, et il souhaitait autant se venger que lors de cette nuit inoubliable qu'il avait passée près de la tombe de John Ferrier. Il regagna Salt Lake City, sous un déguisement et un nom d'emprunt. Peu lui importait sa vie. L'essentiel était qu'il se fît justice. En arrivant chez le peuple élu, il apprit de mauvaises nouvelles : un schisme avait éclaté quelques mois auparavant. Plusieurs des plus jeunes membres de l'Église s'étaient rebellés contre l'autorité des anciens et un certain nombre de mécontents avaient quitté l'Utah pour se faire Gentils. Drebber et Stangerson étaient parmi ceux-là. Personne ne savait où ils se trouvaient. D'après la rumeur publique, Drebber s'était arrangé pour convertir en argent une grande partie de ses propriétés ; il était parti bien nanti ; au contraire, Stangerson, qui l'accompagnait, était relativement pauvre. Là se bornaient les renseignements que Jefferson Hope recueillit.

Devant ces difficultés, un autre aurait abandonné la partie ; mais Jefferson Hope ne renonça pas. Avec ses petites économies, grossies de ce qu'il gagnait en route, il voyagea de ville en ville à la recherche de ses ennemis. Des années passèrent. Ses cheveux noirs commencèrent à grisonner. Mais tel un véritable limier, il cherchait toujours ; sa vengeance était devenue son unique raison de vivre. À la fin sa persévérance fut récompensée. Un jour, à Cleveland, il aperçut par une fenêtre les deux hommes qu'il recherchait. Il rentra dans son misérable logis pour méditer un plan. Mais Drebber l'avait reconnu sous ses haillons, et il avait surpris son regard meurtrier. Accompagné de Stangerson qui était devenu son secrétaire particulier, il courut chez le juge de paix à qui il exposa le danger de mort que leur faisaient courir la haine et la jalousie d'un ancien rival. Le soir même, Jefferson Hope fut arrêté. Faute de répondant, il fut détenu quelques semaines. Il ne sortit de prison que pour trouver vide la maison de Drebber. Lui et son secrétaire étaient partis pour l'Europe.

Ce nouvel échec ne fit que stimuler son zèle. L'argent manquait ; il retravailla et il économisa sou par sou en vue de son prochain voyage. Quand il eut amassé assez d'argent il s'embarqua à son tour. Puis la chasse recommença, de capitale en capitale ; mais ses ennemis lui échappaient toujours. Pour régler ses dépenses, il accepta toutes sortes de besognes serviles ; cela lui faisait perdre du temps. Quand il arriva à Saint-Pétersbourg, Drebber et Stangerson avaient quitté cette ville pour Paris : parvenu à Paris, il apprit qu'ils venaient de se mettre en route vers Copenhague ; là encore, il fut en retard : ils se dirigeaient sur Londres. C'est à Londres qu'il réussit enfin à les acculer. Pour la suite, il n'est que de citer le propre récit du vieux chasseur, consigné dans le journal intime du docteur Watson, auquel nous sommes déjà redevables de beaucoup.

Chapitre XIII
Suite des Mémoires
du docteur John Watson

Il ne fallait voir aucune animosité à notre égard dans la résistance acharnée que notre prisonnier nous opposa. Convaincu de son impuissance, il nous sourit d'un air affable ; il souhaitait n'avoir blessé personne dans la bagarre.

« Je suppose que vous allez me conduire au poste, dit-il à Sherlock Holmes. Ma voiture est à la porte. Si vous voulez me détacher les jambes, je vous y mènerai, car je ne suis pas si léger qu'il y a vingt ans. »

Gregson et Lestrade se regardèrent, méfiants : cette proposition n'était pas de leur goût. Mais Holmes écouta le prisonnier et dénoua la serviette qui attachait ses chevilles. L'homme se releva, étendit ses jambes : il pouvait marcher. Je le regardai : jamais je n'avais vu un individu aussi solidement bâti. Son visage basané indiquait une énergie et une résolution aussi remarquables que sa force.

« Si la place de chef de police devenait libre, dit-il en regardant Sherlock Holmes avec une véritable admiration, elle ne vous irait pas mal ! La manière dont vous m'avez dépisté vaut toutes les recommandations.

— Accompagnez-nous donc ! proposa Holmes aux deux détectives.

— Je sais conduire, dit Lestrade.

— Très bien. Vous, Gregson, venez avec nous à l'intérieur du fiacre. Vous aussi, docteur ; vous vous êtes intéressé à cette affaire ; suivez-la jusqu'au bout. »

J'acceptai volontiers, et nous descendîmes tous ensemble. Notre prisonnier ne tenta nullement de s'échapper. Calme, il entra dans son fiacre où nous le suivîmes. Lestrade monta sur le siège, fouetta le cheval et nous conduisit vite à destination. On nous fit pénétrer dans une petite salle. Un inspecteur nota le nom du prisonnier et ceux des hommes qu'il était accusé d'avoir tués. Cet officier au teint blême, à l'air flegmatique, remplit ses fonctions machinalement.

« Le prisonnier comparaîtra devant ses juges au cours de la semaine, dit-il. Monsieur Hope, avez-vous une déclaration à faire ? Mais je dois vous prévenir que nous noterons vos paroles et qu'elles pourront être utilisées contre vous.

— J'ai beaucoup à dire, répliqua Jefferson Hope. Messieurs, je vais tout vous raconter !

— Ne feriez-vous pas mieux de garder cela pour le tribunal ? dit l'inspecteur.

— Il se peut qu'il n'y ait pas de procès, dit Hope. Ne sourcillez pas. Je ne songe pas au suicide. »

Il tourna vers moi ses yeux noirs et farouches.

« Vous êtes médecin, je crois ?

— Oui, répondis-je.

— Alors posez votre main là », dit-il en souriant.

Il leva vers sa poitrine ses poignets liés par les menottes.

Je m'exécutai. Je constatai un extraordinaire battement de cœur. Sa poitrine tremblait et frémissait comme la cloison d'une frêle construction secouée par une puissante machine en marche. En l'auscultant dans le silence, j'entendis siffler et bourdonner sourdement.

« Eh bien, dis-je, vous avez un anévrisme de l'aorte.

— Oui, c'est ce qu'on m'a dit, répondit-il placidement. J'ai été voir un docteur la semaine dernière. Et il m'a dit que ça éclaterait sous peu. Ça empire depuis des années. J'ai attrapé cela dans les montagnes de Salt Lake où j'ai souffert du froid et de la faim. Mais ma tâche est accomplie : je suis prêt à partir. Tout de même, je voudrais bien m'expliquer avant. Je ne veux pas qu'on se souvienne de moi comme d'un vulgaire assassin. »

L'inspecteur et les deux détectives devaient-ils le laisser raconter son histoire ? Ils en discutèrent non sans vivacité.

« Docteur, me demanda enfin l'inspecteur, croyez-vous qu'il y ait un danger imminent ?

— J'en suis sûr !

— Alors notre devoir est clair ; dans l'intérêt de la justice, il nous faut recueillir sa déposition. Vous pouvez parler, monsieur ; mais je vous préviens encore une fois que nous enregistrons vos paroles.

— Avec votre permission, dit Hope, je m'assieds. Cet anévrisme me fatigue beaucoup, et la lutte de tout à l'heure ne m'a pas arrangé ! J'ai un pied dans la tombe. Et je n'ai aucune raison de mentir ! Tout ce que je vais vous dire est scrupuleusement vrai. L'usage que vous ferez de mes paroles, ça m'est égal. »

Jefferson Hope se renversa sur sa chaise et commença son récit. Il parla d'une manière calme et méthodique, comme s'il se fût agi de choses assez ordinaires. Je peux garantir l'exactitude du compte rendu qui suit ; je l'ai confronté avec les notes de Lestrade qui avait tout pris en sténo.

« Peu vous importe pourquoi je haïssais ces hommes. Je vous dirai seulement qu'ils étaient coupables du meurtre de deux personnes, un père et sa fille, et qu'ils l'ont payé de leur vie. C'était un crime trop vieux pour que j'en appelle à un tribunal quelconque. Mais comme je savais qu'ils étaient coupables, je décidai que je serai, à moi tout seul, le juge, le jury et le bourreau. Si vous avez du cœur au ventre, vous auriez agi comme moi.

« La jeune fille était ma fiancée il y a vingt ans. On la maria de force à Drebber ; elle en mourut, le cœur brisé. Je fis glisser l'alliance du doigt de la morte et je me jurai de la mettre sous les yeux de son bourreau au moment de sa mort. Elle lui rappellerait son crime et il saurait pourquoi je le punissais. Je portais l'alliance toujours sur moi. J'ai cherché ce misérable et son complice sur les deux continents. Enfin, j'ai pu les joindre. Ils avaient cru que je me fatiguerais, mais ils se sont trompés. Si je meurs demain, ce qui est fort probable, je mourrai content : ma tâche est faite et bien faite. Ils sont morts tous les deux de ma main. Il ne me reste plus rien à espérer, ni à désirer.

« Ils étaient riches et j'étais pauvre : il m'était difficile de les suivre. Quand j'arrivai à Londres, je n'avais plus le sou. Je me mis en quête d'un emploi. Conduire un cheval ou une voiture est pour moi une chose aussi naturelle que de marcher. J'allai donc chez un loueur qui m'employa. Chaque semaine, je devais remettre un montant à mon patron. Le surplus était pour moi. C'était peu, mais je m'arrangeais pour joindre les deux bouts. Le plus difficile, c'était de m'orienter. Quel embrouillamini, Londres ! J'avais un plan sous la main cependant ; quand je sus bien situer les gares et les principaux hôtels, cela commença à marcher. Je mis un certain temps à trouver le domicile de mes deux gentlemen. Je cherchai, cherchai… Ils étaient logés dans une pension à Camberwell, sur l'autre rive. Là, ils étaient à ma merci. J'avais une barbe : ils ne pouvaient pas me reconnaître. Je voulais les pister jusqu'au moment favorable. J'étais bien décidé à ne pas les laisser s'envoler ! Oh ! ils ont été bien près de le faire ! Pourtant, j'étais continuellement sur leurs talons. Parfois, je les suivais à pied ; d'autres fois, avec mon fiacre. Cette manière était la meilleure : alors ils ne pouvaient pas me semer. Ce n'était que tôt le matin et tard le soir que je pouvais gagner quelque chose. Je commençais à être en dette à l'égard du patron, mais ça m'était égal. La seule chose qui comptait était que je mette la main sur mes bonshommes. J'avais affaire à des gens rusés. Ils avaient sans doute peur d'être suivis, car ils allaient toujours ensemble ; et, la nuit tombée, ils ne sortaient plus. Je les suivis avec mon fiacre quinze jours durant, et jamais je ne vis l'un sans l'autre. La moitié du temps Drebber était ivre, mais Stangerson veillait. J'avais beau les guetter, jamais l'ombre d'une chance ne se présenta. Je ne me décourageai pas. Quelque chose me disait que l'heure de la vengeance approchait. Ma seule crainte était que ce truc dans ma poitrine n'éclate un peu trop tôt et que je n'aie pas le temps d'agir.

« Enfin, un soir que j'allais et venais sur Torquay Terrace – leur rue –, je vis un cab s'arrêter à leur porte. On le chargea de bagages ; puis Drebber et Stangerson montèrent et la voiture démarra. Je fouettai mon cheval et je les suivis de loin. Peut-être allaient-ils quitter Londres ? J'étais inquiet. Ils descendirent à la gare d'Euston. Je confiai mon cheval à un gamin et je les suivis sur le quai. Ils se renseignèrent sur l'heure des trains pour Liverpool. Un train venait justement de partir. Il n'y en aurait pas d'autre avant quelques heures. Stangerson parut très fâché de ce retard et Drebber content. J'étais si près d'eux, parmi la foule, que je pouvais entendre ce qu'ils disaient. Drebber avait une petite besogne à terminer ; il demanda à Stangerson de l'attendre : il ne serait pas long. Son compagnon lui rappela qu'ils avaient convenu de ne jamais se séparer. "Il s'agit d'une affaire délicate, dit Drebber, je dois être seul pour la traiter." La réponse de l'autre m'échappa. Mais Drebber se mit à jurer ; entre autres, il rappela à son compagnon qu'il n'était que son employé. Il n'avait pas d'ordre à recevoir de lui, n'est-ce pas ? Le secrétaire le laissa partir. Il se contenta de demander qu'il le rejoigne à l'*Holiday's Private Hotel*, au cas où il manquerait le dernier train. Drebber répondit qu'il serait à la gare avant onze heures, et il partit.

« Enfin, mon jour était arrivé ! Mes ennemis étaient en mon pouvoir. À deux, ils pouvaient se protéger mais, en se séparant, ils se livraient eux-mêmes. Pourtant, j'évitai toute précipitation. Mon plan était déjà arrêté. On ne savoure pas sa vengeance si la victime n'a pas le temps de reconnaître son juge ni de savoir par qui elle est frappée et pourquoi. Je m'étais arrangé pour bien faire comprendre au criminel qu'il expiait son péché.

« Le hasard me servit : quelques jours auparavant, un monsieur qui venait de visiter des appartements dans Brixton

Road avait laissé tomber dans ma voiture la clef d'une de ces maisons. Le même soir, on me réclama cette clef. Mais j'avais eu le temps d'en relever l'empreinte et d'en faire exécuter une semblable. Ainsi, je possédais un endroit où agir librement, sans crainte d'être dérangé. Le problème était d'y amener Drebber.

« Sur son chemin, Drebber s'arrêta dans deux tavernes ; dans la dernière, il resta plus d'une demi-heure. Quand il en sortit, il titubait ; il était à moitié ivre. Un fiacre passait. Il lui fit signe. Je le suivis de près : le nez de mon cheval à un mètre du sapin. Nous traversâmes le pont Waterloo et nombre de rues ; puis nous nous trouvâmes, à ma grande surprise, devant la pension de Drebber. Je ne pouvais pas m'imaginer pourquoi il retournait sur ses pas. Je stoppai ma voiture à environ cent mètres de là. Il entra dans la maison ; la voiture partit… S'il vous plaît, donnez-moi un verre d'eau. J'ai la gorge sèche. »

Je lui tendis un verre qu'il vida d'un trait.

« Ça va mieux, dit-il.

« Donc, j'attendis. Un quart d'heure s'écoula. Soudain, un bruit de lutte : on se battait dans la maison. Peu après, la porte s'ouvrit brusquement et deux hommes apparurent : Drebber et un jeune que je n'avais jamais vu. Le type tenait Drebber au collet ; parvenu aux marches, il lui donna une bourrade et un coup de pied qui l'envoyèrent rouler sur la chaussée.

"Chien ! s'écria-t-il en brandissant sa canne, je vais t'apprendre à insulter une honnête fille !" Il était furieux. Je pensais même qu'il allait s'acharner sur Drebber avec son gourdin. Mais le misérable s'échappa ; il chancelait, mais il courait aussi vite qu'il le pouvait. Au coin de la rue, il bondit dans ma voiture. "Conduisez-moi à l'*Holiday's Private Hotel*", dit-il.

« De le savoir enfermé dans mon fiacre, mon cœur se mit à battre avec une telle violence que je craignis que mon anévrisme ne me joue un mauvais tour. Je partis très lentement ; je me demandais ce qu'il y avait de mieux à faire. J'aurais pu le conduire dans les champs, et là dans un chemin désert, avoir avec lui un dernier entretien. J'allais prendre ce parti, mais il résolut tout seul le problème. Son envie de boire l'avait repris. Il me fit arrêter devant un cabaret. Il me dit : "Attendez-moi" et il entra. Il resta là jusqu'à la fermeture. Il en sortit ivre mort : il était à moi !

« N'allez pas croire que je voulais le tuer de sang-froid. En agissant ainsi, j'aurais fait bêtement justice. Je ne pouvais pas m'y résoudre. Je m'étais décidé depuis longtemps à lui laisser une chance. Au cours de ma vie errante, j'avais exercé bien des métiers en Amérique ! Pendant quelque temps, j'avais été concierge et balayeur au laboratoire du New York College. Un jour, le professeur donnait un cours sur les poisons ; il montra aux étudiants un alcaloïde – c'est son mot – ça sert à empoisonner les flèches en Amérique du Sud ; son effet est violent. Il en faut moins que rien pour provoquer une mort immédiate. Je remarquai bien la fiole ; une fois seul, j'en soutirai un tout petit peu. J'étais un préparateur assez adroit ; avec cet alcaloïde, je fabriquai deux petites pilules solubles dans l'eau. Je mis chaque pilule dans une boîte et j'y ajoutai une autre pilule semblable, mais inoffensive. À ce moment, je décidai que, dès que j'en aurai la possibilité, j'offrirais une pilule à chacun de mes ennemis. Moi, j'avalerais l'autre. Ce serait aussi meurtrier et plus silencieux que de tirer dans un mouchoir. À partir de ce jour, je portais toujours sur moi les deux petites boîtes. J'allais donc m'en servir.

« Il était près d'une heure du matin. Un vent violent soufflait, la pluie tombait à torrents. Mais malgré la tristesse alentour, je ressentais un tel bonheur que je me retenais avec peine de crier ma joie. Messieurs, si pendant plus de vingt ans vous avez poursuivi un but, et si, tout à coup, vous voyez que vos désirs sont sur le point de se réaliser, vous comprendrez mes sentiments. J'allumai un cigare pour me calmer : mes mains tremblaient, mes tempes battaient. Chemin faisant, je voyais dans l'obscurité aussi distinctement que je vous vois ici le vieux John Ferrier et ma douce Lucy qui me souriaient. Ils m'accompagnèrent durant tout le trajet, l'un à droite, l'autre à gauche de mon cheval jusqu'à notre arrivée à la maison de Brixton Road. Là, il n'y avait pas un chat ; on n'entendait pas d'autre bruit que le clapotement de la pluie. Par la portière, je vis Drebber tassé sur lui-même, dormant à poings fermés. Je le secouai par le bras.

« — Il faut sortir de là !

« — Voilà, voilà ! » répondit-il.

« Sans doute se croyait-il arrivé à l'hôtel, car il descendit sans rien dire et me suivit dans le jardin. Je dus le soutenir, car il perdait l'équilibre. La porte franchie, je le fis entrer dans la chambre de devant. Je puis vous jurer que, pendant tout ce temps, je voyais le père et la fille nous montrer le chemin.

« — Il fait noir comme dans un four ! dit-il en tâtonnant.

« — Nous allons y voir », répondis-je.

« Je grattai une allumette ; j'enflammai une bougie que j'avais apportée.

« — Maintenant, Enoch Drebber, me reconnaissez-vous ? » criai-je.

«Je m'étais tourné vers lui et j'avais approché la bougie de mon visage. Ses troubles yeux d'ivrogne me regardèrent, s'emplirent d'horreur, et ses traits se crispèrent. Il m'avait reconnu ! Il se rejeta en arrière, pâle comme un mort ; je vis des gouttes de sueur sur son front ; ses dents claquaient. Appuyé contre la porte, j'éclatai de rire. J'avais toujours pensé que la vengeance me serait douce, mais je n'avais jamais espéré ressentir une telle joie.

«— Chien ! m'écriai-je. Je t'ai suivi depuis Salt Lake City jusqu'à Saint-Pétersbourg et tu m'as toujours échappé. Mais enfin, te voici arrivé au terme de tes voyages : il faut que l'un de nous meure avant l'aube !

«À ces mots, il recula encore, et je vis à son air qu'il me croyait fou. En fait, je l'étais. Mes artères me battaient aux tempes comme des marteaux. J'aurais eu une attaque si je n'avais abondamment saigné du nez.

«— Te rappelles-tu Lucy Ferrier ? hurlai-je en fermant la porte et en agitant la clef sous son nez. L'expiation s'est fait attendre, mais elle arrive ! »

«Je vis ses lèvres trembler. Il m'aurait supplié de l'épargner s'il ne s'était pas rendu compte qu'il ne pourrait pas me fléchir.

«— Oseriez-vous m'assassiner ? bégaya-t-il.

«— T'assassiner ! On n'assassine pas un chien enragé ! As-tu pris en pitié ma fiancée quand tu l'as arrachée à son père pour l'entraîner dans ton harem infâme ?

«— Ce n'est pas moi qui ai tué son père, hurla-t-il.

«— Mais c'est toi qui as brisé le cœur de Lucy ! »

« Je criai plus fort que lui, puis je lui tendis la petite boîte de pilules.

« Que le Dieu tout-puissant soit notre juge ! Choisis et avale. Une de ces pilules contient un poison mortel, l'autre est inoffensive. Je prendrai celle que tu laisseras. Nous allons voir s'il y a une justice en ce monde ou si nous sommes seulement menés par le hasard.

« Il s'agenouilla avec des hurlements sauvages ; il me suppliait de l'épargner. Je tirai mon couteau, je le lui mis sur la gorge pour lui faire avaler la pilule. Je pris l'autre pilule et nous restâmes face à face quelques instants. Qui de nous deux mourrait ? Je n'oublierai jamais son expression lorsque l'empoisonnement s'annonça. J'éclatai de rire et lui montrai l'alliance de Lucy. Mais l'effet de l'alcaloïde fut foudroyant. Un spasme douloureux tordit ses traits, il étendit les bras, tituba, puis, avec un cri rauque, il s'effondra. Du pied, je le retournai et je mis la main sur sa poitrine : aucun battement. Il était mort !

« Pendant tout ce temps, mon nez avait saigné ; je ne m'en étais pas occupé. Je ne sais pas l'idée qu'il me prit d'écrire avec mon sang sur le mur ! Je me sentais joyeux, le cœur léger, et j'imaginai de jouer ce bon tour à la police. Je me souvenais qu'à New York on avait trouvé le mot *"Rache"* écrit sur le corps d'un Allemand assassiné. Et les journaux de l'époque avaient accusé les sociétés secrètes. Ce qui avait intrigué les New-Yorkais, pensais-je, intriguerait autant les Londoniens ! Alors je trempai mon doigt dans mon sang et j'écrivis le mot sur le mur bien en vue. Je regagnai mon fiacre. Il n'y avait personne. Le temps était toujours abominable. J'avais déjà fait un bout de chemin quand je m'aperçus que je n'avais plus l'alliance de Lucy. Cette découverte me fut un coup terrible, je n'avais d'elle que ce souvenir. J'avais dû la perdre en me penchant sur le cadavre. Je fis demi-tour et, après avoir laissé ma voiture dans une rue transversale, je courus à la maison, car je voulais retrouver l'anneau coûte que coûte. Je tombai pile sur un agent qui sortait de là ; il me fallut jouer l'ivresse pour ne pas être soupçonné.

« C'est ainsi que mourut Enoch Drebber. Pour venger la mort de John Ferrier, il ne me restait plus qu'à en faire autant à Stangerson. Je savais qu'il résidait à l'*Holiday's Private Hotel* ; toute la journée, je flânai autour. Mais l'homme resta caché. Sans doute, n'ayant pas vu revenir Drebber à la gare, se méfiait-il. Ce Stangerson était malin et toujours sur le qui-vive. Mais il se trompait absolument s'il espérait m'échapper en restant à l'hôtel. Je repérai bientôt la fenêtre de sa chambre. Le lendemain, au petit jour, à l'aide d'une échelle qui se trouvait là, j'y grimpai. Je réveillai Stangerson.

« — Ta dernière heure est venue, lui dis-je. Tu vas payer pour le crime que tu as commis autrefois.

« Je lui racontai la fin de Drebber et je lui offris les pilules. Au lieu d'accepter cette planche de salut, il se précipita hors de son lit et me sauta à la gorge. En état de légitime défense, je lui portai un coup de couteau en plein cœur. N'importe comment, il devait mourir. Sa main était criminelle ; la Providence lui aurait fait choisir le poison.

« Je n'ai plus grand-chose à dire… Heureusement, parce que je suis à bout ! Pour retourner en Amérique, il me fallait un peu d'argent. J'ai continué mon métier de cocher. Tout à l'heure, j'étais dans la cour, un gamin tout déguenillé est venu me dire qu'un monsieur habitant au numéro 221 b, de Baker Street réclamait une voiture. Sans rien soupçonner, je m'y suis rendu. Pas le temps de dire ouf ! Ce jeune homme m'avait déjà passé les menottes… Voilà toute mon histoire, messieurs ! Vous pouvez me prendre pour un meurtrier ; moi, je soutiens que je suis, tout comme vous, un justicier. »

Nous avions écouté en silence ce récit bouleversant. Les détectives officiels, tout blasés qu'ils fussent, avaient suivi avec un intérêt visible la confession de Jefferson Hope. Un silence tomba, troublé seulement par le crayon de Lestrade qui prenait ses dernières notes en sténo.

« Quelque chose encore, dit à la fin Sherlock Holmes. Qui était votre complice, cet homme qui est venu réclamer la bague après l'annonce passée dans les journaux ? »

Avec un clin d'œil, le prisonnier répliqua :

« Je peux révéler mes secrets, mais je ne voudrais pas causer d'ennui à d'autres. J'ai lu votre annonce ; j'étais perplexe. S'agissait-il d'un piège ou bien aviez-vous véritablement trouvé l'alliance ? Mon ami eut l'obligeance d'aller voir. Avouez qu'il a rempli sa mission avec adresse.

— Tout à fait de votre avis ! reconnut franchement Holmes.

— À présent, messieurs, déclara solennellement l'inspecteur, il faut se conformer au règlement. Jeudi prochain, le prisonnier comparaîtra devant les juges. Votre présence sera requise. D'ici là, je suis responsable de cet homme. »

Il sonna. Sur son ordre, deux gardiens emmenèrent Jefferson Hope. Holmes et moi quittâmes le poste. Un fiacre nous ramena à Baker Street.

Chapitre XIV
Conclusion

Nous avions tous été assignés à comparaître devant les juges, le jeudi suivant ; mais quand ce jour arriva, ils n'avaient plus besoin de notre témoignage : un juge supérieur avait pris l'affaire en main. Jefferson Hope avait été appelé devant un tribunal où justice lui aura été pleinement rendue. Son anévrisme se rompit dans la nuit qui succéda à son arrestation ; on le trouva étendu sur le pavé de sa cellule ; son visage conservait un calme sourire, comme si, au moment de sa mort, il avait pu constater que sa vie n'avait pas été inutile et que sa tâche avait été accomplie.

« Gregson et Lestrade vont être fous de rage, avec cette mort ! me dit Holmes, le lendemain matin. Quelle publicité ils perdent là !

— Il me semble pourtant que, dans cette affaire, ils n'ont pas fait grand-chose ! répondis-je.

— Ce que vous faites n'a pas d'importance aux yeux du public, repartit mon compagnon avec amertume. Ce qui compte, c'est ce que vous lui faites croire !... Tant pis d'ailleurs ! reprit-il sur un ton de meilleure humeur, après un moment de silence. Pour rien au monde je n'aurais voulu manquer cette enquête. Le cas était des plus intéressants. Tout simple qu'il était, il présentait beaucoup de points instructifs.

— Simple ? m'écriai-je.

— Comment le qualifier autrement ? demanda Sherlock Holmes en souriant. Il était essentiellement simple ; et la preuve, c'est qu'un très petit nombre de déductions faciles m'a permis de prendre le criminel en moins de trois jours.

— C'est vrai !

— Je vous ai déjà expliqué qu'un fait hors de l'ordinaire est plutôt un indice qu'un embarras. Pour résoudre un problème de cette nature, le principal est de savoir raisonner à rebours. C'est un art très utile, qui est peu pratiqué. On le néglige parce que la vie de tous les jours fait appel plus souvent au raisonnement ordinaire. Pour cinquante personnes capables d'un raisonnement synthétique, à peine en est-il une qui sache faire un raisonnement analytique.

— Je ne vous suis pas trop bien, avouai-je.

— J'aurais été surpris du contraire… Voyons si je peux m'expliquer plus clairement. Je suppose que vous racontiez une série d'événements à un groupe de personnes et que vous leur demandiez de vous en dire la suite ; elles les repasseront dans leur esprit et la plupart d'entre elles trouveront ce qui en découle. Maintenant, le contraire : vous leur donnez d'abord la fin d'une autre série d'événements ; combien pourront en inférer la série ? Fort peu. C'est cette dernière opération que j'appelle le raisonnement analytique ou le raisonnement à rebours.

— J'ai compris, dis-je.

— Or, dans cette affaire, ce qui était donné, c'était le résultat ; il s'agissait d'en inférer le reste. Voici quel a été mon raisonnement. Commençons par le commencement. J'approchai de la maison, comme vous le savez, à pied et l'esprit parfaitement libre de tout préjugé. D'abord, naturellement, j'examinai la route. Comme je vous l'ai déjà dit, je découvris la trace d'un fiacre qui avait dû passer la nuit là – l'enquête vérifia ce fait, du reste. Je m'assurai que c'était bel et bien un fiacre et non une voiture de maître par l'étroit écartement des roues : le fiacre londonien est, en général, moins large que le coupé d'un gentleman.

« Je tenais une première donnée. Ensuite, je marchai lentement dans l'allée du jardin. Le sol argileux semblait fait exprès pour retenir les empreintes. Où vous ne voyiez sans doute que de la boue piétinée comme à plaisir, mes yeux exercés interprétaient les moindres marques. Il n'existe pas, dans la science du détective, une branche aussi négligée que l'examen des vestiges. Par bonheur, j'ai tant pratiqué cet art qu'il est devenu chez moi une seconde nature. Je remarquai les empreintes profondes des agents de police, mais je distinguai encore celles de deux hommes qui avaient traversé le jardin avant eux. Il était évident qu'ils y avaient passé les premiers : de place en place, leurs pas avaient été effacés par les pas des autres. Ainsi j'établis un second fait d'après lequel les visiteurs nocturnes étaient au nombre de deux, l'un d'une haute stature – calculée sur la longueur des enjambées – et l'autre, vêtu d'une manière fashionable, à en juger par l'empreinte élégante de son soulier.

« Cette dernière déduction se confirma quand j'entrai dans la maison. L'homme coquettement chaussé gisait devant moi. Par conséquent, c'était l'autre, je veux dire le grand, qui avait commis le meurtre, si meurtre il y avait. Le cadavre ne présentait aucun signe de blessure ; en revanche, son expression tourmentée laissait croire qu'il avait vu la mort s'approcher : celle d'un homme emporté par une crise cardiaque ou par tout autre cause naturelle ne traduit jamais une semblable agitation. Je flairai les lèvres. Il s'en exhalait une odeur aigrelette ; j'en inférai qu'il avait été empoisonné de force. Qu'il l'eut été de force se devinait d'après son visage à la fois haineux et terrifié. C'est par la méthode d'exclusion que j'étais arrivé à ce résultat ; en effet, aucune autre hypothèse ne s'ajustait aux faits. D'ailleurs, ne vous imaginez pas que l'idée de faire prendre du poison de force soit bien nouvelle : elle se retrouve dans les annales du crime. Tout toxicologue se rappellera les cas de Dolsky, à Odessa, et de Leturier, à Montpellier.

« Quel était le motif ? Voilà le hic ! Ce ne pouvait pas être le vol : on n'avait rien pris. La question se posait donc ainsi : était-ce la politique ou une femme ? Cette dernière supposition m'apparut de prime abord comme étant la bonne. Sitôt sa besogne accomplie, l'assassin politique file. Au contraire, l'assassin que je cherchais avait pris son temps ; de plus, il avait négligé toute précaution ; en témoignent les nombreuses traces laissées dans la pièce par lui. La politique étant hors de cause, cette vengeance méthodique avait dû être provoquée par une offense personnelle. L'inscription sur le mur, cet attrape-nigaud, ne réussit qu'à me confirmer dans mon idée, et ensuite la découverte de l'alliance me donna raison. Sans aucun doute, le meurtrier s'en était servi pour rappeler à sa victime une femme absente, sinon morte. À ce moment-là, je posai une question à Gregson ; dans son télégramme à Cleveland, avait-il demandé si Drebber avait eu des histoires dans le passé ? Il me répondit que non, vous vous souvenez.

« L'examen minutieux de la pièce confirma mon hypothèse sur la stature du meurtrier ; en outre, il me fournit des détails sur les cendres de son cigare et la longueur de ses ongles. Étant donné l'absence de toute trace de lutte, j'en étais arrivé à la conclusion que le sang répandu sur le parquet avait coulé du nez du meurtrier dans son énervement. La traînée de sang suivait la trace de ses pas. C'est en général, chez les tempéraments sanguins, qu'une violente colère provoque un tel accident. Je hasardai que le criminel était un type robuste avec un visage haut en couleur. Je ne me trompais pas, comme on l'a vu par la suite.

« Une fois dehors, je me dépêchai de faire ce que Gregson avait négligé : je télégraphiai au chef de la police de Cleveland pour savoir dans quelles circonstances Enoch Drebber s'était marié. La réponse fut concluante.

« J'appris que Drebber avait déjà invoqué la protection de la loi contre un ancien rival, Jefferson Hope, actuellement en Europe. Là, je tenais la clef du mystère ; il ne me restait plus qu'à prendre le meurtrier.

« C'était le conducteur du fiacre qui était entré dans la maison avec Drebber ; j'en avais la certitude. Les marques sur la route montraient que le cheval avait erré à droite et à gauche ; il avait donc été livré à lui-même. Pendant ce temps, où se trouvait le cocher, sinon dans cette maison ? Or, un homme sensé n'aurait pas commis délibérément son crime en présence d'un tiers ! Enfin, pour qui veut pister quelqu'un à Londres, le métier de cocher est tout indiqué ! Ma conclusion : Jefferson Hope était un cocher de la capitale.

« En admettant que Hope fût cocher, il ne changerait sans doute pas de métier, du moins pour l'instant, afin de ne pas attirer l'attention sur lui. Vraisemblablement, il continuerait à exercer quelque temps encore. Mais prendrait-il un faux nom ? C'était bien improbable : personne à Londres ne le connaissait. J'organisai une bande de gamins en corps de détectives et, systématiquement, je les envoyai chez tous les loueurs de voitures, jusqu'au moment où ils me dénichèrent mon homme. Leur réussite et le parti que j'en tirai aussitôt sont encore présents à votre mémoire. Quant au meurtre de Stangerson, je ne l'avais pas prévu. En tout cas, il n'y avait pas moyen de l'empêcher. Alors j'entrai en possession des pilules que j'avais devinées. Voilà. Tout n'est qu'un enchaînement de déductions.

— C'est merveilleux ! m'écriai-je. Il faut que vos mérites soient reconnus. Publiez un compte rendu de cette affaire. Si vous ne le faites pas, moi, je le ferai !

— À votre idée, docteur ! répondit-il. Tenez ! » continua-t-il en me tendant un journal.

C'était *L'Écho* du jour, et le paragraphe qu'il me signalait avait trait à l'affaire :

« Le public a été frustré d'un régal sensationnel par la mort subite du dénommé Hope, l'assassin présumé de MM. Enoch Drebber et Joseph Stangerson. Par suite de ce dénouement, on ignorera sans doute toujours les détails de cette affaire. Cependant, nous savons de bonne source que le crime a été la conclusion d'une vieille et romantique inimitié, où l'amour et le mormonisme ont joué un rôle. Les deux victimes ont fait partie, dans leur jeune âge, des Saints des Derniers Jours, et Hope, le détenu qui vient de mourir, venait lui-même de Salt Lake City. À tout le moins, cette affaire aura servi à mettre en lumière de la façon la plus frappante la valeur de notre police, et elle fera comprendre à tous les étrangers que, désormais, ils feront bien de régler leurs querelles dans leurs pays respectifs plutôt que sur le sol britannique. C'est le secret de Polichinelle que le mérite de cette prompte arrestation revient entièrement aux célèbres détectives de Scotland Yard, MM. Lestrade et Gregson. L'individu a, paraît-il, été appréhendé dans l'appartement d'un certain M. Sherlock Holmes qui a lui-même fait preuve de quelque talent comme détective amateur et qui, avec de tels maîtres, peut espérer rivaliser un jour avec leur compétence. On s'attend à ce qu'une décoration soit attribuée aux deux agents en juste reconnaissance de leurs services. »

« Ne vous l'avais-je pas dit ? s'écria Sherlock Holmes en riant aux éclats. Voilà tout le résultat de notre étude en rouge : nous avons décroché pour ces messieurs une décoration !

— Peu importe ! répondis-je. Tout est consigné dans mes notes, et le public jugera. Pour l'instant, contentez-vous de la bonne conscience que vous donne votre réussite, tel le pauvre romain :

« Qu'importe leur sifflet quand, enchanté, je contemple
« Le spectacle, chez moi, des trésors de mon coffre ! »

DEUXIÈME PARTIE

Le Signe des Quatre

Chapitre XV
La déduction est une science

Sherlock Holmes prit la bouteille au coin de la cheminée puis sortit la seringue hypodermique de son étui de cuir. Ses longs doigts pâles et nerveux préparèrent l'aiguille avant de relever la manche gauche de sa chemise. Un instant son regard pensif s'arrêta sur le réseau veineux de l'avant-bras criblé d'innombrables traces de piqûres. Puis il y enfonça l'aiguille avec précision, injecta le liquide, et se cala dans le fauteuil de velours en poussant un long soupir de satisfaction.

Depuis plusieurs mois j'assistais à cette séance qui se renouvelait trois fois par jour, mais je ne m'y habituais toujours pas. Au contraire, ce spectacle m'irritait chaque jour davantage, et la nuit ma conscience me reprochait de n'avoir pas eu le courage de protester. Combien de fois ne m'étais-je pas juré de délivrer mon âme et de dire ce que j'avais à dire ? Mais l'attitude nonchalante et réservée de mon compagnon faisait de lui le dernier homme avec lequel on pût se permettre une certaine indiscrétion. Je connaissais ses dons exceptionnels et ses qualités peu communes qui m'en imposaient : à le contrarier, je me serais senti timide et maladroit.

Pourtant, cet après-midi là, je ne pus me contenir. Était-ce la bouteille du Beaune que nous avions bue au déjeuner ? Était-ce sa manière provocante qui accentua mon exaspération ? En tout cas, il me fallut parler.

« Aujourd'hui, lui demandai-je, morphine ou cocaïne ? »

Ses yeux quittèrent languissamment le vieux livre imprimé en caractères gothiques qu'il tenait ouvert.

« Cocaïne, dit-il, une solution à sept pour cent. Vous plairait-il de l'essayer ?

— Non, certainement pas ! répondis-je avec brusquerie. Je ne suis pas encore remis de la campagne en Afghanistan. Je ne peux pas me permettre de dilapider mes forces. »

Ma véhémence le fit sourire.

« Peut-être avez-vous raison, Watson, dit-il. Peut-être cette drogue a-t-elle une influence néfaste sur mon corps. Mais je la trouve si stimulante pour la clarification de mon esprit que les effets secondaires me paraissent d'une importance négligeable.

— Mais considérez la chose dans son ensemble ! m'écriai-je avec chaleur. Votre cerveau peut, en effet, connaître une acuité extraordinaire ; mais à quel prix ! C'est un processus patholo-gique et morbide qui provoque un renouvellement accéléré des tissus, qui peut donc entraîner un affaiblissement perma-nent. Vous connaissez aussi la noire dépression qui s'ensuit : le jeu en vaut-il la chandelle ? Pourquoi risquer de perdre pour un simple plaisir passager les grands dons qui sont en vous ? Souvenez-vous que ce n'est pas seulement l'ami qui parle en ce moment, mais le médecin en partie responsable de votre santé. »

Il ne parut pas offensé. Au contraire, il rassembla les extrémités de ses dix doigts et posa ses coudes sur les bras de son fauteuil comme quelqu'un s'apprêtant à savourer une conversation.

« Mon esprit refuse la stagnation, répondit-il ; donnez-moi des problèmes, du travail ! Donnez-moi le cryptogramme le plus abstrait ou l'analyse la plus complexe, et me voilà dans l'atmosphère qui me convient. Alors je puis me passer de stimulants artificiels. Mais je déteste trop la morne routine et l'existence ! Il me faut une exaltation mentale : c'est d'ailleurs pourquoi j'ai choisi cette singulière profession ; ou plutôt pourquoi je l'ai créée, puisque je suis le seul au monde de mon espèce.

— Le seul détective privé ? demandai-je, levant les sourcils.

— Le seul détective privé que l'on vienne consulter, précisa-t-il. En ce qui concerne la détection, la recherche, c'est moi la suprême Cour d'appel. Lorsque Gregson ou Lestrade, ou Athelney Jones donnent leur langue au chat – ce qui devient une habitude chez eux, soit dit en passant – c'est moi qu'ils viennent trouver. J'examine les données en tant qu'expert et j'exprime l'opinion d'un spécialiste. En pareils cas, je ne demande aucune reconnaissance officielle de mon rôle. Mon nom n'apparaît pas dans les journaux. Le travail en lui-même, le plaisir de trouver un champ de manœuvres pour mes dons personnels sont ma plus haute récompense. Vous avez d'ailleurs eu l'occasion de me voir à l'œuvre dans l'affaire de Jefferson Hope.

— En effet. Et jamais rien ne m'a tant frappé. À tel point que j'en ai fait un petit livre, sous le titre quelque peu fantastique de *Une Étude en rouge*. »

Il hocha tristement la tête.

« Je l'ai parcouru, dit-il. Je ne peux honnêtement vous en féliciter. La *détection* est, ou devrait être, une science exacte ; elle devrait donc être constamment traitée avec froideur et sans émotions. Vous avez essayé de la teinter de romantisme, ce qui produit le même effet que si vous introduisiez une histoire d'amour ou un enlèvement dans la cinquième proposition d'Euclide.

— Mais l'élément romantique existait objectivement ! m'écriai-je. Je ne pouvais accommoder les faits à ma guise.

— En pareil cas, certains faits doivent être supprimés ou, tout au moins, rapportés avec un sens équitable des proportions. La seule chose qui méritait d'être mentionnée dans cette affaire était le curieux raisonnement analytique remontant des effets aux causes, grâce à quoi je suis parvenu à la démêler. »

J'étais agacé, irrité par cette critique ; n'avais-je pas travaillé spécialement pour lui plaire ? Son orgueil semblait regretter que chaque ligne de mon petit livre n'eût pas été consacrée uniquement à ses faits et gestes… Plus qu'une fois, durant les années passées avec lui à Baker Street, j'avais observé qu'une légère vanité perçait sous l'attitude tranquille et didactique de mon compagnon. Je ne répliquai rien, et m'occupai de ma jambe blessée. Une balle Jezail l'avait traversée quelque temps auparavant, et bien que je ne fusse pas empêché de marcher, je souffrais à chaque changement du temps.

« Ma clientèle s'est récemment étendue aux pays du continent, reprit Holmes en bourrant sa vieille pipe de bruyère. La semaine dernière François le Villard est venu me consulter. C'est un homme d'une certaine notoriété dans la Police judiciaire française. Il possède la fine intuition du Celte, mais il lui manque les connaissances étendues qui lui permettraient d'atteindre les sommets de son art. L'affaire concernait un testament et soulevait quelques points intéressants. J'ai pu le renvoyer à deux cas similaires, l'un à Riga en 1857, l'autre à Saint Louis en 1871 ; cela lui a permis de trouver la solution exacte. Voici la lettre reçue ce matin me remerciant pour l'aide apportée. »

Il me tendait, en parlant, une feuille froissée d'aspect étrange. Je la parcourus ; il s'y trouvait une profusion de superlatifs, de « magnifique », de « coup de maître », de « tour de force », qui attestaient l'ardente admiration du Français.

« Il écrit comme un élève à son maître, dis-je.

— Oh ! l'aide que je lui ai apportée ne méritait pas un tel éloge ! dit Sherlock Holmes d'un ton badin. Il est lui-même très doué ; il possède deux des trois qualités nécessaires au parfait détective : le pouvoir d'observer et celui de déduire. Il ne lui manque que le savoir, et cela peut venir avec le temps. Il est en train de traduire en français mes minces essais.

— Vos essais ?

— Oh ! vous ne saviez pas ? s'écria-t-il en riant. Oui, je suis coupable d'avoir écrit plusieurs traités, tous sur des questions techniques, d'ailleurs. Celui-ci, par exemple, sur la discrimination entre les différents tabacs. Cent quarante variétés de cigares, cigarettes et tabacs y sont énumérées ; des reproductions en couleurs illustrent les différents aspects des cendres. C'est une question qui revient continuellement dans les procès criminels. Des cendres peuvent constituer un indice d'une importance capitale. Si vous pouvez dire, par exemple, que tel meurtre a été commis par un homme fumant un cigare de l'Inde, cela restreint évidemment votre champ de recherches. Pour l'œil exercé, la différence est aussi vaste entre la cendre noire d'un Trichinopoly et le blanc duvet du tabac Bird's Eye qu'entre un chou et une pomme de terre.

— Vous êtes en effet remarquablement doué pour les petits détails !

— J'apprécie leur importance. Tenez, voici mon essai sur la détection des traces de pas, avec quelques remarques concernant l'utilisation du plâtre de Paris pour préserver les empreintes… Un curieux petit ouvrage, celui-là aussi ! Il traite de l'influence des métiers sur la forme des mains, avec gravures à l'appui, représentant des mains de couvreurs, de marins, de bûcherons, de typographes, de tisserands et de tailleurs de diamants. C'est d'un grand intérêt pratique pour le détective scientifique, surtout pour découvrir les antécédents d'un criminel et dans les cas de corps non identifiés. Mais je vous ennuie avec mes balivernes !

— Point du tout ! répondis-je sincèrement. Cela m'intéresse beaucoup ; surtout depuis que j'ai eu l'occasion de vous voir mettre vos balivernes en application. Mais vous parliez, il y a un instant, d'observation et de déduction. Il me semble que l'un implique forcément l'autre, au moins en partie.

— Bah, à peine ! dit-il en s'adossant confortablement dans son fauteuil, tandis que de sa pipe s'élevaient d'épaisses volutes bleues. Ainsi, l'observation m'indique que vous vous êtes rendu à la poste de Wigmore Street ce matin ; mais c'est par déduction que je sais que vous avez envoyé un télégramme.

— Exact! m'écriai-je. Correct sur les deux points! Mais j'avoue ne pas voir comment vous y êtes parvenu. Je me suis décidé soudainement et je n'en ai parlé à quiconque.

— C'est la simplicité même! remarqua-t-il en riant doucement de ma surprise. Si absurdement simple qu'une explication paraît superflue. Pourtant, cet exemple peut servir à définir les limites de l'observation et de la déduction. Ainsi, j'observe des traces de boue rougeâtre à votre chaussure. Or, juste en face de la poste de Wigmore Street, la chaussée vient d'être défaite; de la terre s'y trouve répandue de telle sorte qu'il est difficile de ne pas marcher dedans pour entrer dans le bureau. Enfin, cette terre est de cette singulière teinte rougeâtre qui, autant que je sache, ne se trouve nulle part ailleurs dans le voisinage. Tout cela est observation. Le reste est déduction.

— Comment, alors, avez-vous déduit le télégramme?

— Voyons, je savais pertinemment que vous n'aviez pas écrit de lettre puisque toute la matinée je suis resté assis en face de vous. Je puis voir également sur votre bureau un lot de timbres et un épais paquet de cartes postales. Pourquoi seriez-vous donc allé à la poste, sinon pour envoyer un télégramme? Éliminez tous les autres mobiles, celui qui reste doit être le bon.

— C'est le cas cette fois-ci, répondis-je après un moment de réflexion. La chose est, comme vous dites, extrêmement simple… Me prendriez-vous cependant pour un impertinent si je soumettais vos théories à un examen plus sévère?

— Au contraire, répondit-il. Cela m'empêchera de prendre une deuxième dose de cocaïne. Je serais enchanté de me pencher sur un problème que vous me soumettriez.

— Je vous ai entendu dire qu'il est difficile de se servir quotidiennement d'un objet sans que la personnalité de son possesseur y laisse des indices qu'un observateur exercé puisse lire. Or, j'ai acquis depuis peu une montre de poche. Auriez-vous la bonté de me donner votre opinion quant aux habitudes ou à la personnalité de son ancien propriétaire ? »

Je lui tendis la montre non sans malice : l'examen, je le savais, allait se révéler impossible, et le caquet de mon compagnon s'en trouverait rabattu. Il soupesa l'objet, scruta attentivement le cadran, ouvrit le boîtier et examina le mouvement d'abord à l'œil nu, puis avec une loupe. J'eus du mal à retenir un sourire devant son visage déconfit lorsqu'il referma la montre et me la rendit.

« Il n'y a que peu d'indices, remarqua-t-il. La montre ayant été récemment nettoyée, je suis privé des traces les plus évocatrices.

— C'est exact ! répondis-je. Elle a été nettoyée avant de m'être remise. »

En moi-même, j'accusai mon compagnon de présenter une excuse boiteuse pour couvrir sa défaite. Quels indices pensait-il tirer d'une montre non nettoyée ?

« Bien que peu satisfaisante, mon enquête n'a pas été entièrement négative, observa-t-il, en fixant le plafond d'un regard terne et lointain. Si je ne me trompe, cette montre appartenait à votre frère aîné qui l'hérita de votre père.

— Ce sont sans doute les initiales H. W. gravées au dos du boîtier qui vous suggèrent cette explication ?

— Parfaitement. Le W. indique votre nom de famille. La montre date de près de cinquante ans ; les initiales sont aussi vieilles que la montre qui fut donc fabriquée pour la génération précédente. Les bijoux sont généralement donnés au fils aîné, lequel porte habituellement le nom de son père. Or, votre père, si je me souviens bien, est décédé depuis plusieurs années. Il s'ensuit que la montre était entre les mains de votre frère aîné.

— Jusqu'ici, c'est vrai ! dis-je. Avez-vous trouvé autre chose ?

— C'était un homme négligent et désordonné ; oui, fort négligent. Il avait de bons atouts au départ, mais il les gaspilla. Il vécut dans une pauvreté coupée de courtes périodes de prospérité ; et il est mort après s'être adonné à la boisson. Voilà tout ce que j'ai pu trouver. »

L'amertume déborda de mon cœur. Je bondis de mon fauteuil et arpentai furieusement la pièce malgré ma jambe blessée.

« C'est indigne de vous, Holmes ! m'écriai-je. Je ne vous aurais jamais cru capable d'une telle bassesse ! Vous vous êtes renseigné sur la vie de mon malheureux frère : et vous essayez de me faire croire que vous avez déduit ces renseignements par je ne sais quel moyen de fantaisie.

« Ne vous attendez pas à ce que je croie que vous avez lu tout cela dans une vieille montre ! C'est un procédé peu charitable qui, pour tout dire, frôle le charlatanisme.

— Mon cher docteur, je vous prie d'accepter mes excuses, dit-il gentiment. Voyant l'affaire comme un problème abstrait, j'ai oublié combien cela vous touchait de près et pouvait vous être pénible. Je vous assure, Watson, que j'ignorais tout de votre frère et jusqu'à son existence avant d'examiner cette montre.

— Alors, comment, au nom du Ciel, ces choses-là vous furent-elles révélées ? Tout est vrai, jusqu'au plus petit détail.

— Ah ! c'est de la chance ! Je ne pouvais dire que ce qui me paraissait le plus probable. Je ne m'attendais pas à être si exact.

— Ce n'était pas, simplement, un exercice de devinettes ?

— Non, non ; jamais je ne devine. C'est une habitude détestable, qui détruit la faculté de raisonner. Ce qui vous semble étrange l'est seulement parce que vous ne suivez pas mon raisonnement et n'observez pas les petits faits desquels on peut tirer de grandes déductions. Par exemple, j'ai commencé par dire que votre frère était négligent. Observez donc la partie inférieure du boîtier et vous remarquerez qu'il est non seulement légèrement cabossé en deux endroits, mais également couvert d'éraflures ; celles-ci ont été faites par d'autres objets : des clefs ou des pièces de monnaie qu'il mettait dans la même poche. Ce n'est sûrement pas un tour de force que de déduire la négligence chez un homme qui traite d'une manière aussi cavalière une montre de cinquante guinées. Ce n'est pas non plus un raisonnement génial qui me fait dire qu'un héritage comportant un objet d'une telle valeur a dû être substantiel. »

Je hochai la tête pour montrer que je le suivais.

« D'autre part, les prêteurs sur gages ont l'habitude en Angleterre de graver sur l'objet, avec la pointe d'une épingle, le numéro du reçu délivré lors de la mise en gage. C'est plus pratique qu'une étiquette qui risque d'être perdue ou transportée sur un autre article. Or, il n'y a pas moins de quatre numéros de cette sorte à l'intérieur du boîtier ; ma loupe les montre distinctement. D'où une première déduction : votre frère était souvent dans la gêne. Deuxième déduction : il connaissait des périodes de prospérité faute desquelles il n'aurait pu retirer sa montre. Enfin, je vous demande de regarder dans le couvercle intérieur l'orifice où s'introduit la clef du remontoir. Un homme sobre ne l'aurait pas rayé ainsi ! En revanche, toutes les montres des alcooliques portent les marques de mains pas trop sûres d'elles-mêmes pour remonter le mécanisme. Que reste-t-il donc de mystérieux dans mes explications ?

— Tout est clair comme le jour, répondis-je. Je regrette d'avoir été injuste à votre égard. J'aurais dû témoigner d'une plus grande foi en vos capacités. Puis-je vous demander si vous avez une affaire en chantier en ce moment ?

— Non. D'où la cocaïne. Je ne puis vivre sans faire travailler mon cerveau. Y a-t-il une autre activité valable dans la vie ? Approchez-vous de la fenêtre, ici. Le monde a-t-il jamais été aussi lugubre, médiocre et ennuyeux ? Regardez ce brouillard jaunâtre qui s'étale le long de la rue et qui s'écrase inutilement contre ces mornes maisons ! Quoi de plus cafardeux et de plus prosaïque ? Dites-moi donc, docteur, à quoi peuvent servir des facultés qui restent sans utilisation ? Le crime est banal, la vie est banale, et seules les qualités banales trouvent à s'exercer ici-bas. »

J'ouvris la bouche pour répondre à cette tirade lorsqu'on frappa à la porte ; notre logeuse entra, apportant une carte sur un plateau de cuivre.

« C'est une jeune femme qui désire vous voir, dit-elle à mon compagnon.

— Mlle Mary Morstan, lut-il. Hum ! Je n'ai aucun souvenir de ce nom. Voulez-vous introduire cette personne, Mme Hudson ? Ne partez pas, docteur ; je préférerais que vous assistiez à l'entrevue. »

Chapitre XVI
Présentation de l'affaire

Mademoiselle Morstan pénétra dans la pièce d'un pas décidé. C'était une jeune femme blonde, petite et délicate. Sa mise simple et modeste, bien que d'un goût parfait, suggérait des moyens limités. La robe, sans ornements ni bijoux, était d'un beige sombre tirant sur le gris. Elle était coiffée d'un petit turban, de la même couleur blanche sur le côté. Sa beauté ne consistait pas dans la régularité des traits, ni dans l'éclat du teint ; elle résidait plutôt dans une expression ouverte et douce, dans deux grands yeux bleus sensibles et profonds. Mon expérience des femmes, qui s'étend à plusieurs pays des trois continents, ne m'avait jamais montré un visage exprimant mieux le raffinement du cœur.

Elle prit place sur le siège que Sherlock Holmes lui avança. Je remarquai aussitôt le tremblement de sa bouche et la crispation de ses mains ; tous les signes d'une agitation intérieure intense étaient réunis.

« Je viens à vous, monsieur Holmes, dit-elle, parce que vous avez aidé Mme Cecil Forrester pour qui je travaille à démêler une petite complication domestique. Elle a été très impressionnée par votre talent et votre obligeance.

— Mme Cecil Forrester ? répéta-t-il pensivement. Oui, je crois lui avoir rendu un petit service. C'était pourtant, si je m'en souviens bien, une affaire très simple.

— Ce n'est pas son avis. Mais toutefois, vous n'en direz pas autant de mon histoire. Je puis difficilement en imaginer une plus étrange, plus complètement inexplicable. »

Holmes se frotta les mains. Ses yeux brillèrent. Il pencha en avant dans son fauteuil son profil d'oiseau de proie, et ses traits fortement dessinés exprimèrent soudain une extraordinaire concentration.

« Exposez votre cas », dit-il.

Il avait pris le ton d'un homme d'affaires. Ma position était embarrassante et je me levai :

« Vous m'excuserez, j'en suis sûr ! »

À ma grande surprise, la jeune femme me retint d'un geste de sa main gantée :

« Si votre ami avait l'amabilité de rester, dit-elle, il pourrait me rendre un grand service. »

Je n'eus plus qu'à me rasseoir.

« Voici brièvement les faits, continua-t-elle. Mon père était officier aux Indes ; il m'envoya en Angleterre quand je n'étais encore qu'une enfant. Ma mère était morte et je n'avais aucun parent ici. Je fus donc placée dans une pension, d'ailleurs excellente, à Édimbourg, et j'y demeurai jusqu'à dix-sept ans. En 1878, mon père, alors capitaine de son régiment, obtint un congé de douze mois et revint ici. Il m'adressa un télégramme de Londres annonçant qu'il était bien arrivé et qu'il m'attendait immédiatement à l'hôtel Langham. Son message était plein de tendresse. En arrivant à Londres, je me rendis à Langham ; je fus informée que le capitaine Morstan était bien descendu ici, mais qu'il était sorti la veille au soir et qu'il n'était pas encore revenu. J'attendis tout le jour, en vain. À la nuit, sur les conseils du directeur de l'hôtel, j'informai la police. Le lendemain matin, une annonce à ce sujet paraissait dans tous les journaux. Nos recherches furent sans résultat ; et depuis ce jour je n'eus plus aucune nouvelle de mon malheureux père. Il revenait en Angleterre le cœur riche d'espoir pour trouver un peu de paix et de réconfort, et au lieu de cela… »

Elle porta la main à sa gorge, et un sanglot étrangla sa phrase.

« La date ? demanda Holmes, en ouvrant son carnet.

— Il disparut le 3 décembre 1878, voici presque dix ans.

— Ses bagages ?

— Étaient restés à l'hôtel. Mais ils ne contenaient aucun indice ; des vêtements, des livres, et un grand nombre de curiosités des îles Andaman. Il avait été officier de la garnison en charge des criminels relégués là-bas.

— Avait-il quelque ami en ville ?

— Un seul, que je sache : le major Sholto, du même régiment, le 34e d'infanterie de Bombay. Le major avait pris sa retraite un peu auparavant et il vivait à Upper Norwood. Nous l'avons joint, bien entendu ; mais il ignorait même que son ami était en Angleterre.

— Singulière affaire ! remarqua Holmes.

— Je ne vous ai pas encore raconté la partie la plus déroutante. Il y a six ans, le 4 mai 1882, pour être exacte, une annonce parut dans le *Times*, demandant l'adresse de Mlle Mary Morstan et déclarant qu'elle aurait avantage à se faire connaître. Il n'y avait ni nom ni adresse. Je venais d'entrer, alors, comme gouvernante dans la famille de Mme Cecil Forrester. Sur les conseils de cette dame, je fis publier mon adresse dans les annonces. Le même jour, je recevais par la poste un petit écrin en carton contenant une très grosse perle du plus bel orient ; rien d'autre. Depuis ce jour, j'ai reçu chaque année à la même date un colis contenant une perle semblable, et sans aucune indication de l'expéditeur. J'ai consulté un expert : ces perles sont d'une espèce rare, et d'une valeur considérable. Jugez vous-même si elles sont belles ! »

Elle ouvrit une boîte plate et nous présenta six perles : les plus pures que j'aie jamais vues.

« Votre récit est très intéressant, dit Sherlock Holmes. Y a-t-il eu autre chose ?

— Oui. Pas plus tard qu'aujourd'hui. C'est pourquoi je suis venue à vous. J'ai reçu une lettre ce matin. La voici.

— Merci, dit Holmes. L'enveloppe aussi, s'il vous plaît. Estampille de la poste : Londres, secteur Sud-Ouest. Date : 7 juillet. Hum ! La marque d'un pouce dans le coin ; probablement celui du facteur. Enveloppe à six pence le paquet. Papier à lettres luxueux. Pas d'adresse. *"Soyez ce soir à sept heures au Lyceum Theater, près du troisième pilier en sortant à partir de la gauche. Si vous n'avez pas confiance, convoquez deux amis. Vous êtes victime d'une injustice qui sera réparée. N'amenez pas la police. Si vous le faisiez, tout échouerait. Votre ami inconnu."* Eh bien, voilà un très joli petit mystère ! Qu'avez-vous l'intention de faire, mademoiselle Morstan ?

— C'est exactement la question que je voulais vous poser.

— Dans ce cas, nous irons certainement au rendez-vous ; vous, moi, et… oui, bien entendu, le docteur Watson. Votre correspondant permet deux amis ; le docteur est exactement l'homme qu'il faut. Nous avons déjà travaillé ensemble.

— Mais voudra-t-il venir ? demanda-t-elle d'une voix pressante.

— Je serai fier et heureux, dis-je avec ferveur, si je puis vous être de quelque utilité.

— Vous êtes très aimables tous les deux ! répondit-elle. Je mène une vie retirée et je n'ai pas d'amis à qui je puisse faire appel. Aurons-nous le temps si je reviens ici à six heures ?

— Pas plus tard, dit Holmes. Une autre question, si vous permettez. L'écriture sur cette enveloppe est-elle la même que celle que vous avez vue sur les boîtes contenant les perles ?

— Je les ai ici, répondit-elle, en montrant une demi-douzaine de morceaux de papier.

— Vous êtes une cliente exemplaire ; vous savez intuitivement ce qui est important. Voyons, maintenant. »

Étalant les papiers sur la table, il les compara d'un regard vif et pénétrant.

« L'écriture est déguisée, sauf sur la lettre, mais l'auteur est certainement une seule et même personne, dit-il. Regardez comment le e grec réapparaît à la moindre inattention ; et la courbure particulière du s final ! Je ne voudrais surtout pas vous donner de faux espoirs, mademoiselle Morstan, mais y a-t-il une ressemblance quelconque entre cette écriture et celle de votre père ?

— Aucune. Elles sont très différentes.

— Je m'attendais à cette réponse. Eh bien, à ce soir six heures, donc ! Permettez-moi de garder ces papiers. Il n'est que trois heures et demie et je peux en avoir besoin avant votre retour. Au revoir !

— Au revoir », répondit la jeune femme.

Reprenant sa boîte de perles, elle gratifia chacun de nous d'un charmant sourire et se retira rapidement.

Je la regardai par la fenêtre marcher dans la rue d'un pas vif, jusqu'à ce que le turban gris et la plume blanche se fondissent dans la foule.

« Quelle séduisante jeune femme ! » m'écriai-je en me retournant vers mon compagnon.

Il avait rallumé sa pipe et s'était renfoncé dans son fauteuil, les yeux fermés.

« Vraiment ? dit-il languissamment. Je n'avais pas remarqué.

— Vous êtes un véritable automate ! dis-je. Une machine à raisonner. Je vous trouve parfois radicalement inhumain. »

Il sourit pour répliquer :

« Il est essentiel que je ne me laisse pas influencer par des qualités personnelles. Un client n'est pour moi que l'élément d'un problème. L'émotivité contrarie le raisonnement clair et le jugement sain. La femme la plus séduisante que j'aie connue fut pendue parce qu'elle avait empoisonné trois petits enfants afin de toucher l'assurance vie contractée sur leurs têtes. D'autre part, l'homme le plus antipathique de mes relations est un philanthrope qui a dépensé près de 250 000 livres pour les pauvres.

— Dans ce cas particulier, cependant...

— Je ne fais jamais d'exception. L'expression INFIRME la règle. Avez-vous jamais eu l'occasion d'étudier le caractère de quelqu'un par son écriture ? Que pensez-vous de celle-ci ?

— Elle est lisible et régulière, répondis-je. Celle d'un homme habitué aux affaires et doué d'une certaine force de caractère. »

Holmes secoua la tête.

« Regardez les lettres à boucle : elles se différencient à peine du reste. Ce d pourrait être un a, et ce l, un e. Les hommes de caractère différencient toujours les lettres à boucle, aussi mal qu'ils écrivent. Les k vacillent un peu, et les majuscules dénotent une certaine vanité... Bien ! Maintenant, je vais sortir ; j'ai besoin de quelques renseignements. Laissez-moi vous recommander ce livre, Watson ; il est remarquable. C'est *Le Martyre de l'Homme*, de Winwood Reade. Je serai de retour dans une heure. »

Je pris le volume et m'installai près de la fenêtre, mais mes pensées s'éloignèrent bientôt des audacieuses spéculations de l'écrivain. Je revoyais la jeune femme, son sourire ; j'entendais à nouveau sa voix flexible et mélodieuse racontant l'étrange mystère qui planait sur sa vie. Si elle avait dix-sept ans au moment de la disparition de son père, elle en avait vingt-sept maintenant : le bel âge ! La jeunesse, encore éclatante et dépouillée de son égoïsme, tempérée par l'expérience... Ainsi rêvais-je, assis dans mon fauteuil, jusqu'à ce que des pensées dangereuses me vinssent à l'esprit : alors je me précipitai à mon bureau et me jetai à corps perdu dans le dernier traité de pathologie. Que me croyais-je donc, moi, simple chirurgien militaire affligé d'une jambe faible et d'un compte en banque encore plus faible, pour me laisser aller à de telles idées ? Cette jeune femme n'était que l'un des éléments, des facteurs du problème. Si mon avenir était sombre, mieux valait le regarder en face, comme un homme, plutôt que de le camoufler sous les fantaisies irréelles de l'imagination.

Chapitre XVII
En quête d'une solution

Holmes ne revint qu'à cinq heures et demie. Alerte et souriant, il paraissait d'excellente humeur (état d'esprit qui alternait, chez lui, avec des accès de dépression profonde).

« Il n'y a pas grand mystère dans cette affaire ! dit-il en prenant la tasse de thé que je venais de lui verser. Les faits ne semblent admettre qu'une seule explication.

— Quoi ! ? Vous avez déjà trouvé la solution ?

— Ma foi, ce serait aller trop loin ! J'ai découvert un fait significatif, c'est tout ; mais il est très significatif. Il manque encore les détails. Je viens de trouver en effet, en consultant les archives du *Times*, que le major Sholto, de Upper Norwood, ancien officier du 34e régiment d'infanterie, est mort le 28 avril 1882.

— Je suis peut-être très obtus, Holmes, mais je ne vois rien de significatif en cela.

— Non ? Vous me surprenez ! Eh bien, veuillez considérer les faits que voici : le capitaine Morstan disparaît. La seule personne qu'il connaissait à Londres est le major Sholto. Or, celui-ci affirme ignorer la présence du capitaine en Angleterre. Quatre ans plus tard, Sholto meurt. *Dans la semaine qui suit sa mort*, la fille du capitaine Morstan reçoit un présent d'une grande valeur, lequel se répète chaque année. La lettre d'aujourd'hui la décrit comme victime d'une injustice. Or, cette jeune femme a-t-elle subi d'autres préjudices que la disparition de son père ? Et pourquoi les cadeaux commencent-ils immédiatement après la mort de Sholto, sinon parce que son héritier, sachant quelque chose, veut réparer un tort ? À moins que vous n'ayez une autre théorie qui cadre avec tous ces faits !...

— Tout de même, n'est-ce pas une étrange façon de compenser la disparition d'un père ? Et quelle curieuse manière de procéder ! Pourquoi, d'autre part, écrire cette lettre aujourd'hui, plutôt qu'il y a six ans ? Enfin, il est question de réparer une injustice. Comment ? En lui rendant son père ? On ne peut admettre qu'il soit encore vivant. Or, cette jeune femme n'est victime d'aucune autre injustice.

— Il y a des difficultés ! Mais notre expédition de ce soir les aplanira toutes. Ah ! voici un fiacre ; Mlle Morstan est à l'intérieur. Êtes-vous prêt ? Alors, descendons, car il est six heures passées. »

Je pris mon chapeau et ma plus grosse canne. J'observai que Holmes prenait son revolver dans le tiroir et le glissait dans sa poche. Il pensait donc que notre soirée pourrait se compliquer.

Mlle Morstan était enveloppée d'un manteau sombre ; son visage fin était pâle, mais calme. Il aurait fallu qu'elle fût plus qu'une femme pour ne pas éprouver un malaise devant l'étrange expédition dans laquelle nous nous embarquions. Cependant elle était très maîtresse d'elle-même, à en juger par les claires réponses qu'elle fit aux questions que Holmes lui posa.

« Dans ses lettres, papa parlait beaucoup du major Sholto, dit-elle. Ils devaient être amis intimes. Ils s'étaient sans doute trouvés très souvent ensemble puisqu'ils commandaient les troupes des îles Andaman. Pendant que j'y pense, un étrange document a été trouvé dans le bureau de papa. Personne n'a pu le comprendre. Je ne pense pas qu'il soit de la moindre importance, mais peut-être aimeriez-vous en prendre connaissance. Le voici. »

Holmes déplia soigneusement la feuille de papier et la lissa sur son genou. Puis il l'examina à l'aide de sa loupe.

« Le papier a été fabriqué aux Indes, remarqua-t-il. Il fut, à un moment, épinglé à une planche. Le schéma dessiné semble être le plan d'une partie d'un grand bâtiment pourvu de nombreuses entrées, de couloirs et de corridors. Une petite croix a été tracée à l'encre rouge ; au-dessus d'elle, il y a : *"3,37 à partir de la gauche"* écrit au crayon. Dans le coin gauche, un curieux hiéroglyphe ressemblant à quatre croix alignées à se toucher. À côté, en lettres malhabiles et grossières, il est écrit : *"Le Signe des Quatre. Jonathan Small, Mahomet Singh, Abdullah Khan, Dost Akbar."*

« Non, j'avoue ne pas voir comment ce document pourrait se rattacher à notre affaire. Mais il est certainement important ; il a été soigneusement rangé dans un portefeuille, car le verso est aussi propre que le recto.

— Je l'ai en effet trouvé dans son portefeuille.

— Gardez-le précieusement, mademoiselle Morstan ; il pourrait nous servir. Je commence à me demander si cette affaire n'est pas plus profonde et subtile que je ne l'avais d'abord supposé. Il me faut reconsidérer mes idées. »

Il se rencogna dans le siège de la voiture. À son front plissé et à son regard absent, je devinai qu'il réfléchissait intensément. Mlle Morstan et moi conversâmes à mi-voix sur notre présente expédition et ses résultats possibles, mais Holmes se cantonna dans une réserve impénétrable jusqu'à la fin du voyage.

Nous étions en septembre ; la soirée s'annonçait aussi lugubre que le jour. Un brouillard dense et humide imprégnait la grande ville. Des nuages couleur de boue se traînaient misérablement au-dessus des rues bourbeuses. Le long du Strand, les lampadaires n'étaient plus que des points de lumière diffuse et détrempée, jetant une faible lueur circulaire sur le pavé gluant. Les lumières jaunes des vitrines éclairaient par places l'atmosphère moite. Il y avait, me semblait-il, quelque chose de fantastique et d'étrange dans cette procession sans fin de visages surgissant un instant pour disparaître ensuite : visages tristes ou heureux, hagards ou satisfaits. Glissant de la morne obscurité à la lumière pour retomber bientôt dans les ténèbres, ils symbolisaient l'humanité entière. Je ne suis généralement pas impressionnable, mais cette ambiance et les bizarreries de notre entreprise s'allièrent pour me déprimer. L'attitude de Mlle Morstan reflétait la mienne. Holmes, lui, pouvait s'élever au-dessus d'influences semblables. Il tenait son carnet ouvert sur son genou et, s'éclairant de sa lampe de poche, il inscrivait de temps à autre des phrases et des chiffres.

Au Lyceum Theater, la foule se pressait devant les entrées latérales. Le long de la façade défilait une ligne ininterrompue de fiacres et de voitures particulières qui déchargeaient leur cargaison d'hommes et de femmes en tenue de soirée. À peine étions-nous parvenus au troisième pilier, lieu de notre rendez-vous, qu'un petit homme brun et vif vêtu en cocher nous accostait.

« Êtes-vous les personnes qui accompagnent Mlle Morstan ? demanda-t-il.

— Je suis mademoiselle Morstan, et ces deux messieurs sont mes amis », dit-elle.

Il leva vers nous un regard étonnamment scrutateur.

« Vous m'excuserez, mademoiselle, dit-il d'un ton plutôt rogue, mais il faut que vous me donniez votre parole d'honneur qu'aucun de ces messieurs n'est un policier.

— Je vous en donne ma parole », répondit-elle.

Il émit un sifflement aigu ; un gamin amena une voiture dont il ouvrit la porte. L'homme qui nous avait abordés monta sur le banc du conducteur tandis que nous prenions place à l'intérieur. À peine étions-nous installés que le cocher fouetta ses chevaux et nous entraîna dans les rues brumeuses à une allure folle.

Notre situation était curieuse : nous nous rendions dans un endroit inconnu pour des raisons inconnues. Cependant cette invitation était ou bien une mystification complète, hypothèse difficile à soutenir, ou bien la preuve que des événements importants se préparaient. Mlle Morstan paraissait plus résolue et plus décidée que jamais. J'entrepris de la distraire par le récit de certaines de mes aventures en Afghanistan. Mais à dire vrai, j'étais moi-même si curieux de notre destination que mes histoires s'embrouillèrent quelque peu. Aujourd'hui encore elle affirme que je lui ai raconté une émouvante anecdote, selon laquelle la gueule d'un fusil ayant surgi à l'intérieur de ma tente au milieu de la nuit, j'aurais empoigné un fusil de chasse et tiré en cette direction. En tout cas, notre itinéraire m'intéressait plus que ces vieilles histoires. J'avais suivi au début la direction dans laquelle nous allions ; mais, bientôt, le brouillard, la vitesse et ma connaissance limitée de Londres me firent perdre le fil. Je ne sus plus rien, sinon que nous faisions un long trajet. Mais Sherlock Holmes suivait notre route. Il murmurait le nom des quartiers et des rues tortueuses que notre voiture dévalait à grand bruit.

« Rochester Row, dit-il. Maintenant, Vincent Square. Nous arrivons sur la route du pont de Vauxhall. Apparemment, nous nous dirigeons du côté du Surrey. Oui, c'est ce que je pensais. Nous sommes sur le pont, à présent. Vous pouvez apercevoir les reflets du fleuve. »

Nous pûmes distinguer, en effet, une partie de la Tamise dans laquelle les lampadaires miroitaient faiblement. Mais déjà notre véhicule s'engageait de l'autre côté dans un labyrinthe de rues.

« Wandsworth Road, dit mon compagnon. Priory Road. Larkhall Lane. Stockwell Place. Robert Street. Coldharbour Lane. Notre enquête ne semble pas nous mener vers un quartier bien élégant… »

Il est vrai que l'aspect des rues n'était pas encourageant. La monotonie des maisons de briques n'était coupée, çà et là, que par les cafés situés aux croisements. Puis apparurent des villas à deux étages, chacune possédant son jardin miniature. Et ce fut à nouveau l'interminable alignement de bâtiments neufs et criards qui ressemblaient à des tentacules monstrueux que la ville géante aurait lancés dans la campagne environnante. Notre voiture stoppa enfin à la troisième maison d'une rue nouvellement percée. Les autres immeubles paraissaient inhabités. Celui devant lequel nous nous étions arrêtés était aussi sombre que les autres, mais une faible lueur brillait à la fenêtre de la cuisine. Dès que l'on frappa, la porte fut ouverte par un serviteur hindou nanti d'un turban jaune et d'amples vêtements blancs serrés à la taille par une ceinture également jaune. Il y avait quelque chose d'incongru dans cette apparition orientale qui s'encadrait dans la porte d'une banale maison de banlieue.

« Le sahib vous attend ! » dit-il.

Au même moment, une voix pointue et criarde s'éleva de l'intérieur.

« Faites-les entrer, khitmutgar ! cria-t-elle. Introduisez-les ici tout de suite ! »

Chapitre XVIII
Le récit de l'homme chauve

Nous suivîmes l'hindou le long d'un couloir sordide, mal éclairé et encore plus mal meublé ; au bout il ouvrit une porte sur la droite. L'éclat d'une lampe jaune nous accueillit. Au milieu de cette clarté soudaine se tenait un petit homme au crâne immense, nu, étincelant : une couronne de cheveux roux autour de la tête évoquait irrésistiblement le sommet d'une montagne surgissant d'entre une forêt de sapins. L'homme, debout, tordait nerveusement ses mains. Les traits de son visage s'altéraient sans cesse et l'expression de sa physionomie passait du sourire à la maussaderie sans qu'on sût pourquoi. En outre, il était affligé d'une lèvre inférieure pendante qui laissait voir une rangée de dents jaunes et mal plantées ; il tentait de les dissimuler en promenant constamment sa main sur la partie inférieure de son visage. Il paraissait jeune, malgré sa calvitie : de fait, il venait d'avoir trente ans.

« Je suis votre serviteur, mademoiselle Morstan ! répétait-il de sa voix pointue. Votre serviteur, messieurs ! Je vous prie d'entrer dans mon petit sanctuaire. Il n'est pas grand, mademoiselle, mais je l'ai aménagé selon mon goût : une oasis de beauté dans le criant désert du Sud de Londres. »

Nous fûmes tous abasourdis par l'aspect de la pièce dans laquelle il nous conviait. Elle paraissait aussi déplacée dans cette triste maison qu'un diamant de l'eau la plus pure sur une monture de cuivre. Les murs étaient ornés de tapisseries et de rideaux d'un coloris et d'un travail incomparables ; ici et là, on les avait écartés pour mieux faire ressortir un vase oriental ou quelque peinture richement encadrée. Le tapis ambre et noir était si doux, si épais, que le pied s'y enfonçait avec plaisir comme dans un lit de mousse. Deux grandes peaux de tigre ajoutaient à l'impression de splendeur orientale. Un gros narghileh, posé sur un plateau, ne déparait pas l'ensemble. Suspendu au milieu de la pièce par un fil d'or presque invisible, un brûle-parfum en forme de colombe répandait une odeur subtile et pénétrante.

Le petit homme se présenta en sautillant :

« M. Thaddeus Sholto ; tel est mon nom. Vous êtes mademoiselle Morstan, bien entendu ? Et ces messieurs… ?

— Voici M. Sherlock Holmes et le docteur Watson.

— Un médecin, eh ? s'écria-t-il, très excité. Avez-vous votre stéthoscope ? Pourrais-je vous demander… ? Auriez-vous l'obligeance… ? J'ai des doutes sérieux quant au bon fonctionnement de ma valvule mitrale, et si ce n'était trop abuser… ? Je crois pouvoir compter sur l'aorte, mais j'aimerais beaucoup avoir votre opinion sur la mitrale. »

J'auscultai son cœur comme il me le demandait, mais je ne trouvai rien d'anormal, sauf qu'il souffrait d'une peur incontrôlable : il tremblait d'ailleurs de la tête aux pieds.

« Tout semble normal, dis-je. Vous n'avez aucune raison de vous inquiéter.

— Vous voudrez bien excuser mon anxiété, mademoiselle Morstan, remarqua-t-il légèrement. Je suis de santé fragile, et depuis longtemps cette valvule me préoccupait. Je suis enchanté d'apprendre que c'était à tort. Si votre père, mademoiselle, n'avait fatigué son cœur à l'excès, il pourrait être encore vivant aujourd'hui. »

J'aurais voulu le gifler. J'étais indigné par cette façon grossière et nonchalante de parler d'un sujet aussi pénible. Mlle Morstan s'assit ; une pâleur extrême l'envahit, ses lèvres devinrent blanches.

« Au fond de moi, je savais qu'il était mort ! murmura-t-elle.

— Je peux vous donner tous les détails, dit-il. Mieux, je puis vous faire justice. Et je le ferai, quoi qu'en dise mon frère Bartholomew. Je suis très heureux de la présence de vos amis ici. Non seulement parce qu'ils calment votre appréhension, mais aussi parce qu'ils seront témoins de ce que je vais dire et faire. Nous quatre pouvons affronter mon frère Bartholomew. Mais n'y mêlons pas des étrangers ; ni police, ni d'autres fonctionnaires ! S'il n'y a pas d'intervention intempestive, nous parviendrons à tout arranger d'une manière satisfaisante. Rien n'ennuierait plus mon frère Bartholomew que de la publicité autour de cette affaire. »

Il s'assit sur un pouf et ses yeux bleus, faibles et larmoyants, nous interrogèrent.

« En ce qui me concerne, ce que vous direz n'ira pas plus loin », dit Holmes.

J'acquiesçai d'un signe de tête.

« Voilà qui est bien ! dit l'homme. Très bien ! Puis-je vous offrir un verre de chianti, mademoiselle Morstan ? Ou de tokay ? Je n'ai pas d'autre vin. Ouvrirai-je une bouteille ? Non ? J'espère alors que la fumée ne vous incommode pas ? Le tabac d'Orient dégage une odeur balsamique. Je suis un peu nerveux, voyez-vous, et le narghileh est pour moi un calmant souverain. »

Il approcha une bougie et bientôt la fumée passa en bulles joyeuses à travers l'eau de rose. Assis en demi-cercle, tête en avant, le menton reposant sur les mains, nous regardions tous trois le petit homme à l'immense crâne luisant, qui nous faisait face en tirant sur sa pipe d'un air mal assuré.

« Après avoir décidé d'entrer en relation directe avec vous, dit-il, j'ai hésité à vous donner mon adresse. Je craignais que, ne tenant pas compte de ma demande, vous n'ameniez avec vous des gens déplaisants. Je me suis donc permis de vous donner un rendez-vous de telle manière que Williams puisse d'abord vous voir. J'ai complètement confiance en cet homme. Je lui avais d'ailleurs recommandé de ne pas vous amener au cas où vous lui sembleriez suspects. Vous me pardonnerez ces précautions, mais je mène une vie quelque peu retirée. De plus, rien n'est plus répugnant à ma sensibilité – que je pourrais qualifier de raffinée – qu'un policier. J'ai une tendance naturelle à éviter toute forme de matérialisme grossier ; et c'est rarement que j'entre en contact avec la vulga-rité de la foule. Je vis, comme vous pouvez le constater, dans une ambiance élégante. Je pourrais m'appeler un protecteur des Arts. C'est ma faiblesse. Ce paysage est un Corot authen-tique. Un expert pourrait peut-être formuler quelque réserve en ce qui concerne ce Salvator Rosa ; mais ce Bouguereau, en revanche, n'offre pas matière à discussion. J'ai un penchant marqué pour la récente École française, je l'avoue.

— Vous m'excuserez, monsieur Sholto, dit Mlle Morstan, mais je suis ici, à votre demande, pour entendre quelque chose que vous désirez me dire. Il est déjà très tard, et j'aimerais que l'entrevue soit aussi courte que possible.

— Même si tout va bien, ce sera long ! répondit-il. Il nous faudra certainement aller à Norwood pour voir mon frère Bartholomew. Nous essaierons tous de lui faire entendre raison. Il est très en colère contre moi parce que j'ai fait ce qui me semblait juste. Nous nous sommes presque querellés la nuit dernière. Vous ne pouvez imaginer comme il est terrible lorsqu'il est en colère.

— S'il nous faut aller à Norwood, nous ferions peut-être aussi bien de partir tout de suite ? » hasardai-je.

Il rit au point d'en faire rougir ses oreilles.

« Ce n'est pas possible ! s'écria-t-il. Je ne sais comment il réagirait si je vous amenais d'une façon aussi impromptue. Non, je dois d'abord expliquer nos positions respectives. Et tout d'abord, il y a plusieurs points que j'ignore moi-même dans cette histoire. Je puis seulement vous exposer les faits tels qu'ils me sont connus.

« Le major John Sholto, qui appartenait à l'armée des Indes, était mon père, comme vous l'avez peut-être deviné. Il prit sa retraite il y a environ onze ans et vint s'installer à Pondichery Lodge, situé dans Upper Norwood. Il avait fait fortune aux Indes ; il en ramena une somme d'argent considérable, une grande collection d'objets rares et précieux, et enfin quelques serviteurs indigènes. Il s'acheta alors une maison et vécut d'une manière luxueuse. Mon frère jumeau Bartholomew et moi étions ses seuls enfants.

« Je me souviens fort bien de la stupéfaction que causa la disparition du capitaine Morstan. Nous lûmes les détails dans les journaux et, sachant qu'il avait été un ami de notre père, nous discutâmes librement le cas en sa présence. D'ailleurs, il prenait part aux spéculations que nous fîmes pour expliquer le mystère. Jamais, l'un ou l'autre, nous n'avons soupçonné qu'il en gardait le secret caché en son cœur. Pourtant, il connaissait, et lui seul au monde, le destin d'Arthur Morstan.

« Ce que nous savions, c'est qu'un mystère, un danger positif, pesait sur notre père. Il avait grand peur de sortir seul, et il avait engagé comme portiers deux anciens professionnels de la boxe. Williams, qui vous a conduits ce soir, était l'un d'eux. Il fut en son temps champion d'Angleterre des poids légers. Notre père ne voulait pas nous confier le motif de ses craintes, mais il avait une aversion profonde pour les hommes à jambe de bois. À tel point qu'un jour il n'hésita pas à tirer une balle de revolver contre l'un d'eux, qui n'était qu'un inoffensif commis voyageur en quête de commandes. Il nous fallut payer une grosse somme pour étouffer l'affaire. Mon frère et moi avions fini par penser qu'il s'agissait d'une simple lubie. Mais les événements qui suivirent nous firent changer d'avis.

« Au début de 1882, mon père reçut une lettre en provenance des Indes. Il faillit s'évanouir devant son petit-déjeuner en la lisant, et de ce jour il dépérit. Nous n'avons jamais découvert le contenu de cette lettre, mais je pus voir, au moment où il en prenait connaissance, qu'elle ne comportait que quelques phrases griffonnées. Depuis des années mon père souffrait d'une dilatation du foie ; son état empira rapidement. Vers la fin d'avril, nous fûmes informés qu'il était perdu et qu'il désirait nous entretenir une dernière fois.

«Quand nous entrâmes dans sa chambre, il était assis, soutenu par de nombreux oreillers, et il respirait péniblement. Il nous demanda de fermer la porte à clef et de venir chacun d'un côté du lit. Étreignant nos mains, il nous fit un étrange récit. L'émotion autant que la douleur l'interrompaient. Je vais essayer de vous le dire en ses propres termes :

«— En ce dernier instant, dit-il, une seule chose me tourmente l'esprit : la manière dont j'ai traité l'orpheline de ce malheureux Morstan. La maudite avarice qui fut mon péché capital a privé cette enfant d'un trésor dont la moitié au moins lui revenait. Et pourtant, je ne l'ai pas utilisé moi-même, tant l'avarice est aveugle et stupide. Le simple fait de posséder m'était si cher que je répugnais à partager, si peu que ce fût. Voyez-vous ce chapelet de perles à côté de ma bouteille de quinine ? Je n'ai pu me résoudre à m'en séparer ! Et pourtant, je l'ai sorti avec le ferme dessein de le lui envoyer. Vous, mes enfants, vous lui donnerez une part équitable du trésor d'Agra. Mais ne lui envoyez rien, pas même le chapelet, avant ma mort. Après tout, bien des hommes plus malades que moi se sont rétablis !

«— Je vais vous dire comment Morstan est mort, poursuivit-il. Depuis longtemps il souffrait du cœur, mais il ne l'avait dit à personne. Moi seul était au courant. Aux Indes, par un concours de circonstances extraordinaires, lui et moi étions entrés en possession d'un trésor considérable. Je le transportai en Angleterre et, dès le soir de son arrivée, Morstan vint me réclamer sa part. Il avait marché depuis la gare, et ce fut mon fidèle Lal Chowder, mort depuis, qui l'introduisit. Nous discutâmes de la répartition du trésor, et une violente querelle éclata. Au comble de la fureur, Morstan s'était levé, mais il porta soudain la main au côté ; son visage changea de couleur ; il tomba en arrière ; dans la chute sa tête heurta l'angle du coffre aux trésors. Quand je me penchai sur lui, je constatai avec horreur qu'il était mort.

« — Un long moment je restai immobile dans mon fauteuil, le cerveau vidé, sans savoir quoi faire. Ma première pensée fut, bien sûr, de courir chercher de l'aide. Mais n'avais-je pas toutes les chances d'être accusé de meurtre ? Sa mort était survenue au cours d'une querelle ; et il y avait cette entaille à la tête qu'il s'était faite en tombant : autant de lourdes présomptions contre moi. De plus, une enquête officielle dévoilerait à propos du trésor certains faits que je ne tenais nullement à divulguer. Morstan m'avait dit que personne au monde ne savait qu'il s'était rendu chez moi ; il ne me paraissait pas nécessaire que quiconque l'apprît jamais.

« — J'étais en train de remuer tout cela dans ma tête quand, levant les yeux, je vis Lal Chowder dans l'encadrement de la porte. Il entra sans bruit et ferma à clef derrière lui.

« — Ne craignez rien, sahib ! dit-il. Personne n'a besoin de savoir que vous l'avez tué. Allons le cacher au loin. Qui pourrait savoir ?

« — Je ne l'ai pas tué ! »

« — Lal Chowder secoua la tête et sourit.

« — J'ai entendu, sahib ! dit-il. J'ai entendu la dispute, et j'ai entendu le coup. Mais mes lèvres sont scellées. Tous dorment dans la maison. Emmenons-le au loin. »

« — Ces paroles arrachèrent ma décision. Si le plus fidèle de mes serviteurs ne pouvait croire en mon innocence, comment convaincrais-je les douze lourdauds d'un jury ? Lal Chowder et moi nous fîmes disparaître le corps cette même nuit. Et quelques jours plus tard, les journaux londoniens s'interrogeaient sur la disparition mystérieuse du capitaine Morstan. Vous comprenez, par mon récit, que sa mort ne saurait m'être imputée. Ma faute réside en ceci : j'ai caché non seulement le corps, mais aussi le trésor dont une part revenait de droit à Morstan ou à ses descendants. Je désire donc que vous fassiez une restitution. Venez tout près. Le trésor est caché dans... »

« À cet instant, l'horreur le défigura : ses yeux s'affolèrent et sa mâchoire tomba.

« — Chassez-le ! Au nom du Christ, chassez-le ! » cria-t-il d'une voix que je n'oublierai jamais.

« Nous avons regardé vers la fenêtre sur laquelle son regard s'était fixé. Un visage surgi des ténèbres nous observait. C'était une tête chevelue et barbue dont le regard cruel, sauvage, exprimait une haine ardente. Nous nous précipitâmes vers la fenêtre, mais l'homme avait disparu. Quand nous revînmes vers notre père, son menton s'était affaissé et son pouls avait cessé de battre.

« Nous fouillâmes le jardin cette nuit-là, mais sans trouver d'autre trace que l'empreinte d'un pied unique dans le lit de fleurs. Sans cette marque, peut-être aurions-nous cru que seule notre imagination avait fait surgir ce visage féroce. Nous eûmes cependant une autre preuve, encore plus flagrante, que des ennemis nous entouraient : le lendemain matin, on trouva ouverte la fenêtre de la chambre de notre père ; placards et tiroirs avaient été fouillés ; et sur la poitrine du mort était fixé un morceau de papier avec ces mots griffonnés : *Le Signe des Quatre*. Nous n'avons jamais appris ce que signifiait cette expression ni qui en était l'auteur. À première vue, rien n'avait été dérobé, et pourtant tout avait été mis sens dessus dessous.

Mon frère et moi avons fait un rapprochement normal entre ce mystérieux incident et la peur dont notre père souffrit durant sa vie. Mais le mystère pour nous reste entier. »

Le petit homme s'arrêta pour rallumer son narghileh et il fuma quelques instants en silence. Nous étions tous assis, immobiles, sous le coup de ce récit extraordinaire. Durant les brefs instants où la mort de son père avait été décrite, Mlle Morstan était devenue livide et j'avais craint qu'elle ne s'évanouît. Elle s'était cependant reprise après avoir bu un verre d'eau que je lui avais discrètement versé d'une carafe vénitienne à ma portée. Sherlock Holmes s'était renfoncé dans son siège dans une attitude absente, les yeux à peine ouverts. Je ne pus m'empêcher de penser, en le regardant, que le matin même il s'était plaint de la banalité de l'existence ! Là en tout cas, il tenait un problème qui allait mettre sa sagacité à l'épreuve… Le regard de M. Thaddeus Sholto allait de l'un à l'autre ; manifestement fier de l'effet produit par son histoire, il en reprit le fil, s'interrompant parfois pour tirer une bouffée.

« Mon frère et moi étions fort intéressés, comme vous pouvez l'imaginer, par ce trésor dont notre père avait parlé. Pendant des semaines et des mois nous avons fouillé et retourné chaque parcelle du jardin sans pourtant trouver la cachette. La pensée que le secret était sur ses lèvres quand il mourut nous rendait fous de dépit. Nous pouvions préjuger de la splendeur de ce trésor d'après le chapelet de perles qui en faisait partie. Nous eûmes d'ailleurs une discussion à ce sujet, mon frère et moi. Les perles étaient évidemment d'une grande valeur et Bartholomew ne voulait pas s'en séparer. Il avait hérité, soit dit entre nous, du penchant de mon père vers l'avarice. Il pensait aussi que le chapelet exciterait la curiosité et pourrait nous attirer des ennuis. Tout ce que je pus obtenir de lui fut que je trouverais l'adresse de Mlle Morstan et que je lui enverrais une perle à intervalles réguliers, afin qu'elle ne se trouve jamais dans le dénuement.

— C'était très charitable de votre part, dit la jeune femme spontanément. Je vous en suis très reconnaissante ! »

Le petit homme agita sa main.

« Point du tout ! dit-il. Nous étions votre dépositaire. Telle était du moins mon opinion ; mais j'avoue que mon frère Bartholomew ne m'a jamais suivi jusque-là. Nous jouissions nous-mêmes d'une belle aisance. Je ne désirais pas plus. D'ailleurs, il eût été du plus mauvais goût de se montrer aussi ladre envers une jeune femme. *Le mauvais goût mène au crime*, comme disent les Français non sans élégance… Bref, notre désaccord s'accentua au point que je trouvai préférable de m'installer chez moi. J'ai donc quitté Pondichery Lodge, emmenant avec moi Williams et le vieux khitmutgar. Mais hier j'ai appris une nouvelle de grande importance : le trésor a été découvert. J'ai aussitôt écrit à Mlle Morstan et il ne nous reste plus qu'à nous rendre à Norwood pour réclamer notre part. J'ai déjà exposé mon point de vue à mon frère la nuit dernière. Notre visite n'est sans doute pas souhaitée, mais elle est attendue. »

M. Thaddeus Sholto se tut, mais ne cessa pas pour autant de s'agiter sur son pouf de luxe. Nous restions tous silencieux pour mieux réfléchir aux nouveaux développements de cette mystérieuse affaire. Holmes fut le premier à se lever.

« Vous avez fort bien agi, monsieur, du commencement à la fin ! dit-il. Nous serons peut-être à même de vous prouver modestement notre reconnaissance en éclaircissant ce qui vous est encore obscur. Mais il est tard, comme l'a remarqué

Mlle Morstan, et nous ferions bien de ne pas perdre de temps. »

Notre hôte enroula soigneusement le tuyau de son narghileh, puis sortit de derrière un rideau un long et lourd manteau pourvu d'un col et de parements d'astrakan. Il le boutonna soigneusement malgré la douceur oppressante de la nuit, et il ajusta sur sa tête une casquette en peau de lapin dont les pans se rabattaient sur les oreilles.

« Ma santé est quelque peu fragile, remarqua-t-il, tout en nous conduisant dans le couloir. Je suis donc obligé de prendre de grandes précautions. »

La voiture nous attendait. Notre voyage était apparemment prévu, car le conducteur partit aussitôt à vive allure. Thaddeus Sholto ne cessa pas de parler d'une voix de tête qui dominait le bruit des roues sur le pavé.

« Bartholomew est un homme plein d'idées, commença-t-il. Comment pensez-vous qu'il découvrit le trésor ? Il était arrivé à la conclusion qu'il se trouvait quelque part dans la maison. Il se mit donc à calculer les dimensions exactes de celle-ci, puis à les reporter et les vérifier ; de cette manière, pas un seul centimètre de la construction ne pouvait échapper à ses investigations. Il s'aperçut, entre autres choses, que la hauteur du bâtiment était de 25 mètres, mais qu'en additionnant la hauteur des pièces superposées il ne trouvait que 23,70 mètres, même en tenant largement compte de l'espace entre le plafond et le plancher. Il manquait donc 1,30 mètre ; ce 1,30 mètre ne pouvait être situé qu'au sommet du bâtiment. Mon frère fit alors un trou dans le plafond de la plus haute pièce et découvrit une petite mansarde ; étant complètement emmurée, elle était restée inconnue de tous. Le coffre au trésor était là, au milieu, reposant sur deux poutres. Il le fit descendre par le trou et prit connaissance du contenu, dont il estime la valeur à cinq cent mille livres sterling, au moins. »

À l'énoncé de cette somme gigantesque, nous nous regardâmes les yeux écarquillés. Si nous parvenions à assurer ses droits, Mlle Morstan, gouvernante dans le besoin, deviendrait la plus riche héritière d'Angleterre ! Un ami loyal ne pouvait évidemment que se réjouir d'une telle nouvelle. Cependant, je dois avouer, pour ma honte, que mon égoïsme fut le plus fort et que mon cœur devint de plomb. Je balbutiai quelques mots de félicitations puis, affaissé sur mon siège, la tête baissée, je m'abîmai dans ma déception, sans écouter le bavardage de Thaddeus Sholto. C'était un hypocondriaque authentique. Je l'entendais vaguement qui dévidait un chapelet interminable de symptômes et qui implorait des renseignements sur la composition et l'action thérapeutique d'innombrables remèdes de charlatan ; il en avait dans la poche quelques spécimens soigneusement rangés dans un étui en cuir. J'espère qu'il ne se souvient d'aucune des réponses que je lui ai faites cette nuit-là ! Holmes assure qu'il m'a entendu le mettre en garde contre le danger de prendre plus de deux gouttes d'huile de ricin. J'aurais même, par contre, recommandé la strychnine en dose massive, comme sédatif ! Quoi qu'il en eût été, je fus certainement soulagé quand la voiture s'arrêta après une dernière secousse. Le cocher sauta de son siège pour nous ouvrir la porte.

« Voici Pondichery Lodge, mademoiselle Morstan », dit Thaddeus Sholto en lui tendant la main pour descendre.

Chapitre XIX
La tragédie de Pondichery Lodge

Il était près de onze heures. Nous avions laissé derrière nous la brume humide de la grande ville, et la nuit était assez belle. Un vent tiède charriant des nuages lourds et lents soufflait de l'ouest dans le ciel. Une demi-lune faisait des apparitions intermittentes. La clarté naturelle suffisait pour voir une certaine distance, mais Thaddeus Sholto s'empara d'une des lanternes de la voiture.

Pondichery Lodge possédait un vaste jardin ; un très haut mur de pierres hérissé de tessons de bouteilles l'isolait complètement. Une porte étroite renforcée de barres de fer constituait le seul moyen d'accès. Notre guide frappa suivant un certain code.

« Qui est là ? cria une voix peu avenante.

— C'est moi, McMurdo. Depuis le temps, vous connaissez certainement ma façon de frapper, voyons ! »

Il y eut en réponse un bruit inarticulé, puis le cliquetis d'un trousseau de clefs. La porte tourna lourdement sur ses gonds ; un petit homme à la carrure forte se montra dans l'embrasure, nous regardant d'un œil soupçonneux qui clignotait à la lumière de notre lanterne.

« C'est bien vous, monsieur Thaddeus ? Mais qui sont ces personnes ? Je n'ai pas d'ordre à leur sujet.

— Non ? Vous m'étonnez, McMurdo ! J'ai prévenu mon frère hier soir que je viendrais avec mes amis.

— Il n'est pas sorti de sa chambre aujourd'hui, monsieur Thaddeus, et je n'ai pas reçu d'instructions spéciales. Vous savez très bien que les ordres sont stricts. Je peux vous laisser entrer, mais vos amis resteront dehors. »

Devant cet obstacle inattendu, Thaddeus Sholto nous regarda d'un air perplexe.

« Vous faites preuve de mauvaise volonté ! dit-il enfin au portier. Il devrait vous suffire que je réponde d'eux. Parmi nous se trouve une jeune dame ; elle ne peut pas attendre sur la route à une heure pareille !

— Je regrette beaucoup, monsieur Thaddeus ! dit l'homme d'une voix inexorable. Ces personnes peuvent être vos amis sans être pour autant ceux du patron. Je suis payé, et bien payé, pour exécuter certains ordres : il n'y a pas à sortir de là. Je ne les connais pas vos amis, moi !

— Oh, si ! Vous en connaissez un, McMurdo ! s'écria Sherlock Holmes d'une voix avenante. Je ne pense pas que vous ayez pu m'oublier. Ne vous rappelez-vous pas le boxeur amateur qui combattit contre vous pendant trois rounds ? C'était il y a quatre ans, chez Alison, lors de la nuit organisée à votre bénéfice.

— Vous ne voulez pas dire M. Sherlock Holmes ? s'écria l'ancien boxeur. Mais si ! Au nom du Ciel, comment ne vous ai-je pas reconnu ? Au lieu de rester là tranquillement, vous

218

auriez dû me donner ce satané crochet au menton. Pour sûr qu'alors je vous aurais reconnu tout de suite. Ah ! vous avez bien gaspillé vos dons, vous, alors ! Vous auriez pu aller loin si vous aviez voulu consacrer au noble art…

— Vous voyez, Watson, que si tout venait à me manquer il me resterait encore une dernière profession scientifique, dit Holmes en riant. Je suis sûr que maintenant cet ami ne nous laissera pas exposés aux rigueurs de la nuit.

— Entrez, monsieur ! répondit-il. Entrez donc, vous et vos amis… Je suis désolé, monsieur Thaddeus, mais vous savez combien les ordres sont sévères ! Il fallait que je sois bien sûr de vos amis avant de les laisser entrer. »

À l'intérieur de l'enceinte, un chemin semé de gravier serpentait à travers un terrain vague jusqu'à une énorme maison à l'architecture banale, plongée dans une obscurité totale sauf en un coin où le clair de lune se reflétait dans une lucarne. Ce grand bâtiment sombre et silencieux dégageait une atmosphère oppressante. Même Thaddeus semblait mal à l'aise, et la lanterne au bout de son bras avait des soubresauts singuliers.

« Je ne comprends pas ce qui se passe, dit-il. Il doit y avoir un malentendu. J'avais pourtant dit clairement à Bartholomew que nous viendrions ce soir. Pourquoi n'y a-t-il pas de lumière à sa fenêtre ? Je me demande ce que cela veut dire.

— Fait-il toujours garder l'entrée avec autant de vigilance ? s'enquit Holmes.

— Oui, il a conservé les habitudes de mon père. C'était le fils préféré, vous savez, et je me demande parfois s'il ne lui en a pas dit plus long qu'à moi. La fenêtre de Bartholomew est éclairée par la lune à présent ; je ne crois pas qu'il y ait de la lumière à l'intérieur.

— Non, dit Holmes. Mais j'aperçois une faible clarté à la petite fenêtre du côté de la porte.

— Ah ! c'est la chambre de la femme de charge. La vieille Mme Berstone va pouvoir nous dire ce que tout cela signifie.

« Cependant, vous ne verrez peut-être pas d'objection à m'attendre ici une minute ou deux ? Si elle n'est pas avertie de notre venue et qu'elle nous voie arriver tous, elle prendra peut-être peur. Mais chut ! Qu'est-ce que cela ? »

Il éleva la lanterne ; sa main tremblait tellement que le cercle de lumière dansait tout autour de nous. Mlle Morstan saisit mon poignet ; nous restâmes tous immobiles, le cœur battant, tendant l'oreille. De la grande maison noire jaillit la plus pitoyable, la plus triste des voix ; elle résonnait lamentablement dans la nuit silencieuse ; c'était le sanglot d'une femme épouvantée.

« Mme Berstone ! expliqua Sholto. Elle est la seule femme dans la maison. Attendez ici. Je reviens. »

Il se hâta vers la porte et frappa suivant son code. Nous pûmes voir une grande femme âgée ouvrir et s'ébrouer d'aise en le voyant.

« Oh ! monsieur Thaddeus ! Je suis si heureuse de vous voir ! Oui, je suis vraiment bien contente que vous soyez ici, monsieur. »

La porte se referma sur eux ; les manifestations de soulagement firent place à un monologue assourdi.

Notre guide nous avait laissé la lanterne. Holmes la balança lentement au bout de son bras, scrutant attentivement la maison et les tas de gravats disséminés sur le terrain. Mlle Morstan et moi restions immobiles l'un près de l'autre, la main dans la main. L'amour est décidément d'une subtilité merveilleuse ! Ainsi nous, qui ne nous étions jamais vus avant ce jour, nous qui n'avions jamais échangé de regard ou de paroles d'affection, obéissions à la même impulsion : nos mains se cherchaient. Je m'en suis émerveillé depuis lors, mais ce soir-là il me paraissait tout naturel de me rapprocher d'elle ; et de son côté, elle m'a confié plus tard qu'elle avait trouvé normal de se tourner vers moi pour obtenir protection et réconfort. Nous étions donc comme deux enfants ; nous nous tenions par la main, et malgré les ténèbres mystérieuses qui nous entouraient de toutes parts, nous connaissions la paix.

« Quel lieu étrange ! soupira-t-elle.

— On dirait que toutes les taupes de l'Angleterre ont été rassemblées ici, dis-je. J'ai vu quelque chose de similaire sur le flanc d'une colline, près de Ballarat, après une époque de prospection fébrile.

— Et pour les mêmes raisons, intervint Holmes. Ce sont les traces de la fouille au trésor. Il ne faut pas oublier qu'ils l'ont cherché pendant six ans ; rien d'étonnant à ce que l'endroit ressemble à un carreau de mine. »

À ce moment, la porte d'entrée s'ouvrit violemment, et Thaddeus Sholto courut vers nous, les bras levés, les yeux emplis de terreur.

« Il doit être arrivé quelque chose à Bartholomew ! cria-t-il. J'ai peur ! Mes nerfs n'y résisteront pas. »

Il hoquetait de peur, en effet. Encadré par le grand col d'astrakan, son visage aux traits mous avait l'expression suppliante et désespérée d'un enfant terrifié.

« Entrons dans la maison, dit Holmes avec calme et fermeté.

— Oui, s'il vous plaît, dit Thaddeus Sholto. Je ne sais plus ce qu'il faut faire. »

Nous le suivîmes tous dans la chambre de la femme de charge, située sur la gauche dans le couloir. La vieille femme arpentait la pièce en se rongeant les ongles. La vue de Mlle Morstan parut cependant l'apaiser.

« Dieu bénisse votre doux visage ! s'écria-t-elle d'une voix hystérique. Cela fait du bien de vous voir. J'ai connu tant de tourments aujourd'hui ! »

La jeune femme prit la main émaciée et usée par l'ouvrage en murmurant quelques mots de réconfort. Sa bienveillance affectueuse ramena quelque couleur sur les joues exsangues de la femme de charge.

« Monsieur s'est enfermé et ne veut pas me répondre, expliqua-t-elle. J'ai attendu toute la journée qu'il m'appelle. Je sais qu'il aime rester seul, mais j'ai fini par me demander s'il n'y avait pas quelque chose. Alors je suis montée, il y a environ une heure, et j'ai regardé par le trou de la serrure. Il faut que vous y alliez, monsieur Thaddeus. Il faut que vous y alliez et que vous voyiez vous-même. Depuis dix ans j'ai connu M. Bartholomew Sholto dans la peine et dans la joie, mais jamais je ne l'ai vu avec un tel visage. »

Sherlock Holmes prit la lampe et s'aventura le premier, car Thaddeus Sholto, claquant des dents, semblait pétrifié. Je dus l'aider à monter l'escalier : ses jambes se dérobaient sous lui. Par deux fois durant notre ascension, Holmes sortit sa loupe pour examiner attentivement quelques marques là où je ne voyais que de simples traces de boue sur les fibres de cocotier qui servaient de tapis dans l'escalier. Il gravissait lentement chaque marche, plaçant la lampe contre ceci ou contre cela, et explorant autour de lui avec un regard fureteur. Mlle Morstan était restée derrière nous auprès de la femme de charge.

Le troisième étage aboutissait à un assez long couloir ; sur le mur de droite se trouvait une grande tapisserie des Indes ; trois portes s'alignaient sur la gauche. Nous suivions immédiatement Holmes qui avançait de la même manière lente, méthodique. Nos ombres s'étiraient derrière nous. La troisième porte était celle qui nous intéressait. Holmes y frappa sans obtenir de réponse, puis, tournant la poignée, tenta de l'ouvrir de force. En approchant la lampe, nous vîmes qu'elle était solidement verrouillée de l'intérieur. La clef engagée dans la serrure et tournée dans le pêne laissait toutefois un espace partiellement libre. Sherlock Holmes s'accroupit, y plaqua un œil, mais se releva aussitôt, le souffle coupé.

« Il y a quelque chose de démoniaque là-dedans, dit-il d'une voix que je n'avais jamais entendue aussi émue. Que pensez-vous que cela signifie, Watson ? »

Je m'accroupis à mon tour devant la serrure, mais je reculai d'horreur. La lune éclairait la pièce d'un rayon pâle et froid ; alors je vis, me regardant droit dans les yeux, et se détachant sur les ténèbres, un visage qui paraissait flotter dans l'air ; c'était la reproduction de Thaddeus : même crâne haut et luisant, même teint blafard... Mais les traits s'étaient crispés cependant sur un horrible sourire ; ce rictus figé était plus effrayant sous cette clarté lunaire que n'importe quelle grimace. C'était tellement le portrait de notre petit ami que je me retournai pour m'assurer qu'il était bien avec nous. Alors je me souvins de l'avoir entendu dire que son frère et lui étaient jumeaux.

« Cela est terrible ! murmurai-je. Que faut-il faire, Holmes ?

— Il faut que la porte cède ! »

Il s'élança, pesant de tout son poids sur la serrure. La porte crissa, grinça, mais résista. Ensemble, cette fois, nous nous jetâmes à l'assaut. Avec un brusque craquement la porte s'ouvrit et nous fûmes projetés dans la chambre de Bartholomew Sholto.

On aurait dit un laboratoire : une double rangée de flacons bouclés s'alignaient contre le mur en face de la porte ; la table était jonchée de becs Bunsen, d'éprouvettes et de cornues. Dans les angles il y avait des bonbonnes d'acide cerclées d'osier ; l'une d'elles devait être cassée ; de toute façon elle fuyait, car un liquide sombre s'en était écoulé qui avait imprégné l'air d'une odeur de goudron particulièrement forte. Dans un coin de la pièce, au milieu d'un tas de gravats, un escabeau montait vers une ouverture du plafond, assez large pour qu'un homme puisse y passer. Au bas de l'escabeau, une longue corde gisait en tas.

Près de la table se tenait Bartholomew Sholto, tassé sur un fauteuil, la tête inclinée sur l'épaule gauche et souriant de ce même sourire indéchiffrable. Le corps était raide et froid. La mort remontait à plusieurs heures. Il me sembla que les contorsions singulières du visage se retrouvaient sur les membres pour conférer au cadavre une apparence fantastique. Sur la table, à portée de sa main, je vis un instrument bizarre : une sorte de manche en bois brun, auquel était grossièrement ficelée une masse de pierre. Mais à côté il y avait une feuille de papier déchirée sur laquelle quelques mots étaient griffonnés. Holmes y jeta un coup d'œil, puis me la tendit.

« Vous voyez ! » dit-il en levant les sourcils d'un air significatif.

J'approchai la lanterne et je tressaillis d'horreur en lisant : *Le Signe des Quatre.*

« Au nom du Ciel ! Qu'est-ce que tout cela signifie donc ? demandai-je.

— Un assassinat, répondit-il en se penchant sur l'homme mort. Ah ! je m'y attendais ! Regardez ici... »

Son doigt désignait une sorte de longue épine noire fichée dans la peau, juste au-dessus de l'oreille.

« Cela ressemble à une épine, dis-je.

— C'en est une. Vous pouvez la retirer. Mais faites attention ; elle est empoisonnée ! »

Je la saisis entre le pouce et l'index. Elle se détacha très facilement, en ne laissant presque pas de trace. Seule une petite gouttelette de sang indiquait l'endroit de la piqûre.

« Ce mystère me paraît insoluble ! dis-je. Au lieu de s'éclaircir, il s'embrouille de plus en plus.

— Au contraire ! répondit Holmes. L'affaire se simplifie à mesure. Il ne manque que quelques détails pour la compléter. »

Depuis que nous avions forcé la porte, nous avions presque oublié Thaddeus. Il se tenait sur le seuil, il tordait ses mains, il gémissait : c'était une vivante image de la terreur. Mais soudain, un cri de rage lui échappa :

« Le trésor n'est plus là ! dit-il. Ils ont volé le trésor ! Voilà l'ouverture par laquelle nous l'avions descendu. Je le sais ; je l'ai aidé. Je suis la dernière personne qui l'ait vu ! Il était dans sa chambre et je l'ai entendu verrouiller la porte derrière moi.

— Quelle heure était-il, alors ?

— Il était dix heures. Et maintenant, il est mort. Et la police va venir. Et je serai soupçonné, suspecté, accusé… Oh ! oui, j'en suis sûr ! Mais vous, messieurs, vous ne pensez pas que j'aurais pu… ? Vous ne pensez pas que c'est moi, n'est-ce pas ? Je ne vous aurais pas amenés ici, voyons ! Oh ! Ciel. Oh ! Ciel. J'en deviendrai fou, je le sais. »

Il agitait les bras, il trépignait ; une sorte de panique frénétique le possédait tout entier.

« Vous n'avez aucune raison d'avoir peur, monsieur Sholto ! dit Holmes gentiment, en posant sa main sur l'épaule de l'homme. Suivez mes conseils. Faites-vous conduire au poste de police. Racontez le meurtre et proposez votre aide. Nous attendrons ici votre retour. »

Le petit homme acquiesça d'un air à moitié hébété, et nous l'entendîmes descendre l'escalier d'un pas trébuchant.

Chapitre XX
Sherlock Holmes fait une démonstration

« Maintenant, Watson, nous voici avec une demi-heure devant nous, dit Holmes en se frottant les mains. Il s'agit d'en profiter. Mon dossier est, comme je vous l'ai dit, presque complet. Mais ne péchons pas par excès de confiance ! Aussi simple que semble l'affaire à présent, elle peut avoir des ramifications souterraines.

— Simple ? m'écriai-je.

— Certainement ! dit-il avec l'air d'un professeur d'hôpital s'expliquant devant ses internes. Asseyez-vous dans ce coin-là pour que l'empreinte de vos pas ne complique pas les choses. Bien. Au travail, maintenant ! Tout d'abord, comment ces gens sont-ils venus ? La porte n'a pas été ouverte depuis la nuit dernière. Et la fenêtre ? »

Il l'éclaira avec la lanterne tout en faisant des observations qui, bien qu'articulées à haute voix, s'adressaient plutôt à lui-même qu'à moi.

« La fenêtre est fermée de l'intérieur. Le châssis est solide. Pas de gonds sur le côté. Ouvrons… aucune gouttière dans le voisinage. Le toit est tout à fait inaccessible d'ici… Et pourtant, un homme est monté par la fenêtre ; car il est tombé un peu de pluie la nuit dernière, et voici l'empreinte d'un pied boueux sur le rebord. Là se trouve une marque terreuse de forme circulaire ; la voici encore sur le plancher, et à nouveau près de la table. Regardez ici, Watson ! C'est vraiment une très jolie démonstration. »

Je me penchai sur l'empreinte bien nette d'une sorte de disque.

« Cela ne vient pas d'un pied, dis-je.

— C'est beaucoup plus précis et précieux que cela. C'est la marque d'un pilon de bois. Regardez sur le rebord ; voilà une lourde botte au talon large et ferré ; à côté se trouve la marque de l'autre pied, mais circulaire cette fois.

— C'est l'homme à la jambe de bois.

— Exact. Mais il y eut quelqu'un d'autre ; un allié très capable et très efficace. Voyons, pourriez-vous escalader cette façade, docteur ? »

Je regardai par la fenêtre ouverte. La lune éclairait encore cette face de la maison. Le sol était à plus de vingt mètres. Et même en écarquillant les yeux, je ne pus distinguer le moindre point d'appui ni la moindre faille dans le mur de briques. Je secouai la tête en déclarant :

« C'est impossible !

— Impossible tout seul, oui. Mais si vous aviez un ami à cette fenêtre, et si cet ami vous faisait descendre cette corde solide que je vois dans le coin, après l'avoir attachée à ce grand crochet dans le mur ? Je crois alors que, si vous étiez un tant soit peu en forme, vous parviendriez à vous hisser jusqu'ici, jambe de bois comprise. Et vous repartiriez, bien entendu, de la même manière. Après quoi votre allié remonterait la corde, la détacherait du crochet, fermerait la fenêtre, la verrouillerait de l'intérieur, et enfin s'en irait par où il est venu… J'ajouterai un détail secondaire, poursuivit-il en tripotant la corde. Notre ami à la jambe de bois, bien que bon grimpeur, n'est pourtant pas un matelot. Il n'a pas les mains calleuses. Ma loupe montre plus d'une trace de sang, surtout vers la fin. J'en déduis qu'il s'est laissé glisser à une vitesse telle que ses mains en furent écorchées.

— Tout cela est très bien, dis-je. Mais cette histoire est plus incompréhensible que jamais. Quel est donc cet allié mystérieux ? Comment a-t-il pu pénétrer dans cette pièce ?

— Ah ! oui, l'allié ! répéta Holmes, d'un air songeur. Il apporte des éléments intéressants, cet allié. Grâce à lui, l'affaire sort de l'ordinaire. Je crois bien que cet allié introduit du neuf dans les annales criminelles de ce pays. Des cas similaires se présentent cependant à l'esprit, notamment en Inde et, si ma mémoire est bonne, en Sénégambie.

— Mais comment est-il venu ? insistai-je. La porte était verrouillée, la fenêtre est inaccessible. Serait-ce par la cheminée ?

— La grille est trop petite, répondit-il. J'y avais déjà pensé…

— Alors qui ? Par où ?

— Vous ne voulez donc pas appliquer mes principes ?… Combien de fois vous ai-je dit que, une fois éliminées toutes les impossibilités, l'hypothèse restante, *aussi improbable qu'elle soit*, doit être la bonne ! Nous savons qu'il n'est venu ni par la porte, ni par la fenêtre, ni par la cheminée. Nous savons aussi qu'il n'était pas dissimulé dans la pièce, puisque celle-ci n'offre aucune cachette. D'où, alors, peut-il être venu ?

— Par un trou dans le toit ? m'écriai-je.

— Bien sûr ! Il faut que ce soit par là. Si vous aviez l'amabilité de me tenir cette lampe, nous pousserions nos recherches jusqu'à ce grenier secret où le trésor a été découvert. »

Il gravit l'escabeau et, après avoir pris appui de ses mains sur deux poutres, il se hissa dans le grenier. Là, s'aplatissant sur le ventre, il me débarrassa de la lampe pour que je puisse le suivre.

La pièce avait à peu près 3,50 mètres de long sur 2 mètres de large. Le plancher était formé par des poutres, et il fallait sauter de l'une à l'autre, car il n'y avait entre elles que des lattes minces. Le toit remontant en angle était évidemment la partie intérieure du vrai toit de la maison. La pièce était absolument vide. La poussière des ans reposait en couche épaisse sur le sol.

« Et nous y voilà ! dit Sherlock Holmes, en mettant sa main sur le mur en pente. C'est une tabatière qui donne sur le toit. Je puis la pousser ; le toit apparaît, descendant en pente douce. Voici donc le chemin par lequel le Numéro Un est entré. Voyons si nous pouvons trouver d'autres marques qui l'identifieraient. »

Il approcha la lampe du plancher et, pour la seconde fois cette nuit-là, je vis son visage prendre une expression de surprise choquée. Suivant son regard, je sentis mes poils se hérisser sous mes vêtements. Car le plancher était couvert d'empreintes de pieds nus ; elles étaient claires, parfaitement délimitées, mais leur taille ne dépassait pas la moitié de l'empreinte d'un pied normal.

« Holmes ! murmurai-je. Un enfant aurait donc fait cette chose horrible ? »

Il avait tout de suite retrouvé sa maîtrise de soi.

« J'ai été surpris sur le moment ! dit-il. Pourtant il n'y a rien là que de très naturel. Ma mémoire a eu une défaillance, car j'aurais pu le prévoir. Nous n'avons plus rien à découvrir ici. Redescendons.

— Quelle est donc votre théorie concernant ces empreintes ? interrogeai-je lorsque nous fûmes revenus dans la pièce du bas.

— Mon cher Watson, analysez donc un peu par vous-même ! dit-il avec un soupçon d'impatience dans la voix. Vous connaissez mes méthodes. Mettez-les en application. Il sera intéressant de comparer nos résultats.

— Je ne puis concevoir quoi que ce soit qui s'accorde avec les faits, répondis-je.

— Tout vous paraîtra bientôt très clair, jeta-t-il avec désinvolture. Je pense qu'il n'y a plus rien d'important ici, mais je vais m'en assurer. »

Il nettoya sa loupe, sortit son mètre, et se mit à parcourir la pièce à quatre pattes ; il mesurait, comparait, examinait, son long nez fin frôlant le parquet ; ses yeux enfoncés dans les orbites brillaient d'un éclat nacré. Ses mouvements étaient rapides, silencieux et furtifs ; ceux d'un limier cherchant une piste. Et je ne pus m'empêcher de penser qu'il eût fait un bien dangereux criminel s'il avait tourné sa sagacité et son énergie contre la loi, au lieu de les exercer pour sa défense. Il n'arrêtait pas de murmurer inintelligiblement en travaillant. Finalement, il explosa en un grand cri d'allégresse.

« Nous avons le hasard avec nous ! s'écria-t-il. Nous ne devrions plus avoir d'ennuis, maintenant. Notre Numéro Un a eu la malchance de marcher dans la créosote. On peut apercevoir le contour de son petit pied ici, à côté de ce puant gâchis. La bonbonne est cassée, comprenez-vous ? Et son contenu s'est répandu.

— Et alors ? demandai-je.

— Eh bien, nous le tenons, c'est tout ! Je connais un chien qui suivrait une odeur aussi tenace au bout du monde. Nous le tenons : c'est aussi mathématique qu'une règle de trois… Mais qu'est-ce que j'entends ? Les représentants accrédités de la loi, assurément ! »

D'en bas montaient des voix bruyantes : des pas lourds résonnèrent ; la porte d'entrée se referma avec fracas.

« Avant qu'ils arrivent, posez votre main sur le bras de ce pauvre garçon, dit Holmes. Maintenant là, sur sa jambe. Que sentez-vous ?

— Les muscles sont aussi durs que du bois, répondis-je.

— Tout à fait. Ils sont dans un état d'extrême contraction qui dépasse de beaucoup l'ordinaire *Rigor Mortis*. Ajoutez à cela la distorsion du visage, ce sourire d'Hippocrate, ou *Risus Sardonicus*, comme l'appelaient les anciens. Quelle conclusion, docteur ?

— Mort provoquée par un alcaloïde végétal très puissant, répondis-je sans hésiter. Une substance comme la strychnine qui provoquerait le tétanos.

— C'est aussi l'idée qui m'est venue, aussitôt que j'ai vu l'hypertension des muscles faciaux. En entrant dans la chambre, j'ai cherché tout de suite le moyen par lequel le poison avait pénétré dans le corps. J'ai découvert une épine qui avait été ou poquée ou projetée dans le cuir chevelu, mais en tout cas sans grande force ! Vous observerez que, si l'homme était assis droit dans son fauteuil, la partie atteinte faisait face au trou dans le plafond. Maintenant, examinez cette épine. »

Je m'en emparai avec précaution et la regardai à la lumière de la lanterne. Elle était longue, noire, pointue ; son extrémité paraissait vernissée, comme si une substance gommeuse y avait séché ; la pointe émoussée avait été taillée et arrondie au couteau.

« Est-ce une épine qu'on trouve en Angleterre ? demanda-t-il.

— Non, certainement pas !

— Eh bien, avec toutes ces données, vous devriez pouvoir faire quelques inférences correctes. Mais voici les officiels. Les forces auxiliaires peuvent donc sonner la retraite. »

Comme il parlait, les pas se firent entendre bruyamment dans le couloir, et un homme trapu, sanguin, corpulent, vêtu d'un costume gris, pénétra lourdement dans la pièce. Il avait le visage gras ; des paupières bouffies, les yeux très petits et clignotants filtraient un regard perçant. Immédiatement derrière lui apparurent un inspecteur en uniforme et Thaddeus Sholto qui paraissait toujours aussi ému.

« Bon Dieu, en voilà une affaire ! s'écria le gros homme d'une voix rauque et voilée. Une belle histoire, oui ! Mais qui sont ces gens ? Ma parole, cette maison est aussi encombrée qu'un terrier.

— Je crois que vous pouvez me reconnaître, monsieur Athelney Jones, dit Holmes tranquillement.

— Ah ! mais oui. Bien sûr ! dit-il d'une voix essoufflée. Monsieur Sherlock Holmes, le théoricien. Vous reconnaître ? Je n'oublierai jamais la petite conférence que vous nous avez faite à tous sur les causes, inférences, effets, dans l'affaire du joyau de Bishopgate. C'est vrai que vous nous avez mis sur la bonne piste ; mais vous admettrez bien, maintenant, que c'était plus par hasard que par l'effet d'une découverte véritable.

— Il suffisait d'un raisonnement très simple.

— Oh ! allons, allons. Il ne faut jamais avoir honte d'admettre la vérité. Mais ceci ? Sale affaire ! Sale affaire, hein ! Des faits précis, n'est-ce pas ? Pas de place pour les théories. Quelle chance j'ai eue de me trouver à Norwood pour une autre affaire ! J'étais au commissariat quand la nouvelle est arrivée. D'après vous, de quoi l'homme est-il mort ?

— Oh ! c'est une affaire qui ne laisse aucune place pour les théories, dit Holmes sèchement.

— Non, non. Mais enfin, on ne peut nier que vous touchez juste, quelquefois. Mon Dieu ! la porte était

verrouillée, m'a-t-on dit. Un demi-million de joyaux dispa-
rus. Comment était la fenêtre ?

— Fermée de l'intérieur ; mais il y a des traces de pas sur le
rebord.

— Bien, bien. Mais si elle était fermée, les pas n'ont rien à
voir dans l'histoire. C'est une question de bon sens. L'homme
est peut-être mort d'une attaque ; seulement les joyaux
manquant. Ah ! J'ai une idée. J'ai parfois de ces éclairs.
Laissez-moi, inspecteur ; vous aussi, monsieur Sholto. Votre
ami peut rester, Holmes. Dites-moi ce que vous pensez de
ceci : Sholto a avoué, de lui-même, qu'il était hier soir avec
son frère. Ce dernier meurt d'une attaque, et Sholto part avec
le trésor. Qu'en dites-vous ?

— Après quoi le mort, craignant sans doute de s'enrhumer,
s'est levé pour verrouiller la porte.

— Hum ! Il y a une faille. Voyons, usons un peu de bon
sens. Ce Thaddeus Sholto était avec son frère ; et il y eut une
querelle. Cela, nous le savons. Le frère est mort, et les joyaux
ont disparu. Nous savons aussi cela. Nul n'a vu le frère depuis
le départ de Thaddeus. Le lit n'est pas défait ; la victime ne
s'est donc pas couchée. D'autre part, Thaddeus est, de toute
évidence, dans un état d'esprit agité. Il est… voyons, disons :
peu sympathique. Vous voyez que je suis en train de tisser ma
toile. Le filet se resserre autour de lui.

— Vous n'êtes pas encore tout à fait en possession des faits,
dit Holmes. Cet éclat de bois, que j'ai toutes les raisons de
croire empoisonné, était fiché dans le cuir chevelu ; la marque
s'y trouve encore. Cette carte, et l'inscription que vous pouvez
y voir, étaient sur la table à côté de ce curieux instrument

formé d'un manche et d'une masse en pierre. Comment tout cela s'applique-t-il à votre théorie ?

— Chaque détail s'en trouve confirmé, au contraire ! répliqua le gros détective pompeusement. La maison est pleine de curiosités des Indes. Thaddeus a pu apporter cet instrument et utiliser à des fins meurtrières cet éclat de bois, si celui-ci s'avère empoisonné. La carte est un truc, une fausse piste, probablement. La seule question est : comment est-il parti ? Ah ! évidemment ! Il y a un trou dans le plafond. »

Il bondit sur l'escabeau, avec une vitesse surprenante pour un homme aussi corpulent, et il se fraya un chemin dans l'ouverture. Puis nous l'entendîmes annoncer triomphalement qu'il avait trouvé la tabatière.

« Il peut découvrir quelque chose, remarqua Holmes, en haussant les épaules. Il a parfois des lueurs d'intelligence. Il n'y a pas de sots si incommodes que ceux qui ont de l'esprit !

— Vous voyez ! dit Jones en redescendant les marches de l'escabeau. Les faits valent mieux que les théories après tout. Mon opinion sur l'affaire se confirme. Il y a une tabatière qui est même entrouverte.

— C'est moi qui l'ai ouverte.

— Tiens ! Vous l'aviez donc remarquée ? dit-il en baissant sa voix d'un ton. Quoi qu'il en soit, cela nous montre comment notre monsieur est sorti de la pièce. Inspecteur !

— Oui, monsieur, dit une voix dans le couloir.

— Demandez à M. Sholto de venir. Monsieur Sholto, mon devoir me commande de vous informer que tout ce que vous direz pourra se retourner contre vous. Au nom de la reine, je vous arrête, comme étant impliqué dans le meurtre de votre frère.

— Eh bien voilà ! Est-ce que je ne vous l'avais pas dit ? s'écria à notre adresse le pauvre homme en levant les bras.

— Ne vous inquiétez pas, monsieur Sholto ! dit Holmes. Je vous promets d'apporter la preuve de votre innocence.

— Ne faites pas trop de promesses, monsieur le théoricien ! coupa le détective officiel d'un ton cassant. Ne promettez pas trop ! Vous pourriez éprouver plus de difficultés que vous ne le pensez à tenir vos engagements.

— Non seulement je le laverai de tout soupçon, monsieur Jones, mais je vais, dès à présent, vous faire un cadeau : le nom et la description de l'une des deux personnes qui pénétrèrent ici la nuit dernière. J'ai toutes les raisons de croire qu'il s'appelle Jonathan Small. C'est un homme peu instruit, petit, agile et qui a perdu sa jambe droite ; il porte un pilon de bois dont le côté intérieur est usé. Sa botte gauche possède une semelle épaisse et carrée avec un fer au talon. C'est un ancien condamné d'âge moyen, à la peau très brunie. Ces quelques indications vous aideront peut-être. J'ajouterai encore que la paume de ses mains est ensanglantée. Quant à l'autre homme...

— Ah ! l'autre homme ? » demanda Jones en ricanant.

Il était néanmoins visible que les manières précises de Holmes l'avaient impressionné.

« C'est un être plutôt curieux ! dit mon ami, en tournant les talons. J'espère pouvoir vous les présenter tous deux d'ici très peu de temps. J'ai un mot à vous dire, Watson. »

Il me conduisit vers l'escalier pour me chuchoter :

« Cet événement imprévu nous a plutôt fait perdre de vue la raison première de notre voyage.

— J'étais en train d'y penser, répondis-je. Il n'est pas bon que Mlle Morstan reste dans cette maison de malheur.

— Non. Vous allez la raccompagner. Elle vit chez Mme Cecil Forrester, dans le Lower Camberwell ; ce n'est donc pas très loin. Je vous attendrai ici si vous voulez revenir. Mais peut-être serez-vous trop fatigué ?

— Absolument pas. Je serais incapable de me reposer avant d'en savoir davantage sur cette affaire fantastique. Je connais déjà la vie sous un certain nombre de ses aspects, et non des plus tendres ! Mais je vous jure que cette succession rapide de coups de théâtre m'a brisé les nerfs ! Tout de même, j'aimerais bien aller avec vous jusqu'au bout, puisque je suis déjà si loin...

— Votre présence m'aidera beaucoup ! répondit-il. Nous allons laisser ce Jones se satisfaire de toutes les vessies qu'il voudra prendre pour des lanternes, et travailler seuls. J'aimerais que vous alliez au 3, Pinchin Lane, à Lambeth, près du bord de l'eau, lorsque vous aurez reconduit Mlle Morstan. La troisième maison sur la droite est celle d'un empailleur d'oiseau. Il s'appelle Sherman. Vous verrez à la fenêtre une belette tenant un lapin. Donnez mon meilleur souvenir à ce vieux Sherman et dites-lui que j'ai besoin de Toby tout de suite. Vous le ramènerez avec vous dans la voiture.

— Un chien, j'imagine ?

— Oui, un curieux bâtard doué d'un odorat étonnant. Je préférerais l'aide de Toby à celle de tout Scotland Yard.

— Bon. Je vous ramènerai Toby… Il est une heure du matin. Je devrais être de retour avant trois heures si je peux changer de cheval.

— Et moi, dit Holmes, je vais voir ce qu'il y a à tirer de Mme Berstone et du serviteur hindou. Ce dernier dort dans la mansarde à côté, m'a dit M. Sholto. Puis j'étudierai les méthodes de Jones, le grand détective, en écoutant ses sarcasmes peu subtils. "Wir sind gewohnt dass die Menschen verhôhnen was sie nicht verstehen." ("On se moque toujours de ce que l'on ne comprend pas.") Goethe est décidément toujours plein de sève. »

Chapitre XXI
L'épisode du tonneau

La police avait amené une voiture ; je la pris pour ramener Mlle Morstan chez elle.

Selon la manière angélique des femmes, elle avait tout supporté aussi longtemps qu'il lui avait fallu réconforter quelqu'un de plus faible qu'elle. Je l'avais trouvée placide et souriante aux côtés de la femme de charge qui n'était pas revenue de ses frayeurs. Mais dans la voiture, elle défaillit et fondit en larmes, tant les aventures de cette nuit l'avaient ébranlée. Elle m'a dit depuis qu'elle m'avait trouvé froid et distant pendant ce voyage... Quel combat, pourtant, se livrait dans mon cœur ! Et quels efforts dus-je faire pour me contenir ! Mon amour et mon amitié s'élançaient vers elle, tout comme dans le jardin ma main avait cherché la sienne. Des années d'une vie conventionnelle ne m'auraient pas mieux révélé sa nature douce et courageuse que ces quelques heures étranges. Cependant, les mots affectueux ne passaient pas ma bouche ; deux pensées la scellaient. D'abord, Mlle Morstan était faible, sans défense, avec l'esprit désemparé : serait-il correct d'imposer à un tel moment mon amour ? Par ailleurs, elle était riche ! Si les recherches de Holmes aboutissaient, elle deviendrait une héritière enviée ; était-il juste, était-il honorable, qu'un chirurgien en demi-solde tirât un tel avantage d'une intimité dont le hasard était seul responsable ? Ne pourrait-elle me prendre alors pour un vulgaire aventurier ? Qu'une telle idée pût lui traverser l'esprit m'était intolérable. Entre nous se dressait le trésor d'Agra, obstacle insurmontable.

Il était près de deux heures quand nous arrivâmes chez Mme Forrester. Les domestiques avaient depuis longtemps quitté leur service, mais le message reçu par Mlle Morstan avait tant intrigué Mme Forrester qu'elle avait veillé. Elle nous ouvrit la porte elle-même. C'était une femme gracieuse, d'un certain âge ; elle accueillit la jeune fille d'une voix maternelle et passa tendrement le bras autour de sa taille. Je pris plaisir à constater qu'elle n'était pas une simple gouvernante salariée, mais une amie estimée. Je fus présenté, et aussitôt Mme Forrester me pria d'entrer et de lui raconter nos aventures. Mais je lui expliquai l'importance de ma mission et promis avec sincérité de venir les instruire des progrès que nous pourrions faire. Tandis que la voiture s'éloignait, je me retournai vers elles. Il me semble encore voir leur petit groupe sous le porche, les deux gracieuses silhouettes enlacées, la porte entrouverte, la lumière de l'entrée brillant à travers la vitre de couleur, le baromètre et la rampe d'escalier luisante. Cette image, même fugitive, d'un tranquille intérieur anglais était un entracte reposant dans cette sombre affaire.

Plus j'y réfléchissais d'ailleurs, plus elle me paraissait compliquée. Je repassai en revue les événements dans leur ordre chronologique. Pour ce qui était du problème original, il était maintenant clair. La mort du capitaine Morstan, l'envoi des perles, l'annonce dans le journal, la lettre, autant de détails débrouillés. Mais nous n'en avions pas moins été conduits vers un mystère encore plus profond et beaucoup plus tragique. Ce trésor des Indes, la curieuse carte trouvée dans les bagages du capitaine, l'apparition au moment de la mort du major Sholto, la redécouverte du trésor, et celle-ci immédiatement suivie du meurtre de son auteur, les circonstances fort singulières entourant le crime, les marques de pas, l'arme inusitée, les mots sur la feuille de papier qui correspondaient à ceux de la carte du capitaine, il y avait de quoi donner sa langue au chat pour tout homme moins doué que Sherlock Holmes.

Pinchin Lane était un alignement de douteuses maisons de briques à deux étages, dans le bas quartier de Lambeth. Il me fallut frapper assez longtemps au n° 3 pour obtenir un résultat. La lueur d'une bougie filtra enfin derrière le volet et un visage regarda par la fenêtre supérieure.

« Allons, du vent, poivrot ! gronda une voix. Si tu n'arrêtes pas ton tapage, je lâche mes quarante-trois chiens à tes trousses !

— C'est exactement ce que je suis venu chercher. Si vous vouliez en laisser sortir un…

— Va te faire voir ailleurs ! répondit la voix. J'ai là un bon morceau de fonte. Du diable si je ne te l'envoie pas sur la tête.

— Mais il me faut un chien ! criai-je.

— Pas de discussion ! hurla M. Sherman. Du balai, maintenant ! Je compte jusqu'à trois et je balance ma fonte…

— M. Sherlock Holmes… » commençai-je.

Le nom eut un effet magique. La fenêtre se referma instantanément, la porte fut déverrouillée et ouverte dans la minute qui suivit. Monsieur Sherman était un long vieillard efflanqué aux épaules tombantes, au cou noueux ; il portait des lunettes teintées de bleu.

« Les amis de M. Sherlock Holmes sont toujours les bienvenus ! prononça-t-il. Entrez donc, monsieur ! Ne vous approchez pas du blaireau : il mord. Ah ! méchante, méchante ! Tu voudrais attraper le monsieur, hein ? »

Cette dernière phrase s'adressait à une hermine passant sa tête avide et ses yeux rouges à travers les barreaux de sa cage.

« Ne vous occupez pas de celui-là ! continua-t-il. C'est seulement un lézard. Il n'a pas de crocs ; je le laisse en liberté, car il chasse les scarabées. Il ne faut pas m'en vouloir si je ne vous ai pas trop bien reçu tout à l'heure : je suis un peu la tête de Turc des gamins, et ils viennent souvent m'embêter. Que désire M. Sherlock Holmes ?

— Un de vos chiens.

— Toby, je parie ?

— Oui, c'est bien Toby.

— Il habite au n° 7, ici à gauche. »

Élevant sa bougie, il avança lentement parmi la curieuse faune animale qu'il avait rassemblée autour de lui. À la lueur incertaine et dansante de la flamme, je vis, sortant de chaque fente ou recoin, des yeux vifs qui nous regardaient. Même les poutres au-dessus de nos têtes étaient parées de volailles d'allure solennelle qui, dérangées dans leur sommeil, changeaient paresseusement de position d'une patte sur l'autre.

Toby était un chien vraiment laid ! Il avait les oreilles pendantes, le poil long, et il marchait avec un dandinement très disgracieux. Moitié épagneul, moitié berger, il avait le poil blanc et roux. Il accepta, avec quelque hésitation, le morceau de sucre que le vieux naturaliste m'avait remis ; puis, ayant ainsi conclu un pacte, il me suivit jusqu'à la voiture et ne fit pas de difficulté pour m'accompagner. L'horloge du Palais sonnait trois heures lorsque je me retrouvai à nouveau à Pondichery Lodge. J'appris que l'ancien champion de boxe McMurdo avait été arrêté pour complicité, et que M. Sholto et lui avaient été conduits au commissariat. Deux agents gardaient l'étroite entrée, mais ils me laissèrent passer avec le chien lorsque je mentionnai le nom du détective.

Holmes se tenait devant le porche, fumant sa pipe, les mains dans ses poches.

« Ah ! vous l'avez amené ? dit-il. En voilà un bon chien ! Athelney Jones est parti. Il y a eu un formidable déploiement d'activité depuis votre départ. Il a mis en arrestation non seulement notre ami Thaddeus, mais le portier, la femme de charge et le serviteur hindou. Nous avons le champ libre, à part l'agent là-haut. Laissez le chien ici et remontons. »

J'attachai Toby à la table dans l'entrée et suivis son ami. La pièce était telle que nous l'avions laissée, sauf qu'un drap avait été jeté sur la victime. Un brigadier de police à l'air fatigué s'était adossé dans un coin.

« Prêtez-moi votre lanterne, brigadier, dit mon compagnon. Maintenant, attachez-la avec ce bout de ficelle autour de mon cou, afin qu'elle pende devant moi. Merci. Il me reste à enlever chaussures et chaussettes. Vous les porterez en bas. Watson, je m'en vais faire un peu d'escalade. Trempez donc mon mouchoir dans la créosote. C'est parfait. Maintenant, montez un instant avec moi dans le grenier. »

Nous nous hissâmes dans l'ouverture. Holmes approcha à nouveau la lumière des empreintes de pas dans la poussière.

« Je voudrais que vous examiniez attentivement ces marques, dit-il. Voyez-vous quelque chose qui vaut la peine d'être remarqué ?

— Elles appartiennent à un enfant ou à une petite femme, dis-je.

— Mais en dehors de leur taille ? N'y a-t-il rien d'autre ?

— Elles ressemblent à n'importe quelle autre empreinte de pas.

— Absolument pas ! Regardez ici ! Voici l'empreinte d'un pied droit. À présent, j'imprime mon pied dans la poussière, à côté. Quelle est la différence essentielle ?

— Vos doigts sont tous resserrés. L'autre empreinte montre chacun des doigts de pied distinctement séparé des autres.

— Exactement. Voilà l'important. Souvenez-vous-en. Maintenant, ayez l'amabilité d'aller près de cette fenêtre et d'en sentir le rebord. Je reste ici, car ce mouchoir dans ma main pourrait brouiller la piste. »

Je fis ce qu'il me demandait, et je perçus immédiatement une forte odeur de goudron.

« C'est donc là où il a mis son pied en sortant. Si vous pouvez sentir sa trace, je pense que Toby n'aura pas de difficultés. Descendez, maintenant ; lâchez le chien et venez voir l'acrobate. »

Le temps que j'arrive dans le jardin, Sherlock Holmes était parvenu sur le toit, et je pouvais le suivre, comme un énorme ver luisant, rampant très lentement le long de la crête. Je le perdis de vue derrière un groupe de cheminées, mais il réapparut bientôt, pour s'évanouir à nouveau de l'autre côté. Je fis le tour de la maison et le retrouvai assis tout au bord, à l'angle du toit.

« Est-ce vous, Watson ? cria-t-il.

— Oui.

— Voilà l'endroit. Quelle est cette masse noire, juste en bas ?

— Un tonneau d'eau.

— Avec un couvercle dessus ?

— Oui.

— Pas de trace d'une échelle ?

— Non.

— Quel diable d'homme ! C'est un chemin à se rompre vingt fois le cou. Mais je dois pouvoir descendre par où il est monté. La gouttière semble solide. En tout cas, allons-y ! »

Il y eut un frottement de pieds, et la lanterne commença à descendre régulièrement sur le côté du mur. Puis, d'un saut léger, il parvint sur la barrique, et de là atterrit sur le sol.

« C'était une piste facile, dit-il en remettant ses bas et ses chaussures. Les tuiles étaient déplacées durant toute sa course. Dans sa hâte, il a laissé tomber ceci, qui confirme mon diagnostic… comme vous dites, vous autres, médecins. »

L'objet qu'il me présentait avait l'aspect d'un petit portefeuille ou d'une cartouchière fait d'une sorte de jonc coloré, tressé et décoré de quelques pierres de couleur. Par la taille et la forme, il rappelait un étui à cigarettes. À l'intérieur, il y avait une demi-douzaine d'épines en bois sombre dont l'une des extrémités était pointue, l'autre arrondie. Elles étaient identiques à celle qui avait frappé Bartholomew Sholto.

« Ce sont des armes infernales ! dit-il. Faites attention de ne pas vous piquer. Je suis très content de les avoir en ma possession, car c'est probablement toute sa réserve. Il y a moins à craindre que l'un de nous en reçoive une prochainement dans la peau. Pour ma part, je préférerais encore recevoir une balle explosive. Êtes-vous d'attaque pour une randonnée de dix kilomètres, Watson ?

— Certainement, répondis-je.

— Votre jambe ira-t-elle jusqu'au bout ?

— Oh ! oui.

— Ah ! te voilà, mon chien ? Brave vieux Toby ! Flaire, Toby ; renifle-le ! »

Il mit sous le nez du chien le mouchoir imbibé de créosote. Toby se tint immobile, les pattes écartées, la tête inclinée sur le côté d'une façon tout à fait comique, comme un connaisseur reniflant le bouquet d'un cru fameux. Puis Holmes jeta le mouchoir au loin, attacha une corde solide au collier de la bête et l'amena à côté du tonneau. Le chien poussa immédiatement une série de glapissements aigus et, le nez au sol, la queue en l'air, prit la piste à une allure si endiablée que, même freiné par sa laisse, il nous obligea à marcher aussi vite que possible.

À l'est, le ciel s'était éclairci peu à peu, et la lumière froide et grise de l'aube nous permettait de voir à quelque distance.

L'énorme maison carrée se dressait derrière nous, avec ses hautes fenêtres vides et ses grandes façades nues. Notre route conduisit tout droit dans un terrain bouleversé de tranchées et de trous qu'il nous fallut franchir. Avec ses monticules de terre éparpillés et ses arbustes malingres, toute cette propriété avait un aspect de mauvais augure qui s'accordait bien avec la tragédie qui s'était abattue sur elle.

Atteignant le mur d'enceinte, Toby se mit à le longer, gémissant impatiemment dans l'ombre ; il s'arrêta finalement dans un angle que masquait un jeune hêtre. À l'intersection des murs, plusieurs briques avaient été descellées ; les marches ainsi faites avaient dû être fréquemment utilisées à en juger par leur aspect usé et poli. Holmes grimpa sur le faîte puis, prenant le chien que je lui tendais, il le laissa retomber de l'autre côté.

« Voilà la main de l'homme à la jambe de bois, remarqua-t-il, tandis que je le rejoignais au faîte du mur. Voyez-vous les légères traces de sang sur ce plâtre blanc ? Quelle chance qu'il n'y ait pas eu de fortes averses depuis hier ! L'odeur restera sur la route en dépit de leurs vingt-huit heures d'avance. »

J'avoue que, personnellement, j'avais des doutes. Sur cette route de Londres, la circulation avait dû être intense dans l'intervalle. Cependant, mon scepticisme fut vite balayé. Sans jamais hésiter ni faire d'écart, Toby trottait à sa manière dégingandée : l'odeur entêtante de la créosote devait dominer toutes les autres.

« N'allez pas imaginer, dit Holmes, que mon succès dépend du pur hasard qui a voulu que l'un de ces individus posât le pied dans la créosote. J'en sais assez maintenant pour retrouver leurs traces de plusieurs façons. Celle-ci est la plus facile, et j'aurais tort de la négliger puisque la chance l'a mise entre nos mains. Toutefois, elle prive l'affaire d'un savant petit problème intellectuel qu'elle promettait tout à l'heure de me poser. J'avoue que, sans cette indication vraiment trop évidente, il y aurait eu du mérite à percer l'énigme !

— Mais là où il y a du mérite, et à revendre, c'est dans la manière dont vous conduisez cette affaire ! dis-je. Je vous assure que je suis encore plus émerveillé que lors du meurtre de Jefferson Hope. Cette affaire me semble encore plus profonde et inexplicable. Comment, par exemple, avez-vous pu décrire avec une telle assurance l'homme à la jambe de bois ?

— Peuh ! c'est la simplicité même, mon cher ami ! Je ne cherche pas à faire du théâtre, moi ! Tout est patent, tout est dans les faits. Deux officiers qui commandent un pénitencier apprennent un secret important à propos d'un trésor caché. Une carte est tracée à leur intention par un Anglais du nom de Jonathan Small. Souvenez-vous que nous avons vu ce nom sur le plan qui se trouvait dans les affaires du capitaine Morstan. Jonathan Small a signé la carte en son nom et au nom de ses associés : « Le Signe des Quatre », telle était la désignation quelque peu dramatique qu'il avait choisie. À l'aide de ce plan, les officiers – ou peut-être l'un d'eux seulement – s'emparent du trésor et le ramènent en Angleterre, mais sans remplir, supposons-le, certaines obligations en échange desquelles le plan leur avait été remis. Et maintenant, pourquoi Jonathan Small ne s'est-il pas emparé lui-même du trésor ? La réponse est évidente. Le plan est daté d'une époque où Morstan se trouvait en contact avec des forçats. Jonathan Small n'a pas pris le trésor parce que ni lui ni ses associés, tous des forçats, ne pouvaient se rendre à la cachette pour le récupérer.

— Mais c'est une simple hypothèse !

— C'est la seule qui jusqu'ici cadre avec les faits. C'est donc plus qu'une hypothèse. Voyons si elle continue de concorder avec la suite. Pendant quelques années, le major Sholto vit dans la paix et le bonheur que lui apporte la possession du trésor. Puis il reçoit une lettre des Indes qui lui cause une grande frayeur. Que pouvait-elle contenir ? Elle disait que les hommes qu'il avait trahis avaient été relâchés ?

« Ou qu'ils s'étaient évadés ! Et cette éventualité est la plus probable, car il connaissait la durée de leur peine, et si celle-ci était arrivée à terme, il n'en aurait pas été surpris. Que fait-il au contraire ? Il cherche à se protéger. Il craint par-dessus tout un homme à la jambe de bois : un homme blanc, notez-le, puisqu'il va jusqu'à tirer par erreur sur un commis voyageur anglais !… Bien. Sur le plan, il n'y a qu'un nom anglais ; les autres sont hindous ou mahométans. C'est pourquoi nous pouvons affirmer avec confiance que l'homme à la jambe de bois et Jonathan Small sont la même personne. Le raisonnement vous paraît-il avoir quelque défaut ?

— Non : il est clair et précis.

— Bon. Maintenant, mettons-nous à la place de Jonathan Small. Voyons les choses de son point de vue. Il vient en Angleterre avec deux buts : reprendre ce qu'il considère comme son bien et se venger de l'homme qui l'a trahi. Il découvre où s'est établi Sholto et il est fort possible qu'il ait lié connaissance avec quelqu'un dans la maison. Il y a par exemple ce Lal Rao, le maître d'hôtel. Mme Berstone m'en a fait une description qui n'est guère élogieuse. Cependant, Small ne peut découvrir où le trésor est caché, car personne ne le sait : personne sauf le major et un fidèle serviteur mort depuis. Small apprend soudain que Sholto est sur son lit de mort. Pris de panique à l'idée que le secret du trésor pourrait être enseveli avec lui, il échappe à la surveillance des serviteurs et parvient jusqu'à la fenêtre derrière laquelle le major agonise ; seule la présence des deux fils l'empêche d'entrer. Sa haine contre le mort le rend fou ; il pénètre dans la chambre pendant la nuit et il fouille les papiers secrets dans l'espoir de découvrir quelque document ayant trait au trésor. Finalement, il laisse un souvenir de sa visite au moyen des mots inscrits sur la carte. Il avait sans doute prévu que, s'il lui advenait de tuer le major, il laisserait ce genre de marque pour indiquer qu'il ne s'agissait pas d'un meurtre banal, mais d'un acte de justice, du moins du point de vue des quatre associés. Des idées aussi étranges et baroques sont assez communes dans les annales du crime ; elles offrent généralement d'utiles indications quant à la personnalité du criminel. Me suivez-vous bien ?

— Très bien.

— Maintenant, que pouvait faire Jonathan Small ? Rien d'autre que d'observer discrètement les efforts entrepris par les fils pour trouver le trésor. Peut-être quitta-t-il l'Angleterre pour n'y revenir que de temps en temps. Mais survient la découverte du grenier ; il en est immédiatement informé. À nouveau, nous constatons la présence d'un allié dans la place. Jonathan est incapable, avec sa jambe de bois, d'atteindre la chambre si haut perchée de Bartholomew. Alors il emmène un complice assez mystérieux qui escalade bien mais trempe son pied nu dans la créosote ! D'où Toby, et pour un officier en demi-solde avec un tendon d'Achille endommagé, une claudication sur dix kilomètres.

— Mais c'est le complice, et non Jonathan qui a commis le crime !

— C'est exact. Et Jonathan en fut plutôt furieux, si j'en juge par la façon dont il arpenta la pièce quand il y fut parvenu. Il n'avait ni haine ni rancune contre Bartholomew Sholto ; il aurait préféré simplement le bâillonner et le ligoter. Il ne tenait pas du tout, cet homme, à se mettre la corde au cou ! Mais il n'avait pu empêcher les instincts sauvages de son complice de se donner libre cours ; le poison avait fait son œuvre. Jonathan laissa donc sa signature, fit descendre le trésor jusqu'au sol et prit le même chemin. Tel a été l'enchaînement des événements pour autant que j'aie pu les déchiffrer. Quant à son allure personnelle, il doit être évidemment d'un certain âge et fort bruni puisqu'il a purgé sa peine dans un four tel que les Andaman. Sa taille, je l'ai aisément calculée d'après la longueur de ses enjambées ; et nous savons qu'il portait la barbe. Son système pileux fut la seule chose qui impressionna Thaddeus Sholto quand il le vit à la fenêtre. À part cela…

— Le complice ?

— Eh bien, il n'y a pas grand mystère à cela ! Mais bientôt vous saurez tout… Comme l'air du matin est doux ! Regardez ce petit nuage : il flotte comme une plume rose détachée de quelque gigantesque flamant. Maintenant, le bord rouge du disque solaire se hisse au-dessus de la couche de nuages qui surplombe Londres. Ce soleil brille pour un bon nombre de gens, mais aucun, je parie, n'accomplit une mission plus étrange que la nôtre ! Comme nous nous sentons petits, avec nos ambitions aussi mesquines que nos efforts, en présence des grandes forces élémentaires de la nature ! Êtes-vous bien avancé dans votre Jean-Paul ?

— Assez. Je suis revenu à lui par l'entremise de Carlyle.

— C'est remonter le ruisseau jusqu'à la source. Il fait une remarque curieuse mais profonde, à savoir que la première preuve de la grandeur de l'homme réside dans la perception de sa propre petitesse. Cela implique, voyez-vous, un pouvoir de comparaison et d'appréciation qui sont, en eux-mêmes, une preuve de noblesse. Richter donne beaucoup à penser ! Vous n'avez pas de revolver, n'est-ce pas ?

— J'ai ma canne.

— Il est possible que nous ayons besoin de quelque chose de ce genre si nous parvenons à leur tanière. Je vous abandonnerai Jonathan, mais si l'autre devient méchant, je l'abats raide ! »

Tout en parlant, il avait pris son revolver. Il y introduisit deux balles puis le remit dans la poche droite de sa veste.

Durant ce temps, Toby nous avait guidés le long de routes bordées de villages et menant vers Londres. Mais nous arrivions maintenant dans de véritables rues où dockers et ouvriers se rendaient à leur travail ; des femmes d'aspect négligé ouvraient les volets et balayaient les marches d'entrée de leur maison. Des bistrots commençaient déjà à sortir des hommes à l'allure rude qui s'essuyaient la barbe d'un coup de manche après la lampée matinale. Des chiens minables, qui flânaient, nous observaient avec étonnement ; mais notre Toby, ne regardant ni à droite ni à gauche, allait de l'avant, le nez au sol, traduisant parfois par un gémissement une nouvelle odeur fraîche.

Nous avions traversé Streatham, Brixton, Camberwell, et nous étions maintenant dans Kennington Lane ; nous avions donc été déportés par des rues transversales à l'est de l'Oval. Les hommes que nous pourchassions semblaient avoir suivi une route en zigzag, probablement avec l'intention d'éviter d'être repérés. Pas une fois ils n'avaient pris une rue importante si une petite rue parallèle se présentait. Au début de Kenningston Lane, ils avaient biaisé vers la gauche dans Bond Street et Miles Street. Toby s'arrêta à l'endroit où cette dernière rue tourne dans Knight's Place. Puis il se mit à courir en avant, en arrière, avec une de ses oreilles dressée et l'autre traînante : exactement l'image de l'indécision canine ! Enfin, il se mit à trottiner en rond, levant la tête vers nous de temps en temps, comme pour demander que l'on veuille bien comprendre son embarras.

« Qu'est-ce qu'il a, ce chien, nom d'une pipe ? grogna Holmes. Ils n'ont sûrement pas pris de voiture, et ils ne se sont pas envolés en ballon, tout de même.

— Peut-être se sont-ils arrêtés ici un moment ? suggérai-je.

— Ah ! tout va bien : le voilà qui repart ! » dit mon compagnon avec soulagement.

Toby était en effet à nouveau sur la piste. Il avait encore fait un autre tour en reniflant, puis s'était décidé tout d'un coup. Il s'élançait à présent avec une énergie et une détermination qu'il n'avait pas encore déployées. L'odeur apparaissait beaucoup plus fraîche qu'auparavant, car il n'avait même pas besoin de renifler le sol. Il tirait frénétiquement sur sa laisse et tentait de courir. Je pus voir au regard brillant de Holmes qu'il pensait arriver à la fin de notre voyage.

Notre route nous conduisait maintenant vers Nine Elma. Nous arrivâmes au grand chantier par l'entrée latérale, où les scieurs étaient déjà au travail. Tirant sans relâche, Toby courut parmi sciure et copeaux, fonça dans un chemin, fila entre deux piles de bois et, poussant enfin un glapissement de triomphe, il sauta sur un gros tonneau encore posé sur le wagonnet qui l'avait amené. La langue pendante, les yeux clignotants, Toby trônait sur le couvercle, nous regardant l'un après l'autre, visiblement en quête d'une approbation. Les douves et les roues du wagonnet étaient enduites d'un liquide noir, et l'air ambiant était saturé de l'odeur de créosote.

Sherlock Holmes et moi nous regardâmes d'un air déconcerté, pour, tout à coup, éclater d'un fou rire irrépressible.

Chapitre XXII
Les francs-tireurs de Baker Street

« Et maintenant, demandai-je, Toby s'est trompé ?

— Il a fait ce qu'on lui demandait, dit Holmes en le faisant descendre du tonneau et en le tirant hors du chantier. Si vous voulez bien réfléchir à la quantité de créosote qui est charriée dans Londres en un jour, il n'y a rien d'étonnant à ce que notre piste ait été coupée. On l'emploie beaucoup maintenant, surtout pour l'apprêt du bois. Le pauvre Toby n'est pas à blâmer.

— Je suppose qu'il nous faut revenir à la première piste.

— Oui. Heureusement, le chemin n'est pas long ! Ce qui a désorienté le chien au coin de Knight's Place, c'est évidemment le fait que deux pistes se croisaient et s'éloignaient dans des directions opposées. Nous avons pris la mauvaise. Il ne nous reste qu'à suivre l'autre. »

Cela n'offrit pas de difficultés. Revenu à l'endroit où il avait commis son erreur, Toby effectua un large cercle, puis bondit dans une nouvelle direction.

« Il faudra veiller à ce qu'il ne nous mène pas à l'endroit d'où vient le tonneau de créosote ! observai-je.

— Oui, j'y ai pensé. Mais remarquez qu'il reste sur le trottoir alors que le tonneau était véhiculé sur la chaussée. Non, Watson, nous sommes sur la bonne piste, à présent ! »

Elle se dirigeait du côté du fleuve, passait dans Belmont Place et Prince's Street. À la fin de Bond Street, elle descendit tout droit jusqu'au bord de l'eau où se trouvait une petite jetée de bois. Toby nous conduisit jusqu'à son extrémité, et se tint là, gémissant face à l'eau sombre.

« Nous n'avons pas de chance » dit Holmes. Ils ont pris un bateau.

Plusieurs barques et légers esquifs se balançaient sur l'eau au bord de la jetée. Nous guidâmes Toby vers chacun d'entre eux, mais ses reniflements vigoureux ne donnèrent aucun résultat.

Non loin du quai rudimentaire se trouvait une petite maison de briques ; à la deuxième fenêtre était pendue une pancarte en bois. « Mordecai Smith » était imprimé en grosses lettres ; en dessous, « Bateaux à louer à l'heure ou à la journée ». Une deuxième pancarte au-dessus de la porte nous informa que la maison possédait également une chaloupe à vapeur. Je remarquai en effet un gros tas de coke près de la jetée. Holmes inspecta les environs avec un regard désabusé.

« Mauvais, mauvais ! dit-il. Ces individus sont plus malins que je ne le pensais. Ils semblent avoir couvert leurs traces. J'ai peur qu'ils n'aient obéi à un plan soigneusement concerté d'avance. »

Il s'approchait de la maison lorsque la porte s'ouvrit ; un petit gamin frisé, d'environ six ans, sortit en courant, suivi d'une vigoureuse femme au visage coloré, tenant une grande éponge.

« Jack, reviens ici te faire laver ! cria-t-elle. Reviens ici, petit diable ! Si ton père revient à la maison et te trouve dans cet état, il nous en fera entendre de belles…

— Quel beau petit garçon ! s'écria Holmes pour établir des positions stratégiques. A-t-on idée d'avoir des joues aussi roses ! Dis-moi, Jack, y a-t-il quelque chose que tu aimerais avoir ? »

Le marmot réfléchit un moment.

« J'aimerais bien avoir un shilling ! répondit-il.

— Rien d'autre que tu aimerais mieux ?

— Je préférerais deux shillings, répondit le jeune prodige après un instant de réflexion.

— Eh bien, les voilà ! Attrape ! C'est du vif-argent que vous avez là, Mme Smith.

— Dieu vous protège, monsieur ! Il est même plus que cela ! Il me donne bien du mal, parfois ; surtout quand mon homme s'en va pendant plusieurs jours.

— Il est donc parti ? dit Holmes, d'une voix déçue. J'en suis désolé, car je voulais lui parler.

— Il est parti depuis hier matin, mon bon monsieur, et pour dire vrai, je commence à m'inquiéter. Mais si c'est au sujet d'un bateau, peut-être pourrais-je vous aider ?

— Je voudrais louer sa chaloupe à vapeur.

— Ah! mon pauvre monsieur, c'est justement dans la chaloupe qu'il est parti. C'est bien ce qui m'étonne, car elle a tout juste assez de charbon pour aller à Woolwich et revenir. S'il était parti dans la péniche, je n'y penserais même pas : son travail l'entraîne souvent jusqu'à Gravesend, et quand il y a de quoi faire là-bas, il lui arrive de rester. Mais à quoi peut servir une chaloupe à vapeur sans charbon?

— Il a pu en acheter à l'un des quais, en descendant le fleuve.

— Peut-être bien, monsieur; mais ce n'est pas son habitude. Combien de fois l'ai-je entendu pester contre les prix qu'ils demandent pour quelques sacs? D'ailleurs, je n'aime pas cet homme à la jambe de bois avec son parler étranger : il a une sale tête! Pourquoi vient-il toujours rôder par ici?

— Un homme à la jambe de bois? demanda Holmes d'une voix innocemment étonnée.

— Oui, monsieur, un type au visage tout brun qu'il en ressemble à un singe! Il est venu plus d'une fois voir mon homme. C'est lui qui l'a réveillé, l'avant-dernière nuit. Ce qu'il y a de plus fort, c'est que mon homme savait qu'il viendrait, car il avait chargé la chaudière de la chaloupe. Je vous parlerai sans détour, monsieur : je me fais du souci!

— Mais enfin, ma chère Mme Smith, vous vous effrayez sans raison! dit Holmes en haussant les épaules. D'abord, comment vous est-il possible de dire que c'est bien l'homme à la jambe de bois qui est venu la nuit d'avant? Je ne comprends pas comment vous pouvez être aussi affirmative.

— C'est sa voix, monsieur. Je connais sa voix ; elle est comme qui dirait rauque et voilée. Il a frappé à la fenêtre : ça devait être vers les trois heures du matin : « Debout là-dedans », qu'il a dit, « il est temps d'aller relever la garde ». Mon homme a réveillé Jim – c'est le fils aîné – et les voilà partis, sans même me dire un mot. J'ai entendu le pilon de bois résonner sur les pierres.

— Et cet homme à la jambe de bois, il était seul ?

— Je ne pourrais dire pour sûr, monsieur ! Je n'ai entendu personne d'autre.

— Je regrette beaucoup, Mme Smith. Je voulais une chaloupe à vapeur, et j'avais entendu dire beaucoup de bien de la… Voyons, comment s'appelle-t-elle déjà ?

— *L'Aurore*, monsieur.

— Ah ! N'est-ce pas cette vieille chaloupe verte, bordée d'une ligne jaune et très large d'assiette ?

— Non, pas du tout ! C'est l'un des bateaux les plus allongés qu'il y ait sur le fleuve. Et elle vient d'être repeinte à neuf toute en noir avec deux bandes rouges.

— Merci. J'espère que vous aurez bientôt des nouvelles de monsieur Smith. Je vais descendre le fleuve et si je vois *L'Aurore*, je dirai au patron que vous êtes inquiète. Une cheminée toute noire, disiez-vous ?

— Non, monsieur. Noire avec une bande blanche.

— Ah ! bien entendu ! Ce sont les côtés qui sont noirs. Au revoir, Mme Smith. Voici un batelier et sa barque, Watson. Demandons à traverser le fleuve.

« L'important avec les gens de cette espèce, continua Holmes comme nous prenions place près du gouvernail de l'embarcation, c'est de ne jamais leur donner l'occasion de supposer que ce qu'ils vous racontent présente pour vous de l'importance. Autrement, ils se ferment instantanément comme une huître ! Mais si, par contre, vous feignez de les écouter, pour ainsi dire, contre votre gré, vous avez des chances d'apprendre ce que vous désirez savoir.

— En tout cas, nous savons ce qu'il nous reste à faire, dis-je.

— Et quel serait votre plan ?

— Louer une chaloupe et descendre la rivière sur les traces de *L'Aurore*.

— Mais, mon cher ami, ce serait une tâche colossale ! L'embarcation a pu accoster à n'importe quelle jetée des deux rives entre ici et Greenwich. Passé le pont, les points d'accostage forment un labyrinthe de plusieurs kilomètres. Il vous faudrait je ne sais combien de jours pour tout explorer seul.

— Faisons appel à la police, alors.

— Non. Je me mettrai sans doute en rapport avec Athelney Jones, mais au dernier moment seulement. Ce n'est pas un méchant homme, et je ne voudrais rien faire qui puisse lui nuire professionnellement. Mais travailler seul m'amuse beaucoup plus : surtout maintenant que nous sommes si avancés !

— Peut-être pourrions-nous alors mettre une annonce demandant des renseignements aux gardiens des quais ?

— De mal en pis ! Nos hommes sauraient alors que nous les talonnons et ils quitteraient immédiatement le pays. Certes, ils partiront de toute façon, mais tant qu'ils se sentiront en parfaite sécurité, ils ne se presseront pas. L'énergie déployée par Jones, le détective, nous sera utile à ce sujet ! Les quotidiens vont certainement présenter son point de vue, et nos fuyards croiront que la police est sur une fausse piste.

— Qu'allons-nous donc faire ? demandai-je comme nous touchions terre près de la prison de Millbank.

— Nous allons prendre ce fiacre, rentrer à la maison, nous faire servir un petit-déjeuner et nous coucher une heure. Il est fort probable que nous soyons sur pied toute la nuit prochaine. Arrêtez-vous au premier bureau de poste sur votre chemin, conducteur ! Toby peut encore nous être utile : nous allons le garder. »

La voiture s'arrêta devant la poste de Great Peter Street, et Holmes descendit envoyer un télégramme.

« À qui croyez-vous que j'aie télégraphié ? me demanda-t-il à son retour.

— Je n'en ai pas la moindre idée.

— Vous souvenez-vous de la police spéciale de Baker Street ? J'avais fait appel à eux dans l'affaire Jefferson Hope.

— Oui, eh bien ?

— C'est exactement le problème type où leur aide peut nous être très précieuse. S'ils échouent, j'ai d'autres moyens. Mais je vais d'abord essayer celui-là. Mon télégramme s'adressait à notre petit lieutenant, le dénommé Wiggins. Je pense que lui et sa bande viendront nous rendre visite avant que nous ayons terminé notre petit-déjeuner. »

Il devait être entre huit et neuf heures, maintenant, et les événements de la nuit commençaient à peser lourd. J'étais courbatu et las ; mon esprit s'embrouillait. Je n'avais pas, pour me soutenir, l'enthousiasme professionnel de mon compagnon, et il m'était impossible d'ailleurs de considérer abstraitement l'affaire comme un simple problème intellectuel. En ce qui concernait Bartholomew, j'avais entendu dire peu de bien sur lui, et ses meurtriers ne m'inspiraient pas une trop violente aversion. Mais pour le trésor, c'était une autre histoire ! Il appartenait de droit, en tout ou en partie, à Mlle Morstan. Tant qu'il resterait une chance de le recouvrer, je serais prêt à y consacrer ma vie ! Pourtant notre réussite placerait probablement la jeune fille hors de ma portée pour toujours. Mais mon amour aurait été bien égoïste et mesquin s'il s'était laissé influencer par une telle pensée ! Holmes pouvait travailler à la capture des criminels : j'avais, quant à moi, une raison dix fois plus forte de recouvrer le trésor.

Un bain à Baker Street, suivi d'un complet changement de linge, me rafraîchit magnifiquement. Lorsque je descendis de ma chambre, je trouvai le petit-déjeuner servi, et Holmes en train de verser le café.

« On parle du meurtre, dit-il en désignant un journal ouvert. Un journaliste doué d'ubiquité et l'énergique Jones ont arrangé l'affaire entre eux. Mais vous devez en avoir assez de cette histoire ! Mangez d'abord vos œufs au jambon. »

Je m'emparai du journal et lus le court article qui s'intitulait : « Une mystérieuse affaire à Upper Norwood ».

« Hier soir, vers minuit, était-il écrit dans le *Standard*, M. Bartholomew Sholto, de Pondichery Lodge, à Upper Norwood, a été trouvé mort dans sa chambre. Les circonstances démontraient un acte criminel. »

« Pour autant que nous le sachions, aucune trace de violence ne fut relevée sur la victime. Mais une précieuse collection héritée de son père avait disparu. Le crime fut découvert par M. Sherlock Holmes et le docteur Watson, qui s'étaient rendus dans la maison en compagnie de M. Thaddeus Sholto, frère du décédé. Une chance singulière a voulu que M. Athelney Jones, le détective bien connu de Scotland Yard, se trouvât justement au commissariat de police de Norwood. Il fut ainsi sur les lieux moins d'une demi-heure après que l'alerte eut été donnée. Son expérience et son talent se tournèrent aussitôt vers la recherche des criminels. L'heureuse conséquence en fut l'arrestation du frère de la victime, Thaddeus Sholto, de la femme de charge, Mme Berstone, du maître d'hôtel hindou, un dénommé Lal Rao, et du portier McMurdo. Il est en effet certain que le ou les voleurs connaissaient bien la maison. Les connaissances techniques réputées de M. Jones s'alliant à ses dons non moins célèbres d'observation lui ont permis de prouver irréfutablement que les bandits n'avaient pu pénétrer ni par la porte ni par la fenêtre ; grimpant sur le toit du bâtiment, ils se sont introduits par une tabatière dans une pièce s'ouvrant sur la chambre où fut trouvé le corps. L'hypothèse d'un simple cambriolage par des étrangers se trouve ainsi définitivement écartée. L'action prompte et énergique des représentants de la loi montre qu'en de telles circonstances il y a grand avantage à ce que l'enquête soit menée par un seul esprit, vigoureux et maître de ses moyens. Nous ne pouvons nous empêcher de penser qu'un tel résultat offre un argument de poids à ceux qui désireraient voir une décentralisation de nos forces de détectives ; ceux-ci se trouveraient alors en contact plus étroit et plus effectif avec les affaires sur lesquelles ils doivent enquêter. »

« N'est-ce pas superbe ? dit Holmes en souriant au-dessus de sa tasse de café. Qu'en pensez-vous ?

— Je pense que nous avons nous-mêmes frôlé l'arrestation.

— C'est mon avis. Je n'oserais répondre de notre liberté si Jones est repris tout à coup par une autre crise d'énergie ! »

À cet instant précis, un coup de sonnette prolongé résonna dans toute la maison. Nous entendîmes Mme Hudson, notre logeuse, pousser des lamentations et de véhémentes imprécations.

« Bonté divine ! m'écriai-je en me soulevant de mon siège. Je crois, Holmes, qu'ils viennent vraiment nous arrêter.

— Non, ce n'est pas aussi terrible que cela ! Je reconnais ma police auxiliaire, les francs-tireurs de Baker Street. »

De fait, des cris aigus et une galopade de pieds nus retentirent dans l'escalier. Et une douzaine de petits voyous, sales et déguenillés, firent irruption dans la pièce. Je reconnais que malgré l'invasion bruyante ils firent preuve de discipline. Ils se mirent immédiatement en rang, et leurs frimousses éveillées nous firent face. Après quoi l'un d'entre eux s'avança avec une supériorité nonchalante, fort drôle chez ce jeune garçon aussi peu engageant qu'un épouvantail.

« Bien reçu votre message, monsieur ! dit-il. Je vous les amène au complet. Cela fait trois shillings et six pence de frais de transport.

— Les voilà, dit Holmes en sortant de la monnaie. À l'avenir, ils vous feront leur rapport, et vous me les transmettrez. Il ne faut plus que la maison soit envahie. Cependant, j'aime autant que vous entendiez tous mes instructions. Je veux découvrir où se trouve une chaloupe à vapeur s'appelant *L'Aurore*. Le nom du patron est Mordecai Smith. Le bateau a dû descendre le fleuve et s'arrêter quelque part. Il est noir, bordé de deux lignes rouges ; sa cheminée, noire également, a une bande blanche. Il faut que l'un de vous se poste à l'embarcadère de Mordecai Smith, en face de Millbank, pour voir si le bateau revient. Les autres doivent se partager les deux rives et chacun explorer soigneusement sa portion. Prévenez-moi dès que vous aurez des nouvelles. Est-ce que tout est compris ?

— Oui, mon colonel ! dit Wiggins.

— Ce sera le même tarif que d'habitude, plus une guinée à celui qui trouvera le bateau. Voici un jour d'avance. Et maintenant, au travail ! »

Il remit un shilling à chacun, puis les gamins dévalèrent l'escalier. Un instant plus tard, je les aperçus filant dans la rue.

« Si la chaloupe est au-dessus de l'eau, ils la trouveront ! dit Holmes en se levant de table.

Il alluma sa pipe.

« Ils peuvent aller partout, tout voir et tout entendre. Je compte qu'ils la découvriront avant ce soir. En attendant, nous ne pouvons rien faire. Il faut, pour reprendre la piste, retrouver *L'Aurore* ou M. Mordecai Smith.

— Je suis sûr que Toby va se régaler de nos restes. Allez-vous vous coucher, Holmes ?

— Non, je ne suis pas fatigué. J'ai une curieuse constitution. Je ne me souviens pas d'avoir jamais été fatigué par le travail. En revanche, l'oisiveté m'épuise complètement. Je m'en vais fumer et réfléchir à cette étrange affaire que nous amena une cliente charmante. Si jamais tâche fut facile, la nôtre doit l'être. Les hommes à la jambe de bois ne sont pas légion. Quant à l'autre, je pense qu'il est absolument unique en son genre.

— Encore cet autre homme !

— Je ne tiens pas spécialement à jouer au mystérieux, Watson ! Cependant, vous devez bien vous être fait votre petite opinion, non ? Considérez les données : des petits pieds nus, dont les dóigts ne furent jamais compressés par des chaussures ; une massue en pierre ; une grande agilité ; des fléchettes empoisonnées…

— Un sauvage ! m'exclamai-je. Peut-être l'un de ces Hindous avec lesquels Jonathan Small était associé ?

— C'est fort douteux ! dit-il. J'ai envisagé cette explication quand j'ai vu les armes étranges. Mais les empreintes singulières des pieds m'ont fait reconsidérer la question. Certains habitants des Indes sont en effet petits ; mais aucun n'aurait pu laisser de telles marques. L'Hindou a des pieds longs et minces. Le mahométan n'a que le pouce nettement séparé des autres doigts, car il porte des sandales avec une lanière qui passe entre le pouce et les orteils. De plus ces fléchettes ne peuvent se lancer que d'une seule manière : avec une sarbacane. D'où, alors, peut venir notre sauvage ?

— De l'Amérique du Sud ? » hasardai-je.

Il leva les bras vers l'étagère et en tira un gros volume.

« Voici le premier tome d'une encyclopédie en cours de publication. On peut la considérer comme la plus moderne. Qu'est-ce que je lis ? "Les îles Andaman sont situées à cinq cent soixante-dix kilomètres au nord de Sumatra, dans la baie du Bengale." Hum ! Hum ! Qu'est-ce que tout cela ? Voyons : climat humide, récifs de corail, requins, Port Blair, pénitencier, île Rutland, plantations de cotonniers… Ah ! nous y voici ! "Les indigènes des îles Andaman pourraient prétendre au titre de la race la plus petite sur la terre bien que certains anthropologues le réservent aux Bushmen d'Afrique, aux Diggers d'Amérique, et aux habitants de la Terre de Feu. Leur taille moyenne ne dépasse pas un mètre trente, mais de nombreux adultes normalement constitués sont beaucoup plus petits. Cette race est farouche et intraitable. Cependant, lorsqu'on parvient à gagner l'amitié de l'un d'eux, il est capable du plus grand dévouement." Souvenez-vous de cela, Watson. Maintenant, écoutez la suite. "Ils sont d'une apparence hideuse. La tête est volumineuse et déformée ; les yeux sont petits ; les traits sont déformés ; les pieds et les mains d'une petitesse remarquable. Ils sont si farouches et si intraitables que les autorités britanniques ont échoué dans tous leurs efforts pour gagner leur confiance. Ils ont toujours été la terreur des naufragés qu'ils massacrent à l'aide de leurs massues de pierre ou de leurs flèches empoisonnées. Ces tueries se terminent invariablement par un festin cannibale." Voilà un peuple amical et paisible, Watson ! Si notre sauvage avait été laissé libre d'agir à sa guise, cette affaire aurait pu prendre une tournure encore plus macabre. J'imagine, pourtant, que même à présent Jonathan Small paierait cher pour ne pas l'avoir utilisé.

— Mais comment s'est-il procuré un pareil complice ?

— Ah ! je ne saurais vous en dire davantage ! Cependant, nous avons déjà déterminé que Small avait séjourné aux Andaman ; il n'y a donc rien de très étonnant à ce qu'il ait pour compagnon un indigène. Nous apprendrons tout cela en temps voulu, je n'en doute pas ! Allons, étendez-vous là sur le canapé, et voyons si je puis vous endormir. »

Il prit son violon et il commença à jouer tandis que je m'allongeais. C'était un air rêveur et mélodieux ; de sa propre composition certainement, car il savait improviser avec beaucoup de talent. Je me souviens vaguement de ses bras maigres, de son visage attentif, et du va-et-vient de l'archet. Puis il me sembla que je m'éloignais paisiblement, flottant sur une douce mer de sons, pour ensuite atteindre le royaume des rêves où le joli visage de Mary Morstan se penchait vers moi.

Chapitre XXIII
La chaîne se rompt

L'après-midi était fort avancé quand je me réveillai, reposé ; Sherlock Holmes était toujours assis, exactement comme je l'avais laissé, sauf qu'il avait mis son violon de côté et qu'il était plongé dans un livre. Au mouvement que je fis, il me regarda, et je constatai que son visage était sombre et ennuyé.

« Vous avez dormi profondément, dit-il. J'ai eu peur que notre conversation ne vous éveillât.

— Je n'ai rien entendu. Avez-vous donc des nouvelles fraîches ?

— Je n'ai rien appris, malheureusement. J'avoue que je suis surpris et déçu. Je m'attendais à quelque chose de bien défini, à cette heure-ci. Wiggins vient de me faire son rapport. Il dit qu'on n'a pu trouver aucune trace de la chaloupe. C'est un contretemps ennuyeux, car chaque heure est importante.

— Puis-je faire quelque chose ? Je suis tout à fait reposé à présent, et tout prêt pour une autre sortie nocturne.

— Non, nous ne pouvons rien faire. Nous ne pouvons qu'attendre. Si nous y allons, un message peut venir en notre absence et provoquer un retard. Vous pouvez faire ce qu'il vous plaira, mais je dois rester de garde.

— Alors j'irai jusqu'à Camberwell rendre visite à Mme Forrester. Elle m'en a prié hier.

— À Mme Cecil Forrester ? interrogea-t-il avec un sourire malicieux dans les yeux.

— Eh bien ! À Mlle Morstan aussi, bien sûr. Elles étaient anxieuses de savoir ce qui arriverait.

— Ne leur en dites pas trop. On ne saurait faire entièrement confiance aux femmes, pas même aux meilleures d'entre elles. »

Je ne m'arrêtai pas à discuter cette appréciation affligeante.

« Je reviendrai dans une heure ou deux.

— Ça va ! Bonne chance ! Mais, dites-moi, puisque vous passez de l'autre côté du fleuve, vous pouvez aussi bien reconduire Toby car, à mon avis, il n'est pas probable que nous en ayons encore besoin. »

Je pris donc le chien et je le laissai chez le vieux naturaliste de Pinchin Lane, en même temps qu'un demi-souverain. À Camberwell, je trouvai Mlle Morstan un peu fatiguée par ses aventures de la nuit, mais très anxieuse d'entendre les nouvelles. Mme Forrester aussi était pleine de curiosité. Je leur racontai tout ce que nous avions fait, en omettant toutefois les parties les plus terribles de la tragédie. Ainsi, après avoir parlé de la mort de M. Sholto, je ne dis rien de la manière exacte dont il avait été tué. En dépit de toutes mes omissions, pourtant, mon compte rendu comportait assez d'éléments pour les faire frémir.

« C'est une histoire romanesque ! s'écria Mme Forrester, une dame qu'on a lésée, un trésor de un demi-million de livres, un cannibale noir et un bandit à jambe de bois. Ces derniers remplacent le conventionnel dragon et le méchant baron.

— Et les deux chevaliers errants viennent à mon secours, ajouta Mlle Morstan en me jetant un regard plein de feu.

— Eh bien, Mary, votre fortune dépend maintenant de l'issue de ces recherches. Il me semble que vous n'en soyez pas surexcitée. Imaginez ce que ça doit être d'être si riche et d'avoir le monde à ses pieds ! »

De remarquer qu'à cette perspective Mlle Morstan ne manifestait aucun enthousiasme fit courir dans mes veines un petit frisson de joie. Au contraire, elle agita la tête fièrement, comme si elle ne prenait que peu d'intérêt à tout cela.

« C'est pour M. Thaddeus Sholto, dit-elle, que je suis inquiète. Rien d'autre n'a d'importance, mais je crois que d'un bout à l'autre sa conduite a été tout à fait bienveillante et très honorable. C'est notre devoir de le laver de cette terrible accusation sans fondement. »

Le soir était venu quand je quittai Camberwell, et il faisait tout à fait nuit quand je rentrai à la maison. Le livre et la pipe de mon compagnon étaient près de sa chaise, mais lui-même avait disparu. Je regardai çà et là dans l'espoir de trouver un billet, mais il n'y en avait pas.

« Je suppose que M. Sherlock Holmes est sorti ? dis-je à Mme Hudson quand elle monta pour abaisser les stores.

— Non, monsieur. Il est allé dans sa chambre. Savez vous, monsieur (elle baissait la voix et ce n'était plus qu'un murmure impressionnant), que j'ai peur pour sa santé ?

— Comment cela, Mme Hudson ?

— Eh ! Il est si étrange, monsieur. Après que vous êtes parti, il a arpenté la pièce au point que j'étais fatiguée de l'entendre aller et venir. Puis je l'ai entendu qui parlait tout seul, qui marmonnait, et chaque fois qu'on sonnait il venait sur le palier et criait :

« — Qu'est-ce que c'est, Mme Hudson ? »

« Après il a claqué sa porte, mais je pouvais l'entendre aller et venir dans sa chambre, comme tout à l'heure. Je me suis risquée à lui toucher deux mots d'une potion calmante, mais il s'est retourné sur moi avec un air tel que je ne sais pas comment je suis sortie de la chambre.

— Je ne pense pas, Mme Hudson, que vous ayez aucune raison d'être inquiète. Je l'ai déjà vu comme cela. Il a quelque chose qui le tracasse et qui l'agite. »

Je tentais d'en parler à la légère à la digne Mme Hudson. Je me sentis moi-même un peu inquiet quand, toute la longue nuit, j'entendis encore le bruit des pas de mon ami, et que je devinai à quel point son esprit ardent s'irritait de cette inaction involontaire.

À l'heure du déjeuner, il avait l'air usé, hagard, avec une petite rougeur de fièvre aux joues.

« Vous vous éreintez, mon vieux, lui dis-je. Je vous ai entendu marcher toute la nuit.

— Non, je ne pouvais pas dormir. Ce problème infernal me dévore. C'est trop fort d'être coincé par un obstacle aussi insignifiant, quand tout le reste a été débrouillé ! Je connais les hommes, la chaloupe, tout ce qui est important, et pourtant je n'ai pas de nouvelles. J'ai mis d'autres agences à l'œuvre, et j'ai employé tous les moyens dont je dispose.

« La rivière a été entièrement fouillée, des deux côtés, mais on n'a rien obtenu et Mme Smith n'a pas entendu parler de son mari. J'en arriverai bientôt à la conclusion qu'ils ont camouflé la chaloupe. Mais il y a des objections à cela.

— Ou que Mme Smith nous a mis sur une fausse piste.

— Non. Je crois qu'on peut écarter cette supposition. J'ai pris des renseignements, il y a bien une chaloupe avec ces caractéristiques.

— Aurait-elle remonté la rivière ?

— J'ai considéré aussi cette possibilité, et il y a un groupe de chercheurs qui ira jusqu'à Richmond. Si rien de nouveau ne me parvient aujourd'hui, je partirai moi-même demain et je rechercherai les hommes plutôt que le bateau. Mais, à coup sûr, nous saurons quelque chose. »

Nous n'apprîmes rien, pourtant. Pas un mot ne vint, soit de Wiggins, soit des autres agences. Il y avait, dans la plupart des journaux, des articles sur la tragédie de Norwood. Ils paraissaient tous être plutôt hostiles au malheureux Thaddeus Sholto. Dans aucun on ne trouvait de nouveaux détails, si ce n'est qu'une enquête judiciaire devait avoir lieu le lendemain. J'allai jusqu'à Camberwell dans la soirée pour informer ces dames de notre insuccès et, à mon retour, je trouvai Sherlock Holmes déprimé et assez morose. Il voulut à peine répondre à mes questions, et toute la soirée il s'occupa d'une analyse chimique délicate, qui impliquait le chauffage de nombreuses cornues et la distillation de vapeurs, ce qui finit par répandre dans la pièce une odeur qui m'en chassa bel et bien. Jusqu'au petit matin, je pus entendre distinctement le tintement de ses éprouvettes, qui m'annonçait qu'il était toujours occupé à ses expériences malodorantes.

« Je descends à la rivière, Watson, me dit-il. J'ai bien tourné et retourné ça dans ma tête, et je ne vois qu'un moyen d'en sortir. Ça vaut la peine d'essayer, en tout cas.

— Je peux sans doute aller avec vous ?

— Non, vous pouvez m'être beaucoup plus utile si vous voulez bien rester ici pour me représenter. Je m'en vais à contrecœur, car il y a de grandes chances pour qu'un message arrive dans la journée, quoique Wiggins fût déjà assez découragé hier soir. Je vous prie d'ouvrir toutes les lettres, tous les télégrammes, et d'agir suivant votre propre jugement si quelque nouvelle vous parvient. Puis-je compter sur vous ?

— Très certainement.

— J'ai peur que vous ne puissiez me télégraphier, car je peux difficilement vous dire où j'ai des chances d'être. Si je suis en veine pourtant, peut-être ne serai-je pas parti trop longtemps. D'une façon ou d'une autre, j'aurai des nouvelles avant de rentrer. »

À l'heure du déjeuner, je n'avais rien appris le concernant. En ouvrant le *Standard*, cependant, je trouvai un prolongement à l'affaire.

« En ce qui concerne la tragédie d'Upper Norwood, nous avons des raisons de croire que cette affaire promet d'être plus compliquée et plus mystérieuse qu'on ne le supposait d'abord. De nouveaux témoignages ont montré qu'il est tout à fait impossible que M. Thaddeus Sholto ait pu y être impliqué d'une façon quelconque. Lui et la gouvernante, Mme Bernstone, ont été tous deux remis en liberté hier soir. On croit toutefois que la police est sur la piste des vrais coupables, piste suivie par M. Athelney Jones, de Scotland Yard, avec toute l'énergie et la sagacité qu'on lui connaît. On doit s'attendre, à tout moment, à d'autres arrestations. »

« C'est assez satisfaisant jusqu'ici, pensai-je. L'ami Sholto s'en tire, en tout cas. Je me demande ce que peut être la nouvelle piste, bien que cela semble une formule stéréotypée toutes les fois que la police a fait une gaffe. »

Je jetais le journal sur la table quand mon regard tomba sur une annonce dans la « Petite correspondance » :

« PERDU : Attendu que Mordecai Smith, batelier, et son fils Jim ont quitté le quai de Smith vers trois heures du matin mardi dernier dans la chaloupe à vapeur *L'Aurore*, noire avec deux bandes rouges, cheminée noire à bande blanche, on paiera la somme de cinq livres à quiconque pourra donner des renseignements à Mme Smith, au quai de Smith, ou à 221, Baker Street, concernant les déplacements dudit Mordecai Smith et l'endroit où se trouve la chaloupe *L'Aurore*. »

C'était là clairement ce qui se rapportait au travail de Sherlock Holmes. L'adresse de Baker Street le prouvait assez. Cela me parut plutôt ingénieux, car les fugitifs pouvaient lire cette annonce sans y voir autre chose que l'anxiété d'une femme pour son mari disparu.

Ce fut une longue journée. Chaque fois que l'on frappait à la porte de la maison, chaque fois que j'entendais monter l'escalier, je m'imaginais que c'était ou bien Holmes qui rentrait ou bien une réponse à son annonce. Je tentais de lire, mais mes pensées vagabondes s'échappaient vers notre étrange enquête, vers ces deux canailles mal assorties que nous poursuivions. Y avait-il, me demandais-je, quelque faille radicale dans le raisonnement de mon compagnon ? Ne souffrait-il pas de quelque énorme erreur, par sa propre faute ? N'était-il pas possible que son esprit subtil et spéculatif eût bâti cette théorie fantastique sur de fausses prémisses ? Je ne l'avais jamais vu avoir tort, et pourtant le logicien le plus pénétrant peut parfois se tromper. Il était vraisemblable, pensais-je, qu'il tombât dans l'erreur par un raffinement exagéré de sa logique, préférant une explication subtile et bizarre, alors qu'une autre plus simple, plus terre à terre s'offrait à lui. D'autre part, j'avais vu moi-même l'évidence des preuves et observé sa méthode déductive. Quand je me rappelais la longue chaîne de circonstances curieuses, plusieurs d'entre elles, banales en elles-mêmes, mais tendant toutes dans la même direction, je ne pouvais me dissimuler à moi-même que si l'explication de Holmes était erronée, la vraie solution devait être également étonnante, voire extraordinaire.

À trois heures de l'après-midi, la sonnette retentit bruyamment. J'entendis dans le vestibule une voix autoritaire et, à ma grande surprise, je découvris M. Athelney Jones qui se présenta à moi. Il ne ressemblait guère, pourtant, au professeur de sens commun, brusque et supérieur, qui avait pris en charge l'affaire d'Upper Norwood. Il arborait un air abattu, montrait une affabilité inhabituelle, et l'on eût dit qu'il s'excusait.

« Bonjour, monsieur ; M. Sherlock Holmes est sorti, je crois.

— Oui, et je ne suis pas sûr de l'heure à laquelle il reviendra. Mais peut-être désirez-vous l'attendre ? Prenez cette chaise et goûtez un de ces cigares.

— Je vous remercie. J'ai le temps. »

Il s'essuyait le visage avec un grand mouchoir de poche.

« Un whisky ?

— Merci, juste un demi-verre. Il fait très chaud pour la saison, et pas mal de choses m'ont ennuyé et fatigué. Vous connaissez ma théorie concernant l'affaire de Norwood ?

— Je me souviens que vous en avez exposé une.

— J'ai dû la réviser. J'avais étroitement resserré mon filet autour de M. Sholto, et ne voilà-t-il pas qu'il passe par un trou au beau milieu. Depuis le moment où il a quitté son frère, il y a des gens qui l'ont vu à plusieurs reprises. Ce n'est donc pas lui qui a pu monter sur le toit et passer par la trappe. C'est une affaire très obscure, et mon renom professionnel est en jeu. Je serais très heureux d'être un peu aidé.

— Nous avons tous besoin d'aide, parfois.

— Votre ami, M. Sherlock Holmes, est un homme étonnant, continua-t-il d'un ton bas et confidentiel. C'est un homme qu'on ne peut battre. J'ai vu cet homme, jeune encore, étudier bien des affaires, mais je n'en connais pas une sur laquelle il n'ait pu jeter quelque lumière. Il est peu conformiste dans ses méthodes, un peu prompt à sauter sur des théories mais, somme toute, je crois qu'il aurait fait un officier de police plein d'avenir, et je ne me cache pas pour le dire. J'ai reçu ce matin un télégramme de lui, qui me donne à comprendre qu'il tient une piste dans l'affaire Sholto. Le voici. »

Il tira le télégramme de sa poche et me le passa. Il était daté de Poplar à midi, et disait :

«Allez tout de suite à Baker Street. Si je ne suis pas encore rentré, attendez-moi. Je suis sur les talons de la bande Sholto. Vous pourrez venir avec nous ce soir, si cela vous plaît, pour assister au dénouement. »

« Voilà qui promet ; il a évidemment retrouvé la piste, dis-je.

— Ah ! Il a donc été en défaut lui aussi ! s'écria Jones, manifestement satisfait. Même les meilleurs d'entre nous se perdent quelquefois. Naturellement, ça peut être encore une fausse alerte. Mais c'est mon devoir en tant qu'officier de police de ne laisser échapper aucune chance. Mais quelqu'un vient. C'est peut-être lui. »

On entendait un pas lourd dans l'escalier, une respiration bruyante, sifflante, celle d'un individu qui avait bien de la peine à souffler. Une fois ou deux, il s'arrêta comme si la montée était trop dure pour lui mais, à la fin, il arriva à notre porte et entra. Son aspect correspondait aux bruits que nous avions entendus. C'était un homme âgé, vêtu comme un matelot d'une vieille jaquette boutonnée jusqu'au cou. Le dos était voûté, les genoux vacillants, la respiration était pénible et asthmatique. Tandis qu'il s'appuyait sur un gros gourdin en chêne, ses épaules se levaient dans l'effort qu'il faisait pour aspirer l'air dans ses poumons. Il avait un gros cache-nez de couleur autour du cou, et je ne voyais guère de son visage qu'une paire d'yeux noirs et vifs qu'ombrageaient des sourcils blancs et touffus. Il portait aussi de longs favoris gris. Dans l'ensemble, il me donnait l'impression d'un respectable maître marinier, écrasé par les ans et la pauvreté.

« Qu'est-ce que c'est, mon brave ? »

Il jeta un regard circulaire dans la chambre, à la façon méthodique des vieillards.

— M. Sherlock Holmes est-il ici ?

— Non, mais je le remplace. Vous pouvez me confier tout message que vous auriez pour lui.

— C'était à lui-même que je voulais le dire.

— Mais je vous répète que je le remplace. Était-ce à propos du bateau de Mordecai Smith ?

— Oui ; j'sais bien où il est, et j'sais où sont les hommes qu'il cherche. Et j'sais où est le trésor, j'sais tout.

— Alors dites-le-moi, et je lui transmettrai.

— C'est à lui que j'voulais le dire, répéta-t-il, obstiné.

— Alors il vous faut l'attendre !

— Non, je ne vais pas perdre une journée pour faire plaisir à quelqu'un. Si M. Holmes n'est pas ici, alors il devra trouver ça tout seul. Et puis, je n'aime pas votre air à tous les deux, et je ne veux pas dire un mot. »

Et, traînant les pieds, il se dirigea vers la porte, mais Jones se plaça en face de lui.

« Attendez un peu, mon ami. Vous avez des renseignements importants, et vous ne vous en irez pas. Nous vous garderons, bon gré mal gré, jusqu'à ce que notre ami revienne. »

Le vieillard s'avança rapidement vers la porte, mais quand Jones y appuya son large dos, il reconnut l'inutilité de toute résistance.

« Jolie façon de traiter les gens ! cria-t-il en tapant son bâton sur le plancher. Je viens ici pour voir un gentleman, et vous deux, que je n'ai jamais vus de ma vie, vous m'saisissez et vous m'traitez comme ça !

— Vous ne vous en porterez pas plus mal, dis-je. Nous vous paierons votre journée perdue. Asseyez-vous là, sur le canapé. Vous n'aurez pas à attendre longtemps. »

L'air grognon, il revint et s'assit, la tête reposant sur ses mains. Jones et moi nous reprîmes nos cigares et notre conversation. Soudain, la voix d'Holmes éclata :

« Tout de même, vous pourriez bien m'offrir un cigare ! »

Nous sursautâmes sur nos chaises. Holmes était assis près de nous, avec un air de doux amusement.

« Holmes ! m'écriai-je. Vous ici ! Mais où est le vieillard ?

— Le voici, dit-il, tenant en main un tas de cheveux blancs. Tout y est : perruque, favoris, sourcils… Je pensais que mon déguisement n'était pas mauvais, mais je doutais qu'il supporte brillamment cette épreuve.

— Ah ! coquin ! s'écria Jones, enchanté. Vous auriez fait un acteur, et un rare !… Vous avez bien la toux rauque des vieux de l'asile et ces jambes flageolantes qui vous portaient valent bien dix livres par semaine. Tout de même, je croyais bien reconnaître l'éclat de vos yeux. Vous ne nous avez pas lâchés si facilement que ça, hein ?

— J'ai travaillé toute la journée sous ce déguisement. Il y a, vous le savez, beaucoup de gens dans le milieu des criminels qui commencent à me connaître, surtout depuis que notre ami, ici présent, s'est mis à publier quelques-unes de mes affaires. Aussi, je ne peux partir sur le sentier de la guerre que sous quelque simple accoutrement comme celui-ci. Vous avez eu mon télégramme ?

— Oui, c'est ce qui m'a amené ici.

— Et comment votre affaire a-t-elle marché ?

— Il n'en est rien sorti. J'ai dû relâcher deux de mes prisonniers. Il n'y a aucune preuve contre les deux autres.

— Ne vous en faites pas. Nous vous en donnerons deux autres à leur place, mais vous devrez suivre mes instructions. Je vous cède volontiers tout l'honneur officiel du succès, mais vous devrez agir suivant mes directives. Est-ce convenu ?

— Absolument, si vous voulez m'aider à prendre les coupables.

— Eh bien, il faudra donc tout d'abord qu'un bateau de la police, rapide, une chaloupe à vapeur, se trouve aux escaliers de Westminster, à sept heures, ce soir.

— C'est facile à arranger. Il y en a toujours une par là, mais je pourrais traverser la rue et téléphoner, pour en être sûr.

— Puis il me faudra deux hommes vigoureux, en cas de résistance.

— Il y en aura deux ou trois dans le bateau. Quoi d'autre ?

— Quand nous capturerons les hommes, j'aurai le trésor. Je crois que ce serait un plaisir pour mon ami ici présent d'apporter cette boîte à la jeune dame à qui revient légalement la moitié du contenu, afin qu'elle soit la première à l'ouvrir. Hein, Watson ?

— Ce serait pour moi un grand plaisir.

— C'est une façon de procéder assez irrégulière, dit Jones en branlant la tête. Toutefois, comme rien n'est régulier dans cette affaire, je suppose que nous devrons fermer les yeux. Le trésor, plus tard, sera remis aux autorités jusqu'à la conclusion de l'enquête officielle.

— Certainement. Un autre point : j'aimerais fort avoir quelques détails sur cette affaire de la bouche même de Jonathan Small. Vous savez que je tiens à connaître à fond les détails de mes enquêtes. Y aurait-il une objection à ce que j'aie avec lui une entrevue non officielle, soit ici, dans mon appartement, soit n'importe où, pourvu qu'il soit surveillé de façon efficace ?

— Vous êtes maître de la situation. Je n'ai pas eu de preuves encore de l'existence de ce Jonathan Small. Toutefois, si vous le prenez, je ne vois pas comment je pourrais vous refuser une entrevue avec lui.

— C'est donc entendu ?

— Parfaitement. Quelque chose d'autre encore ?

— Seulement ceci : j'insiste pour que vous dîniez avec nous. Ce sera prêt dans une demi-heure. J'ai des huîtres et une paire de grouses, avec un bon petit choix de vins blancs. Watson, vous n'avez encore jamais reconnu mes mérites de maître de maison. »

Chapitre XXIV
La fin de l'insulaire

Ce fut un joyeux dîner. Holmes, quand il le voulait, était un très brillant causeur ; ce soir-là, il le voulut. Il semblait être dans un état d'exaltation nerveuse et il se montra étincelant. Passant rapidement d'un sujet à l'autre, « Mystères » du Moyen Âge, violons de Stradivarius, bouddhisme à Ceylan, navires de guerre de l'avenir, poterie médiévale, il traitait chacun d'eux comme s'il en eût fait une étude approfondie. Sa belle humeur contrastait avec la sombre dépression des deux derniers jours. Athelney Jones s'avéra d'un commerce agréable pendant ces heures de détente, et c'est en bon vivant qu'il prit part au repas. Quant à moi, j'étais soulagé à la pensée que nous approchions de la fin de l'affaire, et je me laissai aller à la joie communicative de Holmes. Nul d'entre nous ne parla durant le repas du drame qui nous avait réunis.

Lorsque la table fut desservie, Holmes jeta un coup d'œil sur sa montre et remplit trois verres de porto.

« Une tournée pour le succès de notre petite expédition ! ordonna-t-il. Et maintenant, il est grand temps de partir. Avez-vous un pistolet, Watson ?

— J'ai mon vieux revolver d'ordonnance dans mon bureau.

— Vous feriez mieux de le prendre. Il faut tout prévoir. J'aperçois la voiture à notre porte. Je l'avais demandée pour six heures et demie. »

C'est un peu après sept heures que nous atteignîmes l'embarcadère de Westminster. Holmes examina d'un œil critique la chaloupe qui nous attendait.

« Y a-t-il quelque chose qui révèle son appartenance à la police ?

— Oui, cette lumière verte sur le côté.

— Alors, il faudrait l'enlever. »

Ce petit changement effectué, nous prîmes place dans le bateau et on largua les amarres. Jones, Holmes et moi étions installés à la poupe. Il y avait un homme à la barre, un autre aux machines, et deux solides inspecteurs à l'avant.

« Où allons-nous ? demanda Jones.

— Vers la Tour. Dites-leur de s'arrêter en face des chantiers Jacobson. »

Notre bateau était de toute évidence très rapide. Nous dépassâmes de longs trains de péniches chargées, aussi vite que si celles-ci étaient amarrées. Holmes eut un sourire de satisfaction en nous voyant rattraper une autre chaloupe et la laisser loin derrière nous.

« Nous devrions pouvoir rattraper n'importe qui sur ce fleuve ! dit-il.

— C'est peut-être beaucoup dire. Mais il n'y a pas un grand nombre de chaloupes qui puissent nous distancer.

— Il nous faudra intercepter *L'Aurore* qui a la réputation de filer comme une mouette. Je vais vous expliquer comment j'ai retrouvé le bateau, Watson. Vous souvenez-vous comme j'étais ennuyé d'être arrêté par une si petite difficulté ?

— Oui.

— Eh bien, je me suis complètement délassé l'esprit en me plongeant dans une analyse chimique. Un de nos plus grands hommes d'État a dit que le meilleur repos était un changement de travail. Et c'est exact ! Lorsque je suis parvenu à dissoudre l'hydrocarbone sur lequel je travaillais, je revins au problème Sholto et passai à nouveau en revue toute la question. Mes garçons avaient fouillé sans résultat la rivière tant en amont qu'en aval. La chaloupe ne se trouvait à aucun embarcadère et n'était point retournée à son port d'attache. Il était improbable qu'elle eût été sabordée pour effacer toute trace. Je gardais cependant cette hypothèse à l'esprit en cas de besoin. Je savais que ce Small était un homme assez rusé, mais je ne le croyais pas capable de finesse. Je réfléchissais ensuite au fait qu'il devait se trouver à Londres depuis quelque temps ; nous en avions la preuve dans l'étroite surveillance qu'il exerçait sur Pondichery Lodge. Il lui était, en ce cas, très difficile de partir sur-le-champ ; il avait besoin d'un peu de temps, ne serait-ce que d'une journée, pour régler ses affaires. C'était tout du moins dans le domaine des probabilités.

— Cela me semble assez arbitraire ! dis-je. N'était-il pas plus probable qu'il eût tout arrangé avant d'entreprendre son coup ?

— Non, ce n'est pas mon avis. Sa tanière constituait une retraite trop précieuse pour qu'il eût songé à l'abandonner avant d'être sûr de pouvoir s'en passer. Et puis il y a un autre aspect de la question : Jonathan a dû penser que la singulière apparence de son complice, difficilement dissimulable de quelque manière qu'on l'habille, pourrait exciter la curiosité et peut-être même provoquer dans quelques esprits un rapprochement avec la tragédie de Norwood. Il est bien assez intelligent pour y avoir pensé. Ils étaient sortis nuitamment de chez eux, et Small devait tenir à être de retour avant le jour. Or, il était trois heures passées lorsqu'ils parvinrent au bateau ; une heure plus tard, il ferait jour, les gens commenceraient à circuler… J'en ai conclu, par voie de conséquence, qu'ils n'étaient pas allés très loin. Ils ont grassement payé Smith pour qu'il tienne sa langue et garde la chaloupe prête pour l'évasion finale ; et ils se sont hâtés avec le trésor vers leur logis. Deux ou trois jours plus tard, après avoir étudié de quelle manière les journaux présentaient l'affaire, et ayant ainsi vérifié si les soupçons s'orientaient de leur côté, ils s'en iraient en chaloupe, sous couvert de la nuit, vers quelque navire mouillé à Gravesend ou Downs ; ils avaient déjà certainement pris leur billet pour l'Amérique ou les Colonies.

— Mais la chaloupe ? Ils ne pouvaient la prendre chez eux !

— D'accord ! Je décidai donc que la chaloupe ne devait pas être loin, bien qu'elle fût invisible. Je me suis mis alors à la place de Small et j'ai considéré le problème sous son angle à lui. Il se rendait probablement compte du danger qu'il y aurait à renvoyer la chaloupe à son port d'attache ou à la garder dans un embarcadère si la police venait à découvrir ses traces. Comment, alors, dissimuler le bateau et en même temps le maintenir à sa portée, prêt à être utilisé ? Comment ferais-je moi-même à sa place et dans des circonstances analogues ? Je cherchai et je ne trouvai qu'un seul moyen : confier la chaloupe à un chantier de construction ou de réparations, avec ordre d'effectuer une légère modification. L'embarcation se trouverait ainsi sous quelque hangar, et donc parfaitement cachée. Et pourtant, elle pourrait être en quelques heures de nouveau à ma disposition.

— Voilà qui semble assez simple.

— Ce sont précisément les choses très simples qui ont le plus de chances de passer inaperçues. Je décidai donc de mettre cette idée à l'épreuve. Vêtu de ces inoffensifs vêtements de marin, je m'en fus aussitôt enquêter dans tous les chantiers en aval du fleuve. Résultat nul dans quinze d'entre eux. Mais au seizième, celui de Jacobson, j'appris que *L'Aurore* leur avait été confiée deux jours auparavant par un homme à la jambe de bois qui se plaignait du gouvernail. "Il n'avait absolument rien, ce gouvernail ! me dit le contremaî-tre. Tiens, la voilà, c'te chaloupe ; celle avec les filets rouges."

« À ce moment, qui apparut ? Mordecai Smith, le patron disparu. Il était complètement soûl. Je ne l'aurais évidemment pas reconnu, s'il n'avait crié à tue-tête son nom et celui de son bateau. "Il me la faut pour huit heures précises, entendez-vous ? J'ai deux messieurs qui n'attendront pas."

« Ils avaient dû le payer généreusement. Il débordait d'argent et distribua libéralement des shillings aux ouvriers. Je le pris en filature pendant quelque temps, mais il disparut dans un bistrot. Je revins alors au chantier et, rencontrant sur ma route un de mes éclaireurs, je le postai en sentinelle près de la chaloupe. Je lui dis de se tenir tout au bord de l'eau et d'agiter son mouchoir lorsqu'il les verrait partir. Placés comme nous le serons, il serait bien étrange que nous ne capturions pas tout notre monde et le trésor.

— Que ces hommes soient, ou non, les bons, vous avez tout préparé très soigneusement, dit Jones. Mais si j'avais pris l'affaire en main, j'aurais établi un cordon de police autour du chantier de Jacobson et arrêté mes types dès leur venue.

— C'est-à-dire jamais. Car Small est assez astucieux. Il enverra un éclaireur et, à la moindre alerte, il se tapira pendant une semaine.

— Mais vous auriez pu continuer à filer Mordecai Smith et découvrir leur retraite, objectai-je.

— Dans ce cas, j'aurais perdu ma journée. Je crois qu'il n'y a pas plus d'une chance sur cent pour que Smith connaisse leur retraite. Pourquoi irait-il poser des questions, aussi longtemps qu'il est bien payé et qu'il peut boire ? Ils lui font parvenir leurs instructions. Non, j'ai réfléchi à toutes les manières d'agir et celle-ci est la meilleure. »

Pendant cette conversation, nous avions franchi la longue série de ponts qui traversent la Tamise. Comme nous passions au cœur de la ville, les derniers rayons du soleil doraient la croix située au sommet de l'église Saint-Paul. Le crépuscule s'étendit avant notre arrivée à la Tour.

« Voici le chantier Jacobson, dit Holmes, en désignant un enchevêtrement de mâts et de cordages du côté de Surrey. Remontons et redescendons le fleuve à vitesse réduite. Croisons sous couvert de ce train de péniches. »

Il sortit une paire de jumelles de sa poche et examina quelque temps la rive opposée.

« J'aperçois ma sentinelle à son poste, continua-t-il. Mais elle ne tient pas de mouchoir.

— Et si nous descendions un peu le fleuve et les attendions là ? » proposa Jones avec empressement.

Nous étions tous impatients, maintenant ; même les policiers et les mécaniciens qui n'avaient pourtant qu'une très vague idée de ce qui nous attendait.

« Nous n'avons pas le droit de prendre le moindre risque, répondit Holmes. Il y a dix chances contre une pour qu'ils descendent le fleuve, évidemment, mais nous n'avons aucune certitude. D'où nous sommes, nous pouvons surveiller l'entrée des chantiers, alors qu'eux peuvent à peine nous distinguer. La nuit sera claire et nous aurons toute la lumière désirable. Il nous faut rester ici. Voyez-vous les gens, là-bas, grouiller sous les lampadaires ?

— Ils sortent du chantier. La journée est finie.

— Ils ont l'air bien dégoûtants ! Et dire que chacun d'eux recèle en lui une petite étincelle d'immoralité ! À les voir, on ne les supposerait pas : il n'y a pas de probabilité *a priori*. L'homme est une étrange énigme !

— Quelqu'un dit de l'homme qu'il est une âme cachée dans un animal, lui dis-je.

— Winwood Read est intéressant sur ce sujet, dit Holmes. Il remarque que, tandis que l'individu pris isolément est un puzzle insoluble, il devient, au sein d'une masse, une certitude mathématique. Par exemple, vous ne pouvez jamais prédire ce que fera telle ou telle personne, mais vous pouvez prévoir comment se comportera un groupe. Les individus varient, mais la moyenne reste constante. Ainsi parle le statisticien. Mais est-ce que je ne vois pas un mouchoir ? Voilà : il y a là-bas quelque chose de blanc qui bouge.

— Oui, c'est votre sentinelle ! criai-je. Je la vois distinctement.

— Et voici *L'Aurore* ! s'exclama Holmes. Elle file comme le diable ! En avant toute, mécanicien ! Dirigez-vous vers cette chaloupe avec la lumière jaune. Nom d'un chien ! Je ne me pardonnerais jamais qu'elle fût plus rapide que nous. »

Elle s'était faufilée dans l'entrée des chantiers, en passant derrière deux ou trois petites embarcations. Elle avait ainsi atteint sa pleine vitesse, ou presque, avant qu'on l'eût aperçue. À toute vapeur, elle descendait maintenant le fleuve en longeant d'assez près la rive. Jones la regarda et secoua la tête.

« Elle va très vite ! dit-il. Je doute que nous la rattrapions.

— Il *faut* la rattraper ! cria Holmes. Bourrez les chaudières, mécaniciens ! Faites-leur donner tout ce qu'elles peuvent ! Il faut qu'on les ait, au risque de brûler le bateau ! »

Nous commencions à accélérer l'allure, à notre tour. Les chaudières rugissaient, les puissantes machines sifflaient et vibraient comme un grand cœur métallique. La proue acérée coupait les eaux en rejetant de chaque côté deux vagues mugissantes. À chaque pulsation des machines, la chaloupe bondissait en frémissant comme une chose vivante. À l'avant, notre grande lanterne jaune projetait un long rayon de lumière vacillante. Une tache sombre sur l'eau indiquait la position de *L'Aurore* ; le bouillonnement de l'écume blanche derrière elle était révélatrice de son allure forcenée. Nous fonçâmes plus vite. Nous dépassions les péniches, les remorqueurs, les navires marchands, nous nous glissions derrière celui-ci, nous contournions celui-là. Des voix surgies de l'ombre nous interpellaient. Mais *L'Aurore* filait toujours et toujours nous la poursuivions.

« Allons, les hommes ! Enfournez, enfournez ! » cria Holmes, regardant dans la chambre des machines en bas ; les chaudières rougeoyantes se réfléchissaient sur son visage impatient. « Donnez toute la vapeur. »

— Je crois que nous la rattrapons un peu, dit Jones, dont le regard ne quittait pas *L'Aurore*.

— J'en suis sûr ! dis-je. Nous l'aurons rejointe d'ici quelques minutes. »

Juste à ce moment, un remorqueur tirant trois péniches se mit entre nous, comme si un malin génie l'eût placé là, tout exprès ! Nous n'évitâmes la collision qu'en poussant à fond le gouvernail. Le temps de contourner le convoi et de remettre le cap sur les fugitifs, *L'Aurore* avait regagné deux cents mètres. Elle restait bien en vue, cependant ! La lumière incertaine et trouble du crépuscule cédait la place à une nuit claire et étoilée. Les chaudières donnaient à plein ; l'énorme force qui nous propulsait faisait vibrer et grincer notre coque légère.

Nous avions forcé à travers le Pool, dépassé les entrepôts West India, descendu le long de Deptford Reach, et remonté à nouveau après avoir contourné l'île des Chiens. Jones prit *L'Aurore* dans le faisceau de son phare ; nous pûmes alors voir distinctement les silhouettes sur le pont. Un homme était assis à la poupe, tenant entre ses jambes un objet noir sur lequel il se penchait. À côté de lui reposait une masse sombre qui ressemblait à un terre-neuve. Le fils Smith tenait la barre, tandis que son père, dont la silhouette au torse nu se profilait contre le rougeoiement du brasier, enfournait de grandes pelletées de charbon à une cadence infernale. Peut-être avaient-ils eu des doutes au début quant à nos intentions ; mais à nous voir imiter chacun de leurs tournants, chacun de leurs zigzags, ils ne pouvaient plus en conserver. À Greenwich, nous nous trouvions à environ cent mètres derrière eux. À Blackwall, nous n'étions pas à plus de quatre-vingts mètres. J'ai, au cours de ma carrière mouvementée, chassé de nombreuses créatures en de nombreux pays, mais jamais le sport ne m'a causé l'excitation sauvage de cette folle chasse à l'homme au milieu de la Tamise. Régulièrement, mètre par mètre, nous nous rapprochions. Dans le silence de la nuit, nous pouvions entendre le halètement et le martèlement des machines. L'homme sur le pont était toujours accroupi ; il bougeait ses bras comme s'il était occupé à quelque besogne ; de temps en temps, il mesurait du regard la distance qui nous séparait encore et qui diminuait implacablement. Jones les héla et leur cria de stopper. Nous n'étions plus qu'à quatre longueurs. Les deux chaloupes filaient toujours à une vitesse prodigieuse. Devant nous, le fleuve s'étalait librement, avec Barking Level sur un côté et les marais désolés de Plumstead de l'autre. À notre appel, l'homme sur le pont sauta sur ses pieds et nous montra les deux poings, tout en jurant d'une voix rauque. Il était d'une bonne taille et puissamment bâti. Comme il nous faisait face, debout, les jambes légèrement écartées pour se maintenir en équilibre, je pus voir que depuis la cuisse sa jambe droite n'était qu'un pilon de bois. Au son des cris rageurs, la masse sombre à côté de lui se mit à bouger. Il s'en dégagea un petit homme noir, le plus petit que j'aie jamais vu : il avait la tête difforme et une énorme masse de cheveux ébouriffés. Holmes avait déjà sorti son revolver à la vue de cette créature monstrueuse, et je l'imitai. Le sauvage était enveloppé dans une sorte de cape sombre ou de couverture, qui ne laissait à découvert que le visage ; mais ce visage aurait suffi à empêcher un homme de dormir. Ses traits étaient profondément marqués par la cruauté et la bestialité. Ses petits yeux luisaient et brûlaient d'une sombre lumière ;

ses lèvres épaisses se tordaient en un rictus abominable ; ses dents grinçaient et claquaient à notre intention avec une fureur presque animale.

« Faites feu s'il lève la main ! » dit Holmes doucement.

Nous étions à moins d'une longueur maintenant, et près d'atteindre notre proie. Je revois encore les deux hommes tels qu'ils se tenaient alors, à la lumière de notre lanterne : l'homme blanc, les jambes écartées, hurlant insultes et jurons ; et ce gnome avec sa face hideuse et ses fortes dents jaunes qui faisaient mine de nous happer.

C'était une chance que nous pussions le voir aussi distinctement ! Car sous nos yeux il sortit de dessous sa couverture un court morceau de bois rond, ressemblant à une règle d'écolier, et le porta à ses lèvres. Nos revolvers claquèrent en même temps. Il tournoya, jeta les bras en l'air et bomba de côté, dans le courant, avec une sorte de toux étranglée. J'aperçus un instant ses yeux menaçants parmi le blanc remous des eaux. Mais au même moment, l'homme à la jambe de bois se jeta sur le gouvernail et le braqua à fond ; la chaloupe pivota et fila droit sur la rive sud, tandis que nous la dépassions, frôlant sa poupe à moins d'un mètre. Un instant plus tard, nous avions modifié notre course, mais déjà ils avaient presque atteint le rivage. C'était un endroit sauvage et désolé. La lune brillait sur cette grande étendue marécageuse, pleine de mares stagnantes et de végétation croupissante. Avec un heurt sourd, la chaloupe s'échoua sur la rive boueuse, proue en l'air, poupe dans l'eau. Le fugitif sauta du bateau, mais son pilon s'enfonça aussitôt dans le sol spongieux. Il se débattit, se tordit de mille manières ; en vain ! Il ne pouvait ni avancer ni reculer d'un pas. Hurlant de rage impuissante, il frappait frénétiquement la boue de son autre jambe. Mais ses efforts ne faisaient qu'enfoncer plus profondément le pilon. Lorsque notre chaloupe vint s'échouer tout près de lui, il était si fermement ancré dans la vase que nous fûmes obligés de passer une corde autour de sa poitrine afin de le tirer et de le ramener à nous, comme un poisson. Les deux Smith, père et fils, étaient assis renfrognés, dans leur chaloupe, mais ils montèrent très docilement à notre bord lorsque Jones le leur commanda. Puis il fallut tirer *L'Aurore*, que nous prîmes en remorque. Un solide coffre de fer, de fabrication indienne, se tenait sur le pont. C'était évidemment celui qui avait contenu le trésor si funeste de Sholto. Il était d'un poids considérable et nous le transportâmes avec précaution dans notre propre cabine. La serrure était dépourvue de clef.

Remontant lentement la rivière, nous dirigeâmes notre projecteur tout alentour, mais sans voir la trace du petit monstre. Quelque part au fond de la Tamise, dans le limon, reposent les os de cet étrange touriste.

« Regardez donc ici ! dit Holmes en désignant l'écoutille boisée. C'est tout juste si nous avons été assez rapides avec nos revolvers ! »

Là, en effet, juste derrière l'endroit où nous nous étions tenus, était fichée l'une de ces fléchettes meurtrières que nous connaissions si bien. Elle avait dû passer entre nous à l'instant où nous avions fait feu. Holmes, suivant sa manière tranquille, sourit et se contenta de hausser les épaules. Mais quant à moi, j'avoue que j'eus le cœur retourné à la pensée de l'horrible mort qui nous avait frôlés cette nuit de si près.

Chapitre XXV
Le grand trésor d'Agra

Notre prisonnier s'assit dans la cabine en face du coffre en fer pour la possession duquel il avait tant attendu et lutté. Il avait le regard hardi, le teint hâlé. Sa figure était parcourue par un réseau de rides ; ses traits burinés, couleur acajou, indiquaient une dure vie de plein air. Son menton barbu agressif témoignait qu'il n'était pas un homme à se laisser facilement détourner de son but. Il devait avoir cinquante ans ; ses cheveux noirs bouclés étaient abondamment parsemés de fils gris. Détendu, son visage n'était pas déplaisant ; mais d'épais sourcils et la saillie du menton lui donnaient dans la fureur une expression terrible. Menottes aux poignets, tête inclinée sur la poitrine, il était assis, et ses yeux vifs clignotaient vers le coffre, cause de tous ses méfaits. Dans son maintien rigide et contrôlé, je crus discerner plus de tristesse que de colère. Il leva les yeux vers moi, une fois ; il y avait comme une étincelle d'humour dans son regard.

« Eh bien, je regrette que cette affaire en soit venue là, Jonathan Small ! dit Holmes en allumant un cigare.

— Et moi donc, monsieur ! répondit-il. Je ne crois pas que je parviendrai à me disculper du meurtre. Et pourtant je peux vous jurer sur la Bible que je n'ai jamais levé la main sur M. Sholto. C'est Tonga, ce chien d'enfer, qui lui a décoché une de ses damnées fléchettes. Je n'y ai absolument pas participé, monsieur ! J'étais aussi désolé que s'il avait été quelqu'un de ma famille. J'ai battu le petit diable avec le bout de la corde ; mais la chose était faite ; je ne pouvais plus y remédier.

— Tenez, prenez un cigare ! dit Holmes. Et vous feriez mieux d'avaler une gorgée de whisky, car vous êtes trempé. Mais dites-moi, comment espériez-vous qu'un homme aussi petit et faible que ce noir puisse s'emparer de M. Sholto et le maintenir pendant que vous grimpiez avec la corde ?

— Vous semblez en savoir autant que si vous aviez été là, monsieur. La vérité, c'est que j'espérais trouver la chambre vide. Je connaissais assez bien les habitudes de la maison, et M. Sholto descendait généralement dîner à cette heure-là. Je ne veux rien cacher dans cette affaire. Ma meilleure défense est encore de dire la simple vérité. Si ç'avait été le vieux major, c'est le cœur léger que je l'aurais envoyé de l'autre côté. Je l'aurais égorgé avec désinvolture : la même, tenez, que celle avec laquelle je fume ce cigare ! Quelle poisse ! Dire que je vais être condamné à cause du jeune Sholto !... Je n'avais vraiment aucun motif de me quereller avec lui !

— M. Athelney Jones, de Scotland Yard, est responsable de vous. Il va vous conduire chez moi. Je vous demanderai un récit véridique de l'histoire. Si vous êtes absolument franc, si vous ne dissimulez rien, j'espère pouvoir vous venir en aide. Je pense qu'il me sera possible de prouver que le poison agit d'une manière si foudroyante que l'homme était mort avant même que vous ayez atteint la chambre.

— Pour cela, il l'était, monsieur ! Jamais de mon existence je n'ai reçu un tel choc que lorsque je l'ai vu, la tête sur son épaule, me regardant en ricanant pendant que j'entrais par la fenêtre. Cela m'a bien secoué, monsieur ! J'aurais à moitié tué Tonga s'il ne s'était enfui. C'est pour ça qu'il a laissé sa massue et quelques-unes de ses fléchettes, d'après ce qu'il m'a dit. Je suis sûr que cela vous a mis sur nos traces, hein ? Quoique je ne voie pas comment vous êtes parvenus à nous suivre jusqu'au bout. Je ne vous en porte pas rancune, vous savez ! Mais il est tout de même étrange que me voilà ici, alors que j'ai un droit légitime à posséder un demi-million de livres… J'ai passé la première moitié de ma vie à construire une digue dans les Andaman ; j'ai une bonne chance de passer la dernière à creuser des tranchées à Dartmoor ! Funeste jour que celui où j'ai vu Achmet le marchand et le trésor d'Agra ! Ce trésor, monsieur, a toujours été une malédiction pour ses détenteurs. Le marchand a été assassiné, le major Sholto a vécu dans la peur et la honte. Quant à moi, ce trésor ne m'a rapporté que toute une vie d'esclavage. »

À ce moment, Athelney Jones passa sa tête ronde :

« Mais c'est une vraie réunion de famille ! lança-t-il. Je crois, Holmes, que je vais goûter un peu de votre whisky. Eh bien, je pense que nous sommes en droit de nous féliciter mutuellement. Il est dommage que nous n'ayons pas pris l'autre vivant ; mais nous n'avions pas le choix ! En tout cas, Holmes, vous avouerez que nous les avons eus de justesse. Il a fallu donner toute la vapeur.

— Tout est bien qui finit bien, dit Holmes. Mais j'ignorais en effet que *L'Aurore* était si rapide.

— Smith dit que sa chaloupe est l'une des plus rapides sur le fleuve et que, s'il avait eu un autre homme aux machines pour l'aider, nous ne l'aurions jamais rattrapé. Il jure ne rien savoir du meurtre de Norwood.

— C'est vrai ! s'écria notre prisonnier. Je ne lui en ai pas soufflé mot. J'ai porté mon choix sur sa chaloupe parce que j'avais entendu dire qu'elle filait comme le vent. Mais c'est tout. Je l'ai bien payé et je lui avais promis une belle récompense s'il nous amenait à l'*Esmeralda*, à Gravesend, en instance de départ pour le Brésil.

— Eh bien, s'il n'a rien fait de répréhensible, nous veillerons à ce qu'il ne lui arrive pas de mal ! Nous sommes assez rapides lorsqu'il s'agit d'attraper des types, mais nous le sommes moins pour condamner. »

Il était divertissant de voir Jones se donner déjà des airs importants, maintenant que la capture était faite. J'aperçus un léger sourire sur le visage de Sherlock Holmes, à qui ce changement d'attitude n'avait pas échappé.

« Nous allons arriver au pont de Vauxhall, dit Jones. Docteur Watson, je vais vous mettre à terre avec le coffre aux trésors. Je n'ai pas besoin de vous dire que, ce faisant, j'endosse une très grave responsabilité : ce n'est absolument pas dans les règles ! Mais la chose était convenue ; je ne me dédis pas. Mon devoir m'oblige cependant à vous faire accompagner par un inspecteur, à cause de la grande valeur de ce coffre. Vous irez en voiture, sans doute ?

— Oui, je me ferai conduire.

— Il est vraiment dommage qu'il n'y ait pas de clef, afin que l'on puisse procéder à un inventaire préliminaire. Vous serez obligé de forcer la serrure. Dites-moi, Small, où est la clef ?

— Au fond de la rivière.

— Hum ! Il était vraiment inutile de nous infliger cette contrariété supplémentaire : vous nous avez donné assez de mal ! En tout cas, docteur, je n'ai pas besoin de vous recommander la plus grande prudence. Ramenez-nous le coffre à Baker Street. Nous vous y attendrons avant de nous rendre au dépôt. »

Ils me débarquèrent à Vauxhall, moi et le lourd coffre de fer, plus un inspecteur costaud et sympathique. Une voiture nous conduisit chez Mme Cecil Forrester en moins d'un quart d'heure. La femme de chambre parut surprise d'une visite si tardive ; elle expliqua que Mme Forrester était sortie pour la soirée et rentrerait probablement très tard. Mais Mlle Morstan était dans le salon ; je me fis introduire au salon avec mon coffre ; l'inspecteur accepta de demeurer dans la voiture.

Elle était assise près de la fenêtre ouverte, habillée d'une robe blanche diaphane que relevait une touche éclatante au cou et à la taille. Adoucie par l'abat-jour, la lumière de la lampe éclairait harmonieusement son visage délicat et donnait un éclat métallique aux boucles de son opulente chevelure. Appuyée au dossier de son fauteuil en rotin, un de ses bras pendant sur le côté, elle avait une pose triste et pensive. Pourtant, en m'entendant entrer, elle sauta sur ses pieds, et ses joues pâles s'enfiévrèrent de surprise et de plaisir.

« J'avais bien entendu une voiture s'arrêter devant la porte, dit-elle. J'ai pensé que Mme Forrester revenait bien tôt, mais je n'aurais jamais cru que ce pût être vous. Quelles nouvelles m'apportez-vous ?

— Mieux que des nouvelles ! » dis-je.

Et je déposai le coffre sur la table.

Mon cœur était lourd, et cependant je m'efforçai à la jovialité.

« Je vous apporte quelque chose qui vaut plus cher que toutes les nouvelles du monde. Je vous apporte une fortune. »

Elle jeta un coup d'œil sur la cassette.

« Ainsi donc, voilà le trésor ? » demanda-t-elle.

Sa voix exprimait un détachement ineffable.

« Oui, c'est le grand trésor d'Agra. Une moitié revient à Thaddeus Sholto, et l'autre vous appartient. Vous aurez chacun quelque deux cent mille livres. Vous représentez-vous ce que c'est ? Il y aura peu de jeunes filles en Angleterre qui seront plus riches que vous. N'est-ce pas merveilleux ? »

Sans doute avais-je un peu exagéré mes manifestations d'enthousiasme, et le ton de mes compliments n'était pas entièrement convaincant. Je la vis hausser légèrement le sourcil et me regarder curieusement.

« Si je l'ai, dit-elle, c'est bien grâce à vous ?

— Non pas ! répondis-je. Pas à moi, mais à mon ami Sherlock Holmes. Avec la meilleure volonté du monde, je n'aurais jamais pu démêler cet écheveau. D'ailleurs, nous avons bien failli perdre ce trésor en fin de compte…

— Asseyez-vous, docteur Watson. Je vous en prie, racontez-moi tout. »

Je lui narrai brièvement les événements tels qu'ils s'étaient déroulés depuis que je l'avais vue. La nouvelle méthode de recherches qu'avait employée Holmes, la découverte de *L'Aurore*, la venue d'Athelney Jones, nos préparatifs, et la course folle sur la Tamise. Yeux brillants, lèvres frémissantes, elle écouta le récit de nos aventures. Lorsque je parlai de la fléchette qui nous avait manqués de si peu, elle devint pâle, comme si elle allait s'évanouir.

« Ce n'est rien ! murmura-t-elle, tandis que je lui tendais un verre d'eau. Rien qu'un léger malaise : ç'a été pour moi un choc quand j'ai compris que j'avais exposé mes amis à un aussi horrible péril.

— Ce n'est plus que du passé, répondis-je. Laissons de côté ces tristes détails. Parlons de quelque chose de plus gai : le trésor est là. Que pourrait-il y avoir de plus gai ? J'ai obtenu l'autorisation de l'amener avec moi, pensant qu'il pourrait vous plaire d'être la première à le voir.

— Cela m'intéresserait beaucoup ! » dit-elle.

Sa voix marquait peu d'empressement. Mais sans doute pensa-t-elle qu'il serait peu aimable de paraître indifférente devant un trophée qui avait été si difficile à conquérir.

« Quel beau coffre ! dit-elle, en l'examinant. Je suppose qu'il a été confectionné aux Indes ?

— Oui, à Bénarès.

— Et si lourd ! s'exclama-t-elle en essayant de le soulever. Le coffre à lui seul doit avoir de la valeur. Où est la clef ?

— Small l'a jetée dans la Tamise, répondis-je. Il va falloir emprunter l'un des tisonniers de Mme Forrester. »

Il y avait sur le devant du coffre un large et solide fermoir qui représentait un Bouddha assis. Je parvins à introduire par-dessous l'extrémité du tisonnier, et j'exerçai une action de levier. La serrure céda avec un claquement bruyant. D'une main tremblante, je soulevai le couvercle. Nous restâmes tous deux pétrifiés : le coffre était vide !

Rien d'étonnant à ce qu'il fût si lourd. Le fer forgé, épais de près de deux centimètres, l'enveloppait complètement : il était soigneusement fait, massif et robuste ; le coffre avait été certainement fabriqué dans le but de contenir des objets de grand prix. Mais à l'intérieur, pas le moindre fragment, pas le plus petit débris de métal ou de pierre précieuse. Le coffre était absolument et complètement vide.

« Le trésor est perdu », dit Mlle Morstan avec un grand calme.

Lorsque j'entendis ces mots et que je compris leur plein sens, il me sembla qu'une grande ombre s'éloignait de mon âme. J'ignorais à quel point ce trésor d'Agra avait pesé sur moi : je ne m'en rendis compte qu'au moment où je le vis enfin écarté. C'était égoïste, sans aucun doute ! C'était déloyal, méchant de ma part ! Mais je ne pensais plus qu'à une seule chose : le mur d'or avait disparu entre nous.

« Merci, mon Dieu ! » m'écriai-je du plus profond de mon cœur.

Elle eut un sourire furtif et me regarda d'un air interrogateur :

« Pourquoi dites-vous cela ?

— Parce qu'à nouveau vous voici à ma portée, dis-je, en posant ma main sur la sienne. Parce que, Mary, je vous aime : aussi sincèrement que jamais homme aima une femme. Parce que ce trésor avec toute votre richesse me scellait les lèvres.

Maintenant qu'il a disparu, je puis vous dire combien je vous aime. Voilà pourquoi j'ai dit : "Merci, mon Dieu."

— Alors dans ce cas, moi aussi, je dis : "Merci, mon Dieu" murmura-t-elle.

Quelqu'un avait sans doute perdu un trésor cette nuit-là ; mais moi, je venais d'en conquérir un.

Chapitre XXVI
L'étrange histoire de Jonathan Small

C'était sûrement un trésor de patience que devait posséder l'inspecteur qui m'attendait dans la voiture, car je m'attardai longtemps près de la jeune femme. Mais le visage du policier s'assombrit lorsque je lui montrai le coffre vide.

« Zut ! Voilà la récompense disparue ! dit-il d'un ton maussade. Pas d'argent, pas de prime. Le travail de cette nuit aurait bien rapporté dix shillings chacun à Sam Brown et à moi si le trésor avait été retrouvé.

— M. Thaddeus Sholto est riche ! dis-je. Il veillera à ce que vous soyez récompensés, même sans trésor. »

Mais l'inspecteur secoua la tête d'un air abattu.

« C'est du mauvais travail ! répéta-t-il. Et M. Athelney pensera la même chose. »

Il ne se trompait pas. Le détective pâlit lorsque, parvenu à Baker Street, je lui montrai le coffre vide. Tous trois, Holmes, le prisonnier et lui, venaient d'arriver ; ils avaient modifié leurs plans et décidé de se présenter à un commissariat sur leur chemin. Mon ami était vautré dans le fauteuil avec sa nonchalance coutumière, tandis que Small se tenait droit sur sa chaise. Comme j'exhibai le coffre vide, il s'adossa confortablement pour éclater de rire.

« Voilà encore un de vos méfaits, Small ! dit Athelney Jones furieux.

— Oui ! je l'ai planqué dans un endroit d'où vous ne pourrez jamais le sortir ! cria-t-il. Ce trésor m'appartient ; puisque je ne pouvais en jouir, j'ai pris bougrement soin à ce que personne ne le récupère… Je vous dis que pas un être humain au monde n'y a droit en dehors de trois bagnards en train de pourrir aux Andaman et de moi-même. Je ne peux pas en jouir, et eux non plus. J'ai toujours agi pour eux autant que pour moi ! Le Signe des Quatre a toujours existé entre nous. C'est pourquoi je suis sûr qu'ils m'approuveraient d'avoir jeté le trésor dans la Tamise plutôt que de le voir tomber entre les mains d'un parent de Sholto ou de Morstan. Ce n'est tout de même pas pour les rendre riches qu'Achmet est mort ! Vous trouverez le trésor là où se trouvent déjà la clef et le petit Tonga. Lorsque j'ai compris que votre chaloupe nous rattraperait sans faute, j'ai lancé les joyaux dans la flotte. Résignez-vous, il n'y aura pas de roupies pour vous !

— Vous essayez de nous tromper, Small ! dit Athelney Jones sévèrement. Si vous aviez voulu jeter le trésor dans la Tamise, il vous aurait été plus facile d'y jeter tout le coffre.

— Plus facile pour moi de le jeter, mais plus facile pour vous de le repêcher, hein ? rétorqua-t-il avec un regard rusé. L'homme qui était assez droit pour m'attraper l'aurait été suffisamment encore pour retirer du fond du fleuve un coffre en fer. Ce sera plus difficile maintenant, car les joyaux sont éparpillés sur plus de huit kilomètres. Dame, j'ai eu le cœur brisé en les jetant ! J'étais à moitié fou lorsque j'ai vu que vous alliez nous rejoindre. Mais il ne servait à rien de se lamenter. Dans ma vie, j'ai connu des hauts et des bas, et j'ai appris à ne pas pleurer devant les pots cassés.

— Vous avez fait là une chose très grave, Small ! dit le détective. Si vous aviez aidé la justice au lieu de la contrarier ainsi, vous en auriez bénéficié au cours de votre jugement !

— La justice ! gronda l'ancien bagnard. Une belle justice, oui ! À qui appartient ce butin, si ce n'est pas à nous ? Quelle justice est-ce donc qui demande que je l'abandonne à des gens qui n'y ont aucun droit ? Moi, je l'avais gagné ! Vingt longues années dans ces marécages dévastés par la fièvre, au travail tout le jour sous les palétuviers, enchaîné toute la nuit dans des baraques repoussantes de saleté, harcelé par les moustiques, secoué par les fièvres, malmené par tous ces gardes noirs trop heureux de s'en prendre aux Blancs : voilà ! Voilà comment j'ai conquis le trésor d'Agra. Et vous venez me parler de justice parce que je ne peux supporter l'idée d'avoir tant souffert à seule fin qu'un autre en profite ? Mais j'aimerais mieux être pendu dix fois ou avoir dans la peau une des fléchettes de Tonga, plutôt que de vivre dans une cellule en sachant qu'un autre homme prend ses aises dans un palais grâce à une fortune qui m'appartient ! »

Small s'était départi de son impassibilité. Laissant libre cours à ses sentiments, débitant son discours en un torrent de mots bousculés, il avait des yeux flamboyants ; ses mains s'agitaient avec passion et les menottes s'entrechoquaient bruyamment. À voir cette fureur déchaînée, je compris que la terreur qui avait saisi le major Sholto à l'annonce de l'évasion de l'homme était fort bien fondée.

« Vous oubliez que nous ne savons rien de tout cela, dit Holmes tranquillement. Nous n'avons pas entendu votre histoire et ne pouvons juger si le bon droit était originellement de votre côté.

— Monsieur, vous m'avez traité avec humanité. Pourtant, c'est à vous que je suis redevable de ces bracelets… Allez, je ne vous en veux pas ! C'est la règle du jeu… Je n'ai aucune raison de vous taire mon histoire si vous désirez la connaître. Ce que je vais vous dire est la vérité du bon Dieu, je vous l'affirme. Oui, merci, posez le verre à côté de moi ; j'aurai peut-être la gorge sèche.

« Je suis né près de Pershore, dans le Worcestershire. Si vous allez y voir, vous trouverez un tas de Small par là-bas. J'ai souvent eu l'idée d'aller faire un tour dans la région ; mais, comme à la vérité je n'ai jamais été un motif d'orgueil pour ma famille, je me demande si l'on aurait été très heureux de me revoir ! Ce sont tous des petits fermiers bien établis, allant à l'église, bien connus, bien respectés dans les environs. Moi, en revanche, j'ai toujours été un peu tête brûlée. Enfin, vers l'âge de dix-huit ans, je ne leur ai plus causé d'ennuis. Mêlé à une violente bagarre au sujet d'une fille, je ne pus m'en sortir qu'en m'engageant dans le Troisième régiment des Buffs, qui était sur le point de partir pour les Indes.

« Cependant, je n'étais pas destiné à demeurer longtemps militaire. J'avais juste fini d'apprendre le pas de l'oie et le maniement de mon mousqueton lorsque je fus assez fou pour prendre un bain dans le Gange. Heureusement pour moi, John Holder, le sergent de la Compagnie, était dans l'eau au même moment, et c'était l'un des meilleurs nageurs de l'armée. J'étais à mi-chemin de l'autre rive lorsqu'un crocodile m'attrapa la jambe droite qu'il sectionna au-dessus du genou aussi proprement qu'un chirurgien. Je me suis évanoui sous le choc, avec l'hémorragie, et j'aurais coulé si Holder ne m'avait rattrapé et ramené au rivage. Je suis resté cinq mois à l'hôpital. Lorsque enfin j'en suis sorti, boitant avec ce pilon de bois attaché à mon moignon, je me suis trouvé réformé et inapte à toute occupation active.

« Comme vous voyez, la malchance déjà ne m'épargnait pas. Je n'étais plus qu'un infirme inutile, et je n'avais pourtant pas encore vingt ans. Cependant mon infortune me valut bientôt un bienfait. Un type, Abel White, qui était venu pour des plantations d'indigo, cherchait un contremaître pour surveiller les indigènes et les faire travailler. C'était un ami de notre colonel, lequel s'intéressait à moi depuis mon accident. Abrégeons une longue histoire : le colonel appuya chaleureusement ma candidature et, comme le travail se faisait la plupart du temps à cheval, mon infirmité n'entrait pas en ligne de compte ; mon moignon était en effet assez long pour me permettre de rester bien en selle. Mon travail consistait à parcourir la plantation à cheval, à surveiller les hommes au travail, et à signaler les fainéants. Le salaire était convenable, mon logement confortable ; dans l'ensemble, je n'aurais pas été mécontent de passer le reste de ma vie dans la plantation d'indigo. M. Abel White était un homme de cœur. Il venait souvent me rendre visite et fumer une pipe avec moi, car là-bas les Blancs sont plus amicaux les uns envers les autres qu'on ne le sera jamais chez nous.

« Mais il était dit que je n'aurais jamais longtemps la chance pour moi. Soudain, sans signe précurseur, la grande révolte éclata. Le mois précédent, l'Inde était aussi tranquille et paisible en apparence que le Surrey ou le Kent. Trente jours plus tard, le pays était un véritable enfer livré à deux cent mille diables noirs. Évidemment, vous connaissez la question, messieurs ; mieux que moi, probablement, car la lecture n'est pas mon fort ! Je sais seulement ce que j'ai vu de mes propres yeux. Notre plantation était située à Muttra, au bord des provinces du nord-ouest. Nuit après nuit, le ciel s'embrasait à la lueur des bungalows en flammes. Jour après jour, de petites caravanes d'Européens passaient à travers notre propriété avec femmes et enfants, en route pour Agra où se trouvaient les troupes les plus proches. Abel White était un homme têtu. Il s'était mis dans la tête que les proportions de la révolte avaient été exagérées et que celle-ci s'éteindrait aussi soudainement qu'elle s'était déclenchée. Assis dans sa véranda, il sirotait tranquillement son whisky, fumait ses cigares, tandis que le pays flambait autour de lui. Dawson et moi, nous sommes restés avec lui, bien sûr ! Dawson et sa femme s'occupaient de l'économat et tenaient les livres. Et puis, un beau jour, vint la catastrophe. J'avais été inspecter une plantation assez lointaine ; en revenant lentement dans la soirée, mes yeux tombèrent sur une sorte de paquet qui gisait au fond d'un fossé. Je m'approchai pour voir ce que c'était. Je devins glacé jusqu'aux os en reconnaissant la femme de Dawson, complètement lacérée, et à moitié dévorée par les chacals et les chiens sauvages. Un peu plus loin sur la route, je trouvai Dawson lui-même, étalé le visage dans la poussière, un revolver vide dans la main. Devant lui il y avait quatre corps de cipayes les uns sur les autres. Je tirai sur mes brides, ne sachant plus de quel côté me diriger, lorsque je vis une épaisse fumée s'élever du bungalow d'Abel White ; les flammes commençaient même à passer à travers le toit. Je sus alors que je ne pouvais plus être d'aucune aide à mon patron et que je perdrais ma vie à me mêler à l'histoire. D'où je me tenais, je pouvais voir des centaines de ces démons noirs portant encore leur manteau rouge sur le dos qui dansaient et hurlaient autour de la maison en flammes. Quelques-uns me montrèrent du doigt et deux balles sifflèrent à mes oreilles. Je partis à travers les rizières et tard dans la nuit j'arrivai en sécurité à l'intérieur d'Agra.

« Sécurité toute relative d'ailleurs ! Le pays entier s'agitait comme un essaim d'abeilles. Chaque fois qu'ils pouvaient se rassembler, les Anglais se contentaient de tenir le terrain sous le feu de leurs armes. Partout ailleurs, c'étaient des fugitifs sans défense. Le combat était inégal : des millions contre des centaines ! Le plus cruel de l'affaire était que ces hommes contre qui nous luttions – fantassins, cavaliers, artilleurs – faisaient tous partie des troupes spécialement sélectionnées, entraînées et équipées par nos soins, et qui maintenant utilisaient nos propres armes et jusqu'à nos propres sonneries de clairon. À Agra se trouvait le Troisième régiment de fusiliers du Bengale, quelques sikhs, deux sections de cavalerie, et une batterie d'artillerie. Un corps de volontaires composé de marchands et d'employés avait été constitué : je m'y fis admettre, moi et ma jambe de bois. Nous effectuâmes une sortie pour rencontrer les rebelles à Shahgunge, au début de juillet, et nous les repoussâmes pour un temps, mais la poudre vint à manquer et il nous fallut nous replier dans la ville.

« Les pires nouvelles nous arrivaient de tous les côtés. Ce n'est d'ailleurs pas étonnant, car si vous regardez sur une carte, vous verrez que nous étions au cœur de l'insurrection. Lucknow est situé à un peu plus de cent soixante kilomètres à l'est et Cawnpore à environ la même distance au sud. Aux quatre points cardinaux, ce n'était que tortures, meurtres et brigandages.

« Agra est une grande ville bondée de fanatiques et de farouches adorateurs de toutes les croyances. Dans les ruelles étroites et tortueuses, notre poignée d'hommes était inefficace.

Le commandant décida donc de nous faire traverser la rivière et de prendre position dans le vieux fort d'Agra. Je ne sais si l'un de vous, messieurs, a jamais lu ou entendu quelque chose se rapportant à cette vieille citadelle. C'est un endroit très étrange, le plus étrange que j'aie connu ; et pourtant, j'ai été dans bien des coins bizarres ! Tout d'abord, ses dimensions sont gigantesques : plusieurs hectares. Il y a une partie moderne dans laquelle se réfugièrent garnison, femmes, enfants, provisions et tout le reste, sans pourtant épuiser toute la place. Mais ce coin-là n'est encore rien à côté de la dimension des vieilles parties du fort. Personne n'y va : elles sont abandonnées aux scorpions et aux mille-pattes. C'est plein de grands halls déserts, de passages tortueux et d'un long labyrinthe de couloirs serpentant dans toutes les directions. On s'y perdait si facilement qu'il était rare que quelqu'un s'y aventurât. De temps en temps, pourtant, un groupe muni de torches partait en exploration.

« Le fleuve coule devant le vieux fort et le protège. Mais sur l'arrière et les côtés il y avait de nombreuses portes, aussi bien dans la vieille citadelle que dans la nouvelle ; il fallait toutes les garder, bien entendu ! Nous manquions d'hommes. Il y en avait à peine assez pour surveiller les angles des remparts et servir les pièces d'artillerie. Il était donc impossible d'organiser une garde conséquente à chacune des innombrables poternes. Un détachement de réserve fut organisé au milieu du fort, et chaque porte fut placée sous la garde d'un homme blanc et de deux ou trois indigènes. Je fus chargé de la surveillance, une partie de la nuit, d'une petite poterne isolée au sud-ouest. Deux soldats sikhs furent placés sous mon commandement ; ma consigne était de faire feu de mon mousqueton en cas de danger. La garde centrale viendrait aussitôt à mon aide. Mais comme le détachement était à plus de deux cents pas, distance coupée de corridors et de passages sinueux, je doutais fort qu'il puisse arriver à temps pour me secourir en cas d'une véritable attaque.

« Eh bien, j'étais assez fier d'être chargé de cette petite responsabilité ! Dame, j'étais une toute nouvelle recrue, et infirme par-dessus le marché. Pendant deux nuits, j'ai monté la garde avec mes Punjaubees : deux grands gaillards au regard farouche ! Mahomet Singh et Abdullah Khan, ainsi se nommaient-ils, étaient deux vétérans de la guerre et ils s'étaient battus contre nous à Chilian Wallah. Ils parlaient assez bien l'anglais mais je ne pouvais en tirer grand-chose. Ils préféraient se tenir à l'écart et jacasser entre eux toute la nuit dans leur étrange dialecte sikh. Quant à moi, je me tenais au-dessus du portail, regardant le large serpentin du fleuve s'étalant en contrebas, ainsi que les lumières clignotantes de la grande ville. Le roulement des tambours et des tam-tams, les cris et les hurlements des rebelles ivres d'opium et de vacarme, se chargeaient de nous rappeler la nuit durant le danger qui nous guettait de l'autre côté du fleuve. Toutes les deux heures, un officier faisait la ronde pour s'assurer que tout allait bien.

« Pour ma troisième nuit de garde, le temps était sombre : il tombait une pluie fine et pénétrante ; c'était pénible ! J'essayai à maintes reprises d'engager la conversation avec les sikhs, mais sans grand succès. À deux heures du matin, la ronde passa, dissipant un moment la fatigue de la nuit. Désespérant de faire parler mes deux hommes, je sortis ma pipe et posai mon mousqueton à côté de moi pour gratter une allumette. En un instant, les deux sikhs furent sur moi. L'un s'empara de mon arme et la pointa sur moi, l'autre brandit un grand couteau près de ma gorge, jurant entre ses dents qu'il m'égorgerait si je faisais un pas.

315

« Ma première pensée fut qu'ils étaient d'accord avec les rebelles, et que c'était le commencement d'un assaut. Si notre porte passait entre les mains des cipayes, le fort tombait ; quand aux femmes et aux enfants, ils seraient traités comme à Cawnpore. Peut-être allez-vous penser, messieurs, que je veux me donner un beau rôle. Je vous jure pourtant que, pensant à ce que serait un tel massacre, j'ouvris la bouche, bien que sentant la pointe du couteau sur ma gorge, avec la femme intention de crier, ne serait-ce qu'une fois, pour alerter la garde centrale. L'homme qui me tenait sembla lire dans mes pensées. Au moment où je prenais mon souffle, il murmura : « Pas un bruit ! Rien à craindre pour le fort. Il n'y a pas de chiens de rebelles de ce côté. » Sa voix sonnait sincère. Je savais que si j'élevais la voix j'étais un homme mort. Je pouvais le voir dans les yeux bruns de l'homme. J'attendis donc en silence pour savoir ce qu'ils me voulaient.

« — Écoute-moi, sahib, dit Abdullah Khan, le plus grand et le plus féroce des deux. Maintenant, tu vas choisir : ou avec nous, ou la mort. La chose est trop importante pour nous ; nous n'hésiterons devant rien ! Ou bien tu es avec nous, cœur et âme, et tu le jures sur la croix des chrétiens ; ou bien nous jetterons ton corps dans le fossé et nous rejoindrons nos frères dans l'armée rebelle. Il n'y a pas d'autre alternative. Que décides-tu ? La vie ou la mort ? Nous ne pouvons pas te donner plus de trois minutes, car il faut que tout soit fini avant la prochaine ronde.

« — Comment puis-je décider ? dis-je. Vous ne m'avez pas dit ce que vous voulez de moi. Mais si la sécurité de la forteresse est en jeu, alors vous pouvez m'égorger tout de suite ! Je préférerais cela.

« — On n'a absolument rien contre la citadelle ! répondit Khan. Nous te demandons d'œuvrer avec nous pour la même chose qui amène ici tes compatriotes. Nous te demandons d'être riche. Si tu acceptes d'être avec nous ce soir, nous te jurons, sur la lame du poignard et par les trois vœux qu'aucun sikh n'a jamais transgressés, que tu auras une part équitable du butin : il te reviendra un quart du trésor. Nous ne pouvons mieux te dire.

« — De quel trésor s'agit-il donc ? demandai-je. J'ai envie, autant que vous deux, d'être riche. Montrez-moi ce qu'il faut faire.

« — Alors tu vas jurer sur les ossements de ton père, sur l'honneur de ta mère, sur la croix de ta foi, de ne parler contre nous ou de lever la main sur nous ni maintenant ni plus tard.

« — Je le jurerai à la condition que le fort ne soit pas en danger.

« — Alors mon camarade et moi te jurerons que tu auras un quart du trésor, lequel sera divisé également entre nous quatre.

« — Mais nous ne sommes que trois ! dis-je.

« — Non, il y a la part de Dost Akbar. J'ai le temps de t'expliquer ce dont il s'agit en l'attendant. Tiens-toi à la poterne, Mahomet Singh, et fais le guet. Je vais tout te raconter, sahib, parce que je sais que les Européens tiennent leurs serments et que je pus avoir confiance en toi. Si tu avais été un de ces vils Hindous, et quand bien même tu aurais prêté serment sur tous les faux dieux de leurs temples, mon couteau serait entré dans ta gorge, et ton corps précipité dans le fleuve. Mais le

sikh connaît l'Anglais et l'Anglais comprend le sikh. Écoute
donc ce que je vais te dire.

« — Il existe dans les provinces du Nord un rajah qui
possède de grandes richesses bien que ses terres soient peu
étendues. Il en doit la plus grande partie à son père, mais il en
a accumulé lui-même, car il est avare et il préfère entasser son
or plutôt que de le dépenser. Quand commença la rébellion, il
s'arrangea pour rester en bons termes avec le lion et le tigre ;
avec les cipayes et les Anglais. Bientôt, pourtant, il lui sembla
que les hommes blancs allaient être chassés. De l'Inde entière
ne parvenaient des nouvelles que de leurs défaites et de leurs
morts. Mais c'était un homme prudent, et il s'arrangea de telle
sorte que, quel que fût le cours des événements, il ne perde
pas plus de la moitié de son trésor. Il garda l'or et l'argent dans
les caves de son palais. Mais il mit dans un coffre de fer ses
pierres les plus précieuses et ses plus belles perles ; il les confia
à un serviteur fidèle qui devait se présenter ici comme un
marchand et garder la cassette en attendant que la paix soit
rétablie. De cette manière, si les rebelles triomphaient, il lui
resterait son or. Mais si les Anglais reprenaient le pouvoir, ses
joyaux lui resteraient. Après avoir ainsi divisé son magot, il se
rangea du côté des cipayes qui étaient en force aux frontières
de sa province. Remarque bien, sahib, qu'en faisant ainsi ses
biens revenaient de droit à ceux qui sont restés fidèles.

« — Ce prétendu marchand qui a voyagé sous le nom de
Achmet est maintenant dans la ville d'Agra ; il désire pénétrer
dans la forteresse. Il voyage en compagnie de mon frère de
lait, Dost Akbar, qui connaît son secret. Celui-ci lui a promis
de le conduire cette nuit à une des poternes latérales du fort ;
il a choisi la nôtre. Ils se présenteront donc d'une minute à
l'autre. L'endroit est désert, et personne n'est au courant de sa
venue. Le monde n'entendra plus jamais parler du marchand

Achmet ; mais le grand trésor du rajah sera partagé entre nous. Qu'en dis-tu, sahib ? »

« Dans le Worcestershire, la vie d'un homme semble sacrée. Mais on ne raisonne plus sous le même angle lorsque le feu et le sang vous cernent de tous les côtés et que la mort vous guette à chaque pas. Que le marchand vive ou soit assassiné m'importait aussi peu que le destin d'un insecte. En revanche, l'idée du trésor me conquit. J'imaginais déjà tout ce que je pourrais faire en rentrant au pays ; la famille regarderait avec étonnement ce vaurien qui rentrait des Indes avec les poches pleines d'or. Ma décision fut vite prise. Mais Abdullah Khan, pendant que j'hésitais, tenta de me convaincre.

« — Réfléchis, sahib, si cet homme est pris par le commandant, il sera pendu ou fusillé et ses joyaux seront confisqués par le gouvernement. Personne n'en sera plus riche d'une roupie ! Mais si nous le capturons, nous confisquerons par nous-mêmes le trésor. Les joyaux seront aussi bien dans nos mains que dans les coffres du gouvernement. Il y en a assez pour faire de chacun de nous un homme riche et puissant. Personne ne connaît l'affaire ; nous sommes coupés du reste du monde. Quels risques courons-nous ? Allons, sahib, dis-moi maintenant si tu es avec nous, ou si nous devons te compter comme un ennemi.

« — Je suis avec vous cœur et âme ! dis-je.

« — Voilà qui est bien ! répondit-il en me tendant mon mousqueton. Tu vois que nous avons confiance en toi. Je sais que ton serment, pas plus que le nôtre, ne peut être délié. Il ne nous reste plus qu'à attendre la venue de mon frère et du marchand.

« — Ton frère sait donc ce que tu vas faire ? demandai-je.

« — C'est lui qui a conçu ce plan. Allons à la porte partager le guet avec Mahomet Singh. »

« La pluie tombait toujours sans interruption ; la mousson commençait ; des nuages lourds et sombres dérivaient dans le ciel. Il était difficile de voir à plus d'un jet de pierre. Un fossé s'étendait devant la porte que nous gardions, mais il était presque asséché par endroits et on pouvait le franchir facilement. Je trouvai bizarre d'être là, à côté de ces deux sauvages Punjaubees, attendant un homme qui courait à la mort.

« J'aperçus soudain, de l'autre côté du fossé, la lueur d'une lanterne voilée. Elle disparut parmi les monticules, puis redevint visible ; elle se rapprocha de nous.

« — Les voici ! m'exclamai-je.

« — Tu lanceras le qui-vive, sahib, comme à l'ordinaire, chuchota Abdullah. Ne lui donnons aucune cause d'inquiétude ! Envoie-nous à leur rencontre ; nous nous occuperons de lui pendant que tu resteras ici à monter la garde. Tiens-toi prêt à dévoiler la lanterne, afin que nous soyons sûrs que c'est bien l'homme. »

« La lumière s'avançait en vacillant, s'arrêtant parfois puis revenant à nouveau. Je pus enfin distinguer deux silhouettes de l'autre côté du fossé. Je les laissai dégringoler la rive abrupte, patauger dans la mare, et remonter à demi l'autre versant, avant de lancer le qui-vive.

« — Qui va là ? dis-je d'une voix étouffée.

« — Des amis ! » répondit quelqu'un.

« Je découvris la lanterne, jetant sur eux un filet de lumière. Le premier était un sikh gigantesque dont la barbe noire descendait presque jusqu'à la taille. Ailleurs que dans les cirques, je n'ai jamais vu d'hommes aussi grand. Son compagnon était petit, rond et gras, porteur d'un grand turban jaune sur la tête, et à la main il portait un paquet enveloppé d'un châle. Il tremblait de peur ; ses mains frémissaient comme s'il avait la fièvre et sa tête n'arrêtait pas de tourner de tous les côtés, ses petits yeux vifs aux aguets, à la manière d'une souris s'aventurant hors de son trou. J'eus froid dans le dos à l'idée de tuer cet innocent, mais la pensée du trésor me redonna un cœur de marbre. Lorsqu'il s'aperçut que j'étais européen, il poussa une petite exclamation de joie et se mit à courir vers moi.

« — Ta protection, sahib ! haleta-t-il. Ta protection pour le malheureux marchand Achmet. J'ai voyagé dans tout Rajpootana afin de me mettre sous la protection du fort d'Agra. J'ai été volé et battu et trompé parce que j'étais l'ami des Anglais. Bénie soit cette nuit qui amène à nouveau la sécurité pour moi et mes pauvres biens.

« — Qu'y a-t-il dans ce paquet ? demandai-je.

« — Une boîte en fer, répondit-il. Elle ne contient qu'une ou deux affaires de famille ; des choses insignifiantes qui n'ont de valeur pour personne, mais que je serais désolé de perdre. Cependant, je ne suis pas un mendiant et je te récompenserai, jeune sahib, et ton gouverneur aussi, s'il me donne l'abri que je demande. »

« Je n'étais plus assez sûr de moi pour lui parler encore. Plus je regardais ce visage bouffi et apeuré, plus il me semblait difficile de le tuer ainsi de sang-froid. Il fallait en finir au plus vite.

« — Amenez-le à la garde principale, dis-je »

« Les deux sikhs l'encadrèrent, tandis que le géant suivait derrière. Ils s'engagèrent ainsi dans le sombre passage. Jamais homme ne fut plus étroitement enserré par la mort. Je demeurai sur les remparts avec la lanterne.

« Je pouvais entendre la cadence des pas résonner le long du corridor désert. Soudain, ce fut le silence ; puis des voix, le bruit confus d'une bagarre, des coups assourdis. Un instant plus tard, j'entendis à ma grande horreur des pas précipités se dirigeant dans ma direction et la respiration bruyante d'un homme en train de courir. Je dirigeai ma lanterne en bas vers le long passage rectiligne ; et je vis le gros homme, courant comme le vent, le visage ensanglanté ; le grand sikh à la barbe noire le talonnait, bondissant comme un tigre, et la lame d'un couteau brillait dans sa main. Je n'ai jamais vu un homme courir aussi vite que ce petit marchand : il distançait le sikh ! Je me rendis compte que, s'il passait et parvenait à l'air libre, il pourrait encore se sauver. Mon cœur compatit pour lui mais, à nouveau, la pensée du trésor m'endurcit de cynisme. Je lançai mon fusil entre ses jambes quand il fila devant moi et il boula sur lui-même comme un lapin atteint d'une décharge. Avant qu'il ait pu se relever, le sikh était sur lui et lui plongeait par deux fois le couteau dans le dos. L'homme ne bougea pas, ne poussa pas un seul gémissement ; il demeura là où il était tombé. J'ai pensé depuis qu'il s'était peut-être rompu le cou dans sa chute. Vous voyez, messieurs, que je tiens ma promesse. Je vous raconte l'affaire exactement comme elle s'est passée, que ce soit ou non en ma faveur. »

Il se tut et tendit ses mains attachées vers le verre de whisky que Holmes lui avait préparé. J'avoue que, personnellement, cet homme m'inspirait la plus grande horreur ; non seulement à cause de ce meurtre accompli de sang-froid auquel il avait été mêlé, mais plus encore par la manière nonchalante et dégagée avec laquelle il nous en avait fait la narration. Quel que fût le châtiment qui l'attendait, je ne pourrais jamais ressentir pour lui la moindre sympathie ! Assis, les coudes sur les genoux, Sherlock Holmes et Jones paraissaient profondément intéressés par l'histoire ; mais la même répulsion était peinte sur leurs visages. Small le remarqua peut-être, car c'est avec un certain défi dans la voix qu'il reprit :

« Bien sûr, bien sûr, tout cela est fort blâmable ! Mais je voudrais tout de même savoir combien de gens, à ma place, auraient refusé une part du butin en sachant que pour toute récompense de leur vertu ils seraient égorgés ! D'ailleurs depuis qu'il avait pénétré dans la forteresse, c'était ma vie ou la sienne. S'il s'en était sorti, toute l'affaire aurait été mise en lumière. Je serais passé devant le tribunal militaire et probablement fusillé, car en ces temps troublés les gens n'étaient pas très indulgents.

— Continuez votre histoire, coupa Holmes.

— Eh bien, nous transportâmes le corps, Abdullah, Akbar et moi. Et bon poids qu'il faisait, malgré sa petite taille ! Mahomet Singh fut laissé en garde de la porte. Les sikhs avaient déjà préparé un endroit. C'était à quelque distance, dans un tortueux passage donnant sur un grand hall vide dont les murs de briques s'effondraient par endroits. Le sol de terre battue s'était affaissé là pour former une tombe naturelle. Nous y laissâmes Achmet le marchand ; nous le recouvrîmes des briques descellées. Puis nous retournâmes au trésor.

« Il était resté à l'endroit où l'homme avait été attaqué en premier lieu. Le coffre, c'est celui qui se trouve sur votre table. Une clef pendait, attachée par une corde en soie à cette poignée forgée sur le dessus. Nous l'ouvrîmes et la lumière de la lanterne se refléta sur une collection de joyaux comme j'en avais rêvé ou lu l'histoire quand j'étais un petit garçon à Pershore. Leur éclat nous aveuglait. Après nous être rassasié les yeux de ce spectacle, nous sortîmes tout du coffre pour établir la liste de son contenu. Il y avait là cent quarante-trois diamants de la plus belle eau ; l'un d'eux, appelé, je crois, « Le Grand Mongol », est considéré comme la seconde plus grosse pierre du monde. Il y avait également quatre-vingt-dix-sept émeraudes et cent soixante-dix rubis, mais dont certains étaient de petite taille. Nous dénombrâmes en outre deux cent dix saphirs, soixante et une agates, et une grande quantité de béryls, onyx, turquoises et autres pierres. Je me suis documenté sur les gemmes, mais à cette époque j'ignorais la plupart de ces noms. Enfin il y avait près de trois cents perles, toutes très belles ; douze d'entre elles étaient serties sur une petite couronne d'or. Je ne sais comment ces douze-là furent retirées du coffre ; mais je ne les ai pas retrouvées.

« Après avoir compté nos trésors, nous les replaçâmes dans le coffre que nous apportâmes à la poterne afin de les montrer à Mahomet Singh. Là fut renouvelé le serment solennel de garder le secret et de ne jamais nous trahir. Il fut convenu que le butin serait planqué dans un endroit sûr jusqu'à ce que la paix soit revenue dans le pays ; après quoi nous le partagerions également entre nous. Il était inutile d'effectuer ce partage maintenant, car si jamais des gemmes d'une telle valeur étaient trouvées sur nous, cela paraîtrait suspect ;

d'autre part, nous ne disposions pas de logements personnels, ni d'aucun endroit où nous puissions les cacher. Le coffre fut donc transporté dans le hall où reposait le corps d'Achmet ; un trou fut ménagé dans le mur le mieux conservé et le trésor y fut placé et recouvert par des briques. Après avoir soigneusement repéré l'emplacement, je dessinai le lendemain quatre plans, un pour chacun d'entre nous, et mis au bas Le Signe des Quatre ; nous nous étions en effet promis que chacun agirait toujours pour le compte de tous, afin que l'égalité soit préservée. Voilà un serment que je n'ai jamais rompu, je puis le jurer la main sur le cœur.

« Il est inutile, messieurs, de vous raconter ce qu'il advint de la rébellion. Après que Wilson se fût emparé de Delhi et que Sir Colin eut dégagé Lucknow, la révolte eut les reins brisés. Des renforts ne cessaient d'affluer. Une colonne volante sous les ordres du colonel Greathed parvint jusqu'à Agra, et en chassa les rebelles. La paix semblait lentement s'étendre sur le pays. Nous espérions tous les quatre que le moment était proche où nous pourrions partir en toute sécurité avec notre part du butin. Mais en un instant, nos espoirs s'effondrèrent. Nous fûmes arrêtés pour le meurtre d'Achmet.

« Voici comment cela se produisit. Le rajah avait remis les joyaux entre les mains d'Achmet, parce qu'il savait que celui-ci était un homme dévoué. Mais en Orient, les gens sont très méfiants. Que fit alors le rajah ? Il prit un deuxième serviteur encore plus digne de confiance et le chargea d'espionner Achmet, de le suivre comme une ombre et de ne jamais le perdre de vue. Il le suivit donc cette nuit-là et le vit passer la poterne du fort. Pensant évidemment qu'il y avait trouvé refuge, il se fit admettre le jour suivant, mais ne parvint pas à retrouver la trace d'Achmet. Cela lui sembla si étrange qu'il en parla à un sergent qui fit parvenir l'histoire jusqu'aux oreilles du commandant. Une recherche approfondie fut rapidement organisée et le corps fut découvert. Ainsi, au moment même où nous croyions tout danger écarté, nous fûmes tous les quatre saisis et jugés pour meurtre ; trois d'entre nous, parce que nous avions été de garde cette nuit-là, et le quatrième parce que l'on savait qu'il avait été en compagnie de la victime. Il ne fut pas question des joyaux durant tout le procès. Le rajah avait été déposé et exilé et personne ne portait d'intérêt particulier à cette question. Les trois sikhs furent condamnés à la détention perpétuelle et moi à la peine de mort ; ma sentence fut ensuite commuée en détention perpétuelle.

« Nous nous trouvions ainsi dans une situation plutôt bizarre ! Nous étions là, tous les quatre, enchaînés par la cheville et presque sans espérance, alors que nous connaissions un secret qui, si nous avions pu l'utiliser, nous aurait permis de mener une existence de seigneur. Il y avait de quoi se ronger le cœur d'être à la merci des coups de pied et des coups de poing de n'importe quel garde imbécile, de boire de l'eau et de ne manger que du riz, alors qu'une fortune fabuleuse attendait simplement qu'on veuille bien la prendre. Cela aurait pu me rendre fou. Mais j'ai toujours été plutôt obstiné. J'ai tenu bon, attendant des jours meilleurs.

« Ceux-ci semblèrent enfin se dessiner. Je fus transféré d'Agra à Madras et de là à l'île Blair dans les Andaman. Ce camp comptait très peu de bagnards blancs et, comme je m'étais toujours bien conduit, j'eus bientôt droit à une sorte de régime privilégié. Il me fut donné une hutte à Hope Town, village situé au flanc du mont Harriet, et on m'y laissa relativement tranquille. C'est un endroit morne, dévasté par les fièvres et cerné de toutes parts par la jungle infestée de sauvages toujours prêts à décocher un de leurs dards empoisonnés lorsque l'occasion d'une cible blanche se présente. Il y avait des tranchées à creuser, des remblais à construire, des plantations à aménager et des dizaines d'autres choses à faire. Nous trimions donc tout le jour, mais le soir on nous laissait un peu de temps libre. Entre autres fonctions, j'étais chargé de distribuer les médicaments ; j'acquis ainsi quelques connaissances médicales. J'étais sans cesse à l'affût d'une possibilité d'évasion. Mais la plus proche terre était à des centaines de kilomètres de notre île, et le vent souffle rarement par là. L'entreprise s'avérait donc très difficile.

« Le médecin, docteur Somerton, était un jeune homme sportif et bon enfant. Les autres jeunes officiers se réunissaient souvent chez lui dans la soirée pour une partie de cartes. L'infirmerie où je préparais mes drogues était située à côté de leur pièce sur laquelle donnait un petit guichet. Souvent, lorsque je me sentais seul, j'éteignais la lumière de l'infirmerie et me postais près du guichet d'où je pouvais les entendre et les voir jouer. Il y avait le major Sholto, le capitaine Morstan et le lieutenant Bromley Brown, tous trois commandants des troupes indigènes. Le médecin était là, naturellement, ainsi que deux ou trois administrateurs du pénitencier ; ces derniers, joueurs habiles, endurcis, faisaient des parties adroites et sans risque. Cela donnait des réunions bien agréables.

« Une chose me frappa très vite : les civils gagnaient toujours aux dépens des militaires. Remarquez que je ne dis pas qu'il y avait tricherie, mais le fait est là. Ces fonctionnaires de la prison n'avaient fait que jouer aux cartes depuis leur nomination aux Andaman et chacun connaissait parfaitement la façon de jouer des autres. Les militaires jouaient juste pour passer le temps et jetaient leurs cartes n'importe comment.

Nuit après nuit, les officiers sortaient de table un peu plus pauvres, et plus ils perdaient, plus ils s'acharnaient au jeu. Le major Sholto était le plus atteint. Au début, il jouait de l'argent liquide mais, bientôt, il s'endetta lourdement et signa des reconnaissances de dettes. Il gagnait parfois quelques mains, histoire de reprendre courage, puis la chance se retournait à nouveau contre lui : pire qu'avant. Il errait tout le jour, sombre comme un orage ; et il se mit à boire plus qu'il n'aurait dû.

« Une nuit, il perdit davantage qu'à l'ordinaire. J'étais assis dans ma hutte lorsque le capitaine Morstan et lui, regagnant leur demeure, passèrent à proximité. C'étaient des amis de cœur, ces deux-là ! On les voyait toujours ensemble. Le major se lamentait sur ses pertes.

« — C'est la fin, Morstan ! soupira-t-il en passant devant ma hutte. Il va falloir que je démissionne. Je suis un homme ruiné.

« — Allons, ne dites pas de bêtises, mon vieux ! dit l'autre en lui tapant sur l'épaule. J'ai aussi de la déveine, moi-même, mais… »

« C'est tout ce que je pus entendre ; cela me donna à réfléchir. Deux jours plus tard, le major se promenait sur le bord de la plage ; je tentai ma chance.

« — Je désire avoir votre avis, major, dis-je.

« — Oui ! Eh bien, à quel sujet ? demanda-t-il en retirant son cigare de la bouche.

« — Je voudrais vous demander, monsieur, à quelles autorités devrait être remis un trésor caché ? Je sais où se trouve plus de un demi-million en biens. Comme je ne puis l'utiliser moi-même, je pense que la meilleure chose à faire est sans doute de le remettre aux autorités. Ce geste me vaudrait peut-être une réduction de peine ?

« — Un demi-million, Small ? balbutia-t-il tout en m'observant avec attention pour voir si je parlais sérieusement.

« — Au moins cela, monsieur ; en perles et pierres précieuses. Il est à la portée de n'importe qui. Le plus curieux est que le vrai propriétaire ayant été proscrit, il n'a plus aucun titre sur ce trésor, qui appartient ainsi au premier venu.

« — Au gouvernement, Small ! bégaya-t-il. Au gouvernement. »

« Mais il le dit d'une manière si peu convaincue que je sus avoir gagné la partie.

« — Vous pensez, monsieur, que je devrais donc donner tous les renseignements au gouverneur général ? dis-je tranquillement.

« — Ah ! mais il ne faut pas agir avec précipitation ; vous pourriez le regretter. Racontez-moi tout, Small. Quels sont les faits ? »

« Je lui racontai toute l'histoire, changeant toutefois quelques détails afin qu'il ne puisse identifier les endroits. Lorsque j'eus fini, il resta immobile, perdu dans ses pensées. Je pouvais voir par ses lèvres crispées qu'un combat se déroulait en lui.

« C'est une affaire très importante, Small, dit-il enfin. N'en parlez à personne. Je vous reverrai bientôt. »

« Quarante-huit heures plus tard, le capitaine Morstan et lui vinrent, lanterne à la main, me voir dans ma hutte au plus profond de la nuit.

« — Je voudrais que le capitaine entende l'histoire de votre propre bouche, Small », dit-il.

« — Cela sonne juste, eh ? dit-il après mon récit. Cela vaut la peine d'essayer, non ?

« Le capitaine Morstan opina de la tête.

« — Écoutez-moi, Small, dit le major. Nous en avons parlé, mon ami et moi, et nous avons conclu qu'un tel secret ne concernait vraiment pas le gouvernement. Il me semble que cela vous regarde seul et que vous avez le droit d'en disposer comme il vous plaît. La question qui se pose est maintenant celle-ci : quelles sont vos conditions ? Nous pourrions peut-être les accepter, ou tout au moins en discuter pour voir si l'on peut parvenir à un arrangement. »

« Il s'efforçait de parler d'une manière froide et détachée, mais ses yeux brillaient de convoitise et d'excitation.

« — À ce sujet, messieurs, un homme dans ma situation ne peut demander qu'une seule chose, répondis-je, m'efforçant moi aussi au calme, mais tout aussi excité que lui. Je vous demanderai de m'aider à gagner ma liberté et celle de mes trois compagnons. Nous vous donnerions alors un cinquième du trésor à vous partager.

« — Hum ! dit-il. Un cinquième ! Cela n'est pas très tentant.

« — Cela représente tout de même cinquante mille livres chacun ! dis-je.

« — Mais comment pouvons-nous vous donner la liberté ? Vous savez très bien que vous demandez l'impossible.

« — Pas du tout, répondis-je. J'ai réfléchi à la question jusque dans les moindres détails. Le seul obstacle à notre évasion est l'impossibilité d'obtenir un bateau capable d'un tel voyage et des provisions en quantité suffisante. Or, il y a à Calcutta ou à Madras nombre de petits yachts ou yoles qui nous conviendraient parfaitement. Il vous suffira d'en amener un ici. Nous monterons à bord pendant la nuit ; et vous n'auriez rien d'autre à faire qu'à nous laisser en un point quelconque de la côte indienne.

« — S'il n'y avait que l'un de vous… murmura-t-il.

« — Ce sera tous les quatre ou personne ! Nous l'avons juré. Nous devons toujours agir ensemble tous les quatre.

« — Vous voyez, Morstan, dit-il, Small tient ses promesses. Il reste fidèle à ses amis. Je pense que nous pouvons avoir entièrement confiance en lui.

« — C'est une sale affaire ! répondit l'autre. Mais comme vous dites, l'argent nous dédommagera largement de notre carrière.

« — Eh bien, Small, dit le major, nous devons, je pense, essayer de remplir vos conditions. Mais, bien entendu, il nous faut d'abord être certains de la véracité de votre histoire. Dites-moi où est caché le coffre ; j'obtiendrai une permission et je prendrai le navire de ravitaillement pour aller voir sur place.

« — Pas si vite ! protestai-je, car je devenais plus audacieux à mesure qu'il s'échauffait. Je dois obtenir le consentement de mes trois camarades. Je vous le dis ; c'est nous quatre ou personne.

« — C'est ridicule ! s'écria-t-il. Qu'est-ce que ces trois Noirs ont à faire avec notre convention ?

« — Noirs ou bleus, dis-je, ils sont avec moi, et nous faisons tout ensemble. »

« Eh bien, l'affaire se termina par une deuxième entrevue à laquelle participaient Mahomet Singh, Abdullah Khan et Dost Akbar. Nous discutâmes à nouveau de la question et les détails furent enfin arrangés. Nous donnerions à chacun des deux officiers un plan de la partie du fort d'Agra qui nous intéressait, en indiquant le mur et l'emplacement du trésor. Le major Sholto se rendrait aux Indes pour vérifier notre histoire. S'il trouvait le coffre, il devait le laisser en place et envoyer un petit yacht approvisionné pour un voyage. L'embarcation mouillerait à quelque distance de l'île Rutland à laquelle il nous faudrait parvenir. Après quoi, le major reviendrait prendre ses fonctions. Le capitaine Morstan demanderait à son tour une permission pour nous rencontrer à Agra. Le partage final du trésor aurait alors lieu là-bas. L'officier prendrait sa part et celle de Sholto. Les plus solennels serments que l'esprit peut concevoir et la bouche proférer scellèrent notre accord. Muni de papier et d'encre, je travaillai toute la nuit. Au matin, les deux plans étaient faits et paraphés du Signe des Quatre, c'est-à-dire Abdullah, Dost, Mahomet et moi.

« Je dois vous lasser avec ma longue histoire, messieurs. Je sais que mon ami, M. Jones, est impatient de me mettre en cellule ; aussi je serai aussi bref que possible. L'infâme Sholto partit pour l'Inde, mais ne revint jamais. Le capitaine

Morstan, peu de temps après le départ de son ami, me montra le nom de ce dernier sur une liste de passagers en route pour l'Angleterre. Son oncle était mort, lui laissant une fortune ; il avait quitté l'armée. Et pourtant, voilà comment il s'abaissa à traiter cinq hommes ! Morstan partit pour Agra quelque temps plus tard et découvrit, comme nous le pensions, que le trésor n'était plus là. Le gredin l'avait volé sans remplir les conditions en échange desquelles nous lui avions livré le secret. Depuis ce jour, j'ai vécu seulement pour me venger. J'y pensais le jour et j'en rêvais la nuit. Cela devint chez moi une obsession dévorante. Plus rien ne m'importait ; ni les lois, ni la pendaison. M'évader, retrouver Sholto, glisser ma main autour de son cou, je n'avais que cette pensée en tête. Le trésor d'Agra, en comparaison de la haine meurtrière que je vouais à Sholto, perdait à mes yeux de son importance.

« Eh bien, je me suis fixé pas mal de buts dans ma vie, et je les ai toujours atteints ! Mais de longues, longues années passèrent avant que l'occasion puisse se présenter. Je vous ai dit que j'avais un peu appris à soigner. Un jour que le docteur Somerton était couché avec les fièvres, un groupe de prisonniers ramassa dans les bois un petit insulaire andaman et me l'amena. Gravement malade, il s'était rendu en un endroit isolé pour mourir. Bien qu'il fût aussi venimeux qu'un jeune serpent, je le pris en main et parvins à le guérir. Deux mois après il parvenait à marcher mais, s'étant attaché à moi, il repartit sans plaisir dans les bois et revint sans cesse rôder autour de ma hutte. J'appris un peu son dialecte, ce qui ne fit qu'accroître son affection.

« Tonga, c'est ainsi qu'il s'appelait, possédait un grand canoë qu'il utilisait à merveille. Lorsque je fus convaincu que ce petit homme m'était tout dévoué et qu'il était prêt à faire n'importe quoi pour me servir, j'entrevis une possibilité d'évasion. Je lui en parlai. Il lui faudrait amener son bateau la nuit près d'un débarcadère désaffecté qui n'était jamais gardé et emporter plusieurs litres d'eau, le plus possible de yams, noix de coco et patates douces.

« Il était fidèle et sincère, ce petit Tonga ! Jamais homme n'eut compagnon plus dévoué. Il amena son embarcation au quai la nuit indiquée. Mais le hasard voulut qu'un garde se trouvât là ; c'était un vil Pathan qui n'avait cessé de m'insulter et de me nuire. J'avais fait le vœu de me venger et maintenant la chance s'offrait à moi. C'était comme si le destin l'avait expressément placé sur mon chemin afin que je puisse payer ma dette avant de quitter l'île. Il se tenait sur le remblai, me tournant le dos, sa carabine en bandoulière. Je cherchai autour de moi un roc avec lequel lui casser la tête, mais je n'en vis aucun.

« Une étrange pensée me traversa alors l'esprit. Je m'assis sans bruit dans l'obscurité et défis ma jambe de bois. En trois grands sauts, je fus sur lui. Il mit sa carabine à l'épaule, mais je le frappai de plein fouet et lui défonçai le crâne. Le pilon est fendu à l'endroit où j'ai tapé, vous pouvez voir. Nous nous écroulâmes tous les deux, car je ne pus garder mon équilibre. Mais quand je me relevai, lui resta étendu. Je me dirigeai vers le bateau ; une heure plus tard nous étions déjà loin en mer. Tonga avait emmené tout ce qu'il possédait sur terre, ses armes et ses dieux. Il avait entre autres une longue lance en bambou et quelques nattes en fibre de cocotier, avec lesquelles je confectionnai une sorte de voile. Dix jours durant, nous naviguâmes au hasard, espérant que la chance nous sourirait. Le onzième, un cargo nous récupéra. Il transportait des pèlerins malais de Singapour à Jiddah. C'était une foule étrange ! Tonga et moi parvînmes bientôt à nous mêler à eux. Ils avaient en commun une précieuse qualité : ils ne posaient pas de questions et nous laissaient tranquilles.

« Mais s'il fallait vous raconter toutes les aventures par lesquelles nous sommes passés, mon petit copain et moi, vous demanderiez grâce, car il me faudrait vous garder ici jusqu'au matin. Nous voyageâmes un peu partout dans le monde. Il surgissait toujours quelque chose pour nous empêcher d'arriver à Londres. Mais jamais durant ce temps je ne perdais de vue mon but. Je rêvais de Sholto la nuit. Pourtant, enfin, nous nous trouvâmes un jour en Angleterre ; il y a de cela trois ou quatre ans. Il ne fut pas très difficile de découvrir où il vivait et je me mis en quête de savoir s'il avait vendu le trésor ou s'il le possédait encore. Je me liai avec quelqu'un qui pouvait m'aider. Je ne donne pas de noms, car je ne tiens pas à mettre qui que ce soit dans le bain. J'appris bientôt que Sholto avait encore les joyaux. Je tentai de bien des façons de parvenir jusqu'à lui ; mais il était rusé, méfiant, et il y avait toujours deux anciens boxeurs, en plus de ses fils et de son khitmutgar, pour le garder.

« Puis un jour j'appris qu'il se mourait. Je me précipitai dans le jardin, furieux qu'il échappe ainsi à mes griffes. Regardant par la fenêtre, je le vis, étendu sur son lit, ses deux fils de chaque côté. Je serais entré et j'aurais tenté le tout pour le tout contre eux trois, mais je vis sa mâchoire tomber et je sus qu'il venait de mourir. Je pénétrai dans sa chambre pendant la nuit pour fouiller ses papiers dans l'espoir d'y trouver une indication concernant le trésor. Il n'y avait pas un mot là-dessus ! Je m'en retournai amer et furieux comme vous pouvez le penser. Mais avant de partir, je pensai que mes amis sikhs seraient contents de savoir que j'avais laissé une preuve de notre haine. J'inscrivis donc Le Signe des Quatre, comme il était marqué sur les plans, et l'accrochai sur sa poitrine. Ainsi, au moins Sholto ne serait pas enseveli sans être marqué par les hommes qu'il avait volés et trahis.

« Pour gagner notre vie à cette époque, nous parcourions les foires et autres endroits où j'exhibais le pauvre Tonga, le Noir cannibale. Il mangeait de la viande crue et exécutait ses danses guerrières. Nous parvenions ainsi à toujours remplir de petite monnaie mon chapeau en une journée de travail. J'avais régulièrement des nouvelles de Pondichery Lodge. Quelques années passèrent sans rien d'important ; on cherchait toujours le trésor. Enfin vint le jour attendu si longtemps. Le coffre venait d'être trouvé dans un faux grenier, au-dessus du laboratoire de M. Bartholomew Sholto. J'accourus immédiatement et inspectai les lieux. Mais je ne voyais pas comment, avec ma jambe de bois, je pourrais me hisser jusque-là. La tabatière sur le toit me donna la solution. Il m'apparut que la chose serait facile avec l'aide de Tonga. Calculant tout en fonction de l'heure du dîner de Bartholomew Sholto, j'amenai mon petit copain et lui enroulai une longue corde autour de la taille. Il pouvait grimper comme un chat et il parvint rapidement sur le toit. La malchance voulut que Bartholomew Sholto fût encore dans sa chambre ; cela lui coûta la vie. Tonga crut qu'en le tuant il faisait quelque chose de très bien ; en effet, lorsque je parvins dans la pièce, il se promenait fier comme un paon. Il fut tout étonné lorsque je me précipitai sur lui, corde en main, et que je le maudis en le traitant de petit démon sanguinaire. Je m'emparai du coffre au trésor, le fis descendre par la fenêtre et suivis le même chemin après avoir laissé sur la table Le Signe des Quatre pour montrer que les joyaux était enfin revenus à ceux qui y avaient droit. Puis Tonga ramena la corde à l'intérieur, ferma la fenêtre et reprit le chemin par lequel il était venu.

« Je ne vois rien d'autre à vous dire. J'avais entendu un marin vanter la vitesse de la chaloupe de Smith, L'Aurore. Je pensai qu'elle serait bien pratique pour notre évasion. Je m'arrangeai avec le vieux Smith qui devait recevoir une grosse somme s'il nous amenait en sûreté jusqu'à notre navire. Il se doutait évidemment qu'il y avait quelque chose de louche, mais sans rien savoir de précis. Tout cela est la vérité, messieurs. Et si je vous fais ce récit, ce n'est pas pour vous distraire ; je n'ai pas à être complaisant après ce que vous m'avez fait. Je pense seulement que la meilleure défense que je puisse adopter est la vérité absolue et sans réticence. Il faut que tout le monde sache combien le major Sholto m'a abusé et que je suis innocent de la mort de son fils.

— Voilà une histoire remarquable ! dit Sherlock Holmes. Et dont les péripéties concordent parfaitement. Je n'ai absolument rien appris de neuf dans la dernière partie de votre récit, sinon que vous aviez apporté vous-même la corde ; cela je l'ignorais. Incidemment, j'avais espéré que Tonga avait perdu tous ses dards, mais il nous en a décoché un sur le bateau.

— Il les avait tous perdus, monsieur. Mais il lui restait celui qui se trouvait alors dans sa sarbacane.

— Ah ! oui, bien sûr ! dit Holmes. Je n'avais pas songé à cela.

— Avez-vous d'autres questions à me poser ? demanda affablement le prisonnier.

— Je ne pense pas, merci ! répondit mon compagnon.

— Eh bien, Holmes ! dit Athelney Jones. Vous êtes un homme à qui on aime faire plaisir et nous savons tous que vous êtes un fin connaisseur du crime. Mais le devoir est le devoir et j'ai transgressé bien des règles pour faire ce que vous et votre ami m'avez demandé. Je me sentirai soulagé lorsque notre narrateur sera en sûreté derrière les verrous. La voiture

attend toujours et il y a deux inspecteurs en bas. Je vous suis
très obligé pour l'aide que vous m'avez apportée tous les deux.
Bien entendu, votre présence sera requise lors du procès. Je
vous souhaite le bonsoir.

— Bonsoir, messieurs ! dit Small.

— Vous d'abord, Small ! lança Jones prudemment comme
ils quittaient la pièce. Je ne veux pas vous laisser la chance
d'utiliser de nouveau votre jambe de bois comme vous l'avez
fait avec cet homme aux îles Andaman.

— Eh bien, voilà notre petit drame parvenu à sa conclusion,
remarquai-je après un instant de silence. Mais je crains,
Holmes, que cela soit notre dernière affaire : Mlle Morstan
m'a fait l'honneur de m'accepter comme son futur mari. »

Il poussa un grognement des plus lugubres.

« J'en avais peur ! dit-il. Je ne peux vraiment pas vous
féliciter. »

Je fus un peu peiné.

« Avez-vous quelque raison de trouver mon choix mauvais ?
demandai-je.

— Absolument pas : c'est une des plus charmantes jeunes
femmes que j'aie jamais rencontrées ! Je pense qu'elle aurait
pu être très utile dans le genre de travail que nous faisons.
Elle a certainement des dispositions ; témoin la façon dont
elle a conservé ce plan d'Agra entre tous les autres papiers de
son père. Mais l'amour est tout d'émotion. Et l'émotivité
s'oppose toujours à cette froide et véridique raison que je place
au-dessus de tout. Personnellement, je ne me marierai jamais
de peur que mes jugements n'en soient faussés.

338

— J'espère pourtant que ma raison surmontera cette épreuve, dis-je en riant. Mais vous avez l'air fatigué, Holmes !

— La réaction ! Je vais être comme une épave toute une semaine.

— Il est étrange, dis-je, que ce que j'appellerais "paresse" chez un autre homme alterne chez vous avec ces accès de vigueur et d'énergie débordantes.

— Oui, répondit-il. Il y a en moi un oisif parfait et un gaillard plein d'allant. Je pense souvent à ces vers du vieux Goethe : *Schade dass die Natur nur einen Mensch aus dir schuf. Den zum würdigen Mann war und üm Schelmen der Stoff.* (« Il est dommage que la nature n'ait fait de toi qu'un seul homme. Toi qui avais l'étoffe d'un saint et d'un brigand. »)

« Mais pendant que j'y pense, Watson, à propos de cette affaire de Norwood, vous voyez qu'ils avaient un complice dans la maison. Ce ne peut être que Lal Rao, le maître d'hôtel. Ainsi, Jones pourra se vanter d'avoir capturé tout seul un poisson dans son grand coup de filet.

— Le partage semble plutôt injuste ! C'est vous qui avez fait tout le travail dans cette affaire. À moi, il échoit une épouse ; à Jones, les honneurs. Que vous reste-t-il donc, s'il vous plaît ?

— À moi ? répéta Sherlock Holmes. Mais il me reste la cocaïne, docteur ! »

Et il allongea sa longue main blanche pour se servir.

À paraître à l'hiver 2011 :

Sherlock Holmes – L'aventure se poursuit !